東洋文庫 884

世界最古の物語

バビロニア・ハッティ・カナアン

Th・H・ガスター
矢島文夫 訳

平凡社

装幀　原　弘

仔牛に乳をあたえる牝牛。後期アッシリア時代ニムロド遺跡出土。前8世紀（バグダード博物館蔵）

ラス・シャムラ＝ウガリト出土の刻文のある斧の先。知られた最古のアルファベット式文字を示す。左の刻文は RB KHNM（僧侶たちの頭)、右の刻文は HRSN RB KHNM（僧侶たちの頭ハルセンニ）

竜を襲うマルドゥーク（ニューヨーク市メトロポリタン美術館蔵の円筒印章より）

嵐の鳥、ラガシュの浮彫。紀元前第3000年紀（ルーヴル美術館蔵）

ハッティの嵐の神。バビロン発見の浮彫。
紀元前1000年頃

天の門より現われる太陽神（大英博物館蔵のバビロニア円筒印章より）

カナアン人の最高神、エル。ラス・シャムラ＝ウガリト出土の飾り板

アスタルテ。パレスチナのベイサン出土の黄金製垂れ飾り。紀元前1450年頃（フィラデルフィア大学博物館蔵）

バアル。
ラス・シャムラ＝ウガリト出土の飾り板

はしがき

世界のいたるところで、また、あらゆる時代を通じて、人々は物語を語ってきた。そして、大多数のそれらの物語が、われわれの文化的伝承の重要な部分を構成している。シンデレラとか白雪姫、あるいはオデュッセウスの冒険のことは、だれでも知っている。しかし奇妙なことは、ギリシア・ローマの神話とか、インドの神々やアイスランドの英雄の伝説は、日常のきまり言葉のように人々の口によくのぼるものであるのに、すべてのうちでも古い物語が、事実上ぜんぜん知られていないのである。それは、ほぼ四千年もまえに近東の民衆によって語られていたもので、粘土板上に書かれたものが、彼らの古い町々の遺跡から見つけられているのだ。それがよく知られていない理由は、それらの物語が比較的近ごろ発見されたもので、いまだに学者の独り占めから抜け出ていないためといえる。この本の目的は、これらの物語を〈一般読者〉に近よれるものにし、それらが文学と民俗学のなかで正当な位置を占めるようにさせることにある。

しかしながら、ここに出来上ったものは、むき出しの機械的な翻訳でもなければ、いいかげんな言いかえでもない。すべての物語というものは、どこにおける場合でも語られる内容と同じだけ、意図された内容にもとづいているものである。そこで、比較できる材料の助けをかりて、物語がもともとの聴衆の心によび起し、むき出しの言葉の骨組に衣をつける役をする観念や連想のおおよそを取戻してみる試みがなされた。そのうえ、物語が不完全にしか伝えられていない場合には失われた部分を補うよう努力したが、それは、時にはヒントや手掛りにもとづき、時には他の国の類似の説話にもとづいている。もちろん、そのようなつけ足しがかならずしも真正であると言い張るわけではない。それらは、古代の像の復元部分と同じ序列におかれるべきものであって、その像のトルソしか残されていなかった場合にあたるのである。

本書に含まれている物語は、すべて著者による原文よりの翻訳にもとづいている。カナアンとハッティの物語の直訳のいくつかは、わたくしの著書『テスピス――古代近東の儀式と神話と劇』[1]に入れられている。他の専門的な訳文は、そののち『旧約聖書関係の古代近東の文書』[2]に収められた。「狩人のケッシ」と「〈善〉さんと〈悪〉さん」は、本書ではじめて英語になったものである。

所収の図版は、もともとこれらの話を語ったり聴いたりした人々によって造られた、封印の彫り物や岩壁の彫刻から取られている。それゆえ、この本は、最古の芸術家たちによる、図版入りの最古の物語集とみなされてよいものである。

最後に固有名詞について一言。カナアンの話は、まったく子音のみよりなる文字で書かれている。それゆえ、たいていの場合、正確な発音が知られていない。ここで採用されているもの（例えばアクハト Aqhat、パビル Pabil）は、単に便宜的な間にあわせにすぎない。さらに、セム語族のうちには、特種字母を用いない限り、あいまいさなしにラテン文字で表示できない数個の音がある。そのような場合、わたくしは慣用の綴りを用いることにした。しかし、次のような点を留意されたい。エルフア Elhua のような名前における h は、スコット語の loch の ch にあたる音価（ドイツ語の ch と同じような強い h 音）をもち、ヤッシブ Yassib は、実際にはヤツィーブと発音されたのである。聖書のイサクは、もとはヘブライ語のイッハク Yitzkhaq にもとづくものであることを思えば、本書の大ざっぱで間にあわせの転字法も、こころよく大目にみられることであろう。

T・H・G

（1） Thespis: Ritual, Myth, and Drama in the Ancient Near East. (New York, 1950)

（2） Ancient Near Eastern Texts Relating to the Old Testament. Ed. by James B. Pritchard. (Princeton, 1950)

仏訳の序文

三年まえ、セオドア・H・ガスター教授は、『テスピス――古代近東の儀式と神話と劇』という題の、きわめて学問的な著作を公刊したが、その内容の半分以上が、カナアン、ハッティ、エジプト、およびヘブライのテキストの訳註を含むものであった。このすぐれた労作は、古代近東の儀式や神話の機能の解釈を目指す、大胆な試みによって装われている。著者が再構成しようと努力したものは、歴史初期のオリエントと地中海の全民族の共通な宇宙祭儀の〈体系〉の各分節なのであった。この祭儀なるものは、ラス・シャムラの神話テキストや、バビロニアの天地創造の詩（エヌマ・エリシュ）や、テリピヌと竜イルアンカシュのハッティ神話、あるいは天地創造とファラオ戴冠に関するエジプトのテキストとか、旧約聖書の詩篇のあるものとか、エウリピデスのバッカス合唱のあるもののうちにあって、今なお解明されることを待っているものである。

『テスピス』は博引旁証の労作で、古代オリエントのテキストの訳に、きわめて学識深い文献学的な註釈がつけられているので、この賞讃すべき書物は素人には近より難いものとする結果になっている。ガスター教授が、『世界最古の物語』を書いたのは、このような素人に向けてのことである。彼は太古の文書を翻訳するだけでは満足せず、これを圧縮し、量をへらし、テキストがばらばらで欠けている場合には、他の国の類似の説話に頼ったり、時には自己の直観にもとづいて、これを補足している。「もちろん、そのようなつけ足しがかならずしも真正であると言い張るわけではない。それらは、古代の像の復元部分と同じ序列におかれるべきものであって、その像のトルソしか残されていなかった場合にあたるのである」。

要約すると、ガスター教授は、専門家でない一般大衆に、近東の最古の神話や伝説のいくつかを語りなおすことを引受けたのである。彼の成功ぶりが、どれほど完全なものであるかは、ギルガメシュの冒険やテリピヌの話（姿を消した神様）、あるいはクマルビと狩人ケッシの神話、またなかんずく、天の弓、ケレト王、バアルなどのカナアンの話を読めばうなずけよう。最後のカナアンの話などは、今日はじめて、通読できる続いたテキストの形で示されたものである。ラス・シャムラの発見が、カナアンの多数の神話テキストを白日の下にさらしたことは知られているが、その研究と翻訳は、まだ成就にはほど遠い。いくつかの翻訳は、不可欠の註釈をつけて専門雑誌に公刊されているが、多くの大衆には気がつかれないままになっている。それに、彼らの歴史・宗教に対する関心は別にしても、これらのカナアンの神話と伝説は、類のない美しさをそなえたものである。ガスター教授が、これほど純にして、これほど巧みな形をもって、三十世紀以上も忘れられていた神話と文学の宝に近づくことを可能にしてくれたことに対し、読者は感謝の念をもつことであろう。この本の大きな功績は、単に科学的であることばかりではないからである。幅広く正確な科学である以上に、著者のヒューマニズムと文学的手腕をも賞讃すべきである。ガスター教授は、最上級の文書を選び、これらの古い神話と伝説を、非の打ちようのない風趣をもって語ることに成功しており、しかも、それらの精神をゆがめないように努力している。

著者が序文に述べているように、これらは「ほぼ四千年もまえに近東の民衆によって語られていたもので、粘土板上に書かれたものが、彼らの古い町々の遺跡から見つけられたものである」。この意味で、これらは「世界最古の」物語と考えられうる。言いかえれば、それらの物語をわれわれに伝えたテキストは、聖書やホメロスやインド叙事詩のテキストよりも古いものである。古代近東の神話や説話の内容と形式について言うと、それらは、それほど古いものではない。読者がこれから読まれる物語の大部分は、かなり発達した文明の諸要素（農業、冶金術、王権、都市生活など）を重視している。オーストラリアやブッシュマンの神話や伝説——ここにはいまだに旧石器期の段階における人間の考え方が残っている——と比較すると、ギルガメシュやバアルやテリピヌの冒険は、はるかに洗練された複雑なものであることは明らかで、次のようなことが推測されるのである。すなわち、長期間の先史時代がそれらに先行していたろうということ、それらの全体あるいは部分を形成している神話はオーストラリア人やブッシュマン人やフエーゴ人のもののような古い神話ではなくなっていたということがそれである。他方、古代近東のこれらの神話や伝説は、すべて、それらをわれわれのもとに伝存してくれたテキスト自体よりも古いものである。それらが書き留められた年代は、およそのところならば推定できるかもしれないが、それらが創作された年代は知られない。なぜならば、これらの物語はすべて実質上神話だったのであって、神話の〈起源〉を年代学的に確定することは、実際上不可能なことだからである。できることといえば、せいぜい、われわれが利用する最古のテキストに現われる、あれこれの神話のほのめかしや相違点を記述することとくらいであろう。

翻訳をおこなうテキストの神話的構造を浮び上らせ、古代近東の祭礼や儀式とそれらの関係を強調するとはいえ、ガスター教授は、これらのバビロニア、ハッティ、カナアンのテキストを「話」と名づける仕方を採用し、それらに註釈づけの仕事をする時には、全世界的な民俗学の助けを借りることも辞さない。これらの古代オリエント神話の少なくともあるものは、結局は「物語」として語られるようになったことは否定できない。言いかえれば、それらは本来の宗教的な脈絡から切りはなされ、〈文学的主題〉〈民俗学的モチーフ〉となったのである。神話と民俗学との関係についての一研究において、ガスター教授は最近この課題の難しさに注意を促している（Mitologia e Folklore, 《Studi Materiali di Storia delle Religioni》 xxiii, 1952, pp. 1–19）。しかし、神話と民俗学の相違は、あまりにも誇張されているようだ。それらの素材は、大部分が同じものであり、〈情況〉は等しいのである（〈時〉と〈空間〉の同じ考え方、同じ象徴様式、同じ人物と同じ行動の型、同じ超自然の形態など）。神話と民俗学の大きな相違は、神話の、祭儀的な脈絡のうちにこそ求むべきものである。神話は、ふつう祭儀に依存しているか、あるいは、その叙述自体が効果ある行為、すなわち祭儀的な行為をなしているのに反し、小話や物語は、宇宙的秘蹟とはじかに関係せず、したがってもっと〈自由に〉語られうるものである。

しかしながら、最も〈世俗的な〉話といえども、魔術的・宗教的な起源と構造をもつということを忘れてはならない。言いかえるならば、今日のアフリカ人やインドネシア人が、意識的に、彼の信じている神話（なぜならば彼にとって真であるから）と、彼の信じていない、楽しむだけの〈物語〉でしかない話とを区別するようになっているとしても、この区別は、彼の意識の表面的な基盤にとってしか価値がないのである。彼の深奥の精神生活にとって、話は力を失った神話ではなくなり、原初の神話力をすっかり取りもどす。この場合、これは無意味なことではない。それらの話は、人間全体にむけられているのであって、単に彼の意識や、彼の明晰さだけにむけられているのではない。話により〈気晴らしをする〉ことによって、人々はその魔力に身をゆだね、そのシンボリズムによって感動を受けるにまかせる。意識の上では、妖精やお守りや英雄を信ずることを、ずっと以前に止めていたとしても、やはりそうなのである。

ミルチャ・エリアーデ

目次

本著作は、一九五八年にみすず書房より刊行され、その後一九七三年に社会思想社より現代教養文庫の一冊（第八〇五巻）として刊行された。本書は、現代教養文庫版第三四刷（一九九六年）を底本とし、［　］内に補いを加えた。

世界最古の物語

バビロニア・ハッティ・カナアン

Th・H・ガスター 著
矢島文夫 訳

黒海
カスピ海
トロヤ
ハットゥシャス
ハッティ
クレータ島
地中海
キプロス島
ウガリト
(ラス・シャムラ)
シリア
ユーフラテス河
ニネヴェ
アッシリア
ティグリス河
(バグダード)
バビロン
バビロニア
ウルク
スサ
(エルサレム)
メンフィス
ナイル河
エジプト
テーバイ
紅海
(メディナ)
(メッカ)
アラビア
ペルシア湾

(カッコ内は現在の地名)

はじめに

この本に語られている物語は、世界中で最も古いもの、聖書中のどの物語よりも、ホメロスよりも、あるいはインドの叙事詩よりも古いものである。それでありながら、やっと前世紀の十九世紀になってから、ある場合には二十世紀の中頃になってやっとのことで、今の人々がそれらについて少しずつ知りはじめたにすぎない。それらの物語は、およそ四千年以前に近東地方に住んでいた人々により創られ、古い町などの廃墟から蘇らされてきているものである。

だれが物語を書いたか

これらの物語を書いたのは、バビロニア人、ハッティ人およびカナアン人である。バビロニア人とアッシリア人はメソポタミアに住んでいた。彼らはそれぞれこの地の南部と北部にいて、ヘブライ語やアラビア語と似た言葉、すなわちセム語族の言葉を話していた。彼らの文学作品のうち、われわれの知っている大半は、紀元前七世紀に統治していたアッシュルバニパル王の書庫のために特に用意された写本類と、〈刊行本〉に由来している。この書庫は十九世紀の中頃クユンジュクで発見されたのであるが、この地はアッシリア後期の首都であった旧ニネヴェの遺址で、物語が書かれていた書板類は、今は大英博物館にある。といっても、ごく最近のアッシュルその他のもっと古い町の発掘は、これらよりも一千年位も古い幾つかの写本類を明るみに出している。

ハッティ人は小アジアに住んでいた。彼らは、梵語、ギリシア語、ラテン語に似た言葉、すなわち印欧語族の言葉を話していた。彼らが元来どこから来たのかという点は、今のところわかっていない。しかし彼らは、紀元前第二千年紀の初頭のある頃に、この国に入り込んできたものらしい。彼らは土着の人々に君臨したけれども、多くの土着の宗教や文化を吸収し、彼らがわれわれに残している物語も主としてそれのうちの二民族、ハッティとフルリの民に由来するものである。後者は旧約聖書のホリ人にほかならない。物語が書かれている書板類は、ざっと紀元前一六〇〇年から一二五〇年の間の日付をもつものと考えられる。それらは国立の書庫から出たもので、首都ハットゥシャスに置かれていた。これは現在のトルコの地、アンカラから西に約七〇マイルのボアズキョイである。これらの書板は一九〇六年ドイツの考古学踏査隊により発見され、今はベルリンの国立博物館にある。これらのいくつかのテキストは、およそ四十年たってやっと刊行された。

「カナアン人」というのは、紀元前十三世紀にイスラエル人がやって来るまえに、パレスチナおよびシリアに住んでいたセム族に対し、大まかにあたえられた名である。彼らが話していた言葉は初期ヘブライ語に他ならず、旧約聖書の言葉との関係は、現代英語とチョーサーの英語との関係同様であった。カナアンの物語は、ウガリトと呼ばれる町の神殿書庫から出たもので、この都市は紀元前第二千年紀に栄えていた。これはシリアの北部沿岸にあるラス・シャムラ（茴香が岬）の小丘下に埋もれていたが、ここはちょうどキプロス島の岬に面している。これは一九二九年以来フランスの考古学者たちにより発掘されている。現在ルーヴルにある書板は、紀元前一四〇〇年頃書かれたものであるが、その内容は伝承的なものであって、もっとずっと古いものである。

物語はどのように保存されたか

これらの古い文書類は、すべて焼かれた粘土板上に、いわゆる楔形文字で書かれている。これは水平、垂直および斜め状のくさびを、粘土がやわらかい間に三角棒、すなわち〈尖筆〉で刻んだものである。くさびを種々に組合せることにより、多様な文字が造られる。

バビロニア、アッシリアおよびハッティにおけるこの文字の様式ではふつう各字がレター〔単音文字〕でなくてシラブル〔綴り文字、複音文字〕を表わしている。しかしある種の記号は、ある概念をすっかり表わすもので、イデオグラム〔表意文字〕として知られている。これらの組織は、セム族が到来するまえにメソポタミアに住んでいた有力な民族のシュメール人に由来するもので、元来大まかな絵だったものを慣用化したものであった。

カナアン人の用いていた楔形文字は、形が異なっていた。これは二十九個のみの字形でできていて、それぞれがシラブルでなくて単子音を表わすものだった。それゆえ、これはこれまで知られている最も古いアルファベットである。どこからこれがもたらされたのか、まだ確かでない。ある人は、厄介きわまるシラブル文字の慣用的な単純化にすぎないという。他の人は、この文字のうちにいわゆるアルファベットの楔形文字への応用を見ようとする。前者はずっとよく知られているフェニキア文字の、またギリシアとイタリア系の文字を通じ、現行のアルファベットの祖形になるものに他ならない。

物語はどのように読まれ訳されたか

文字と言葉がどのように解読されたかということは、それ自体一つのロマンである。バビロニアとアッシリアの神秘を解く初期の試みの物語は、幾度となく詳しく語られていて、ここでまた繰返すこともない。読者はG・A・バートンが『考古学と聖書』の中に、またE・キエラが『粘土に書かれた歴史』〔邦訳あり、岩波新書〕の中に行なっている明解な説明を見られたらよい。だが、ハッティ語とカナアン語の解読はずっと近年のことであるから、一言ふれるべきであろう。

すでに述べたように、ハッティ人はバビロニア人およびアッシリア人と同じ形式の文字を用いていた。それゆえ、これを読むだけのことには何の苦労もなかった。問題は、当の言葉を取出すことであって、これは一九一六年にチェコの学者ベドジフ・フロズニーにより解かれたのである。ほぼ十年前にドイツ人たちがボアズキョイで掘り出した書板類を調べているうちに、フロズニーはそれらの一つが次のような謎めいた一節を含んでいることに気がついた。nu NINDA-an ezzateni, watar-ma ekuteni この文節の中でわかっている唯一の単語はNINDAで、これは共通のくさび文字の記号として「パン」を表わすものであった。フロズニーは次のように論証した。ezzateni と ekuteni なる単語が二つとも同じ語尾をもち、この語尾は印欧語動詞の第二人称複数の語尾と対応する以上、これらは互いに補足的な意味をもつ動詞であるに違いないという。さて、「パン」と関連ある動詞はたぶん「食べる」を意味すると思われる。ここより ezza- に仮りにこの意味があたえられるが、この仮定は今度は次の事実によって支持される。もしこの言葉が印欧語族に属するものならば、この単語は直ちにラテン語の edo やドイツ語の essen という、正しくこの意味をもつ単語と関連づけられる。こうして最初の句は「さて汝はパンを食べる（または、食べさせる）」を示す。その補足となる方は、たぶん飲むことに言及しているのだろうとフロズニーは考えた。そして watar は直ちに水（water）を思い浮ばせる。この場合 ekuteni は「汝は飲む（または、飲ませる）」を意味するであろう。そして確かに、印欧語におけるek-なる動詞はこの意味をもっているのだ。このようにしてフロズニーは、この言葉が印欧語であったということを明確にした。残る仕事は文法を詳細に描き出すことと、姉妹語の助けによって語彙を明らかにすることだけであった。この結果、今日ハッティ語は比較的容易に読むことができている。ただ未だに多くの単語、特に小アジアの太古の言葉より取り入れられたもので意味がはっきりしないものがあることは確かである。

　カナアン語の解読ははるかに困難な仕事であった。この場合における文字は、どの字も未知であったから。それにもかかわらず、この難問も数ヵ月のうちに、二人の学者によって次々と解かれていった。ハルレのハンス・バウエルと、当時エルサレムにいたエドゥアール・ドルムの両者がそれで、二人はおたがいに独立して研究したのであった。その出発点は次のような事実を認めたことにある。二十九個の字形しかないところから、この文字はたぶんアルファベット式のものであろうということ、またウガリトの町はカナアンの土地にあるから、そこの言葉はきっとセム語系であろうということがそれである。ラス・シャムラ＝ウガリトの発見物の中に、短い銘文をほりつけた斧の先があった。この刻文を仮りにＡＢＣで表しておこう。バウエルとドルムは次のことに注目した。同じ遺址で見つかった粘土板の一つの最初のところに、正しく同じ字形の結合が繰返されているが、これにはまた別の記号が接頭されているということで、これはＸで表わしておこう。このことから二人は、この粘土板は斧の持主にあてられた書簡であって、斧の銘文は彼の名か称号に違いないと推定した。さて、セム語族の書簡は通常「何某に」というきまった言い方で始まる〔実際には英語のTo so-and-soのように、「に」にあたる語が前になる〕。そこで謎めいた文字の最初の字は「に」を示すことになるが、カナアン語ではこれが接頭語L-で表わされていることはわかっていた。こうして文字全体のうちの一つの字、すなわちＬが判読されたのである。これだけでは先に進める望みもなさそうであるが、バウエルとドルムは次には、いくつかの単語が語尾に付加された余分の記号をもったりもたなかったりして現われ、この余分の記号は別のものに変ることもありうるのに気がついた。そこで二人は、これらの付加的な字は既知のセム語名詞と動詞の語尾に違いないことを結論し、このことは可能な検証の範囲をぐっと狭めた。これらの文字の一つに彼らは仮りにMなる音価、名詞の男性複数の語尾をあてはめてみた。するとM-L-?と読めるグループが見つかり、他にまたM-L-?-Mと読めるものも見つかった。これはM-L-K「王」とM-L-K-M「王たち」を表わすものに相違ないと考え、こうしてKが既知の音価に加えられた。次に彼らはそれぞれ?-L-?および?-L-?-Mと読める二つのグループをみつけたが、この場合未知の第一と第三の字は同じものであった。さて、この字は接頭詞や接尾詞としては現れないので、幾つもの音価が自動的に排除されてしまい、セム語の使用語中にただの二つしか必要条件を満すものが残らないことになった。TH-L-TH「三」と「三十」がそれである。こうしてTHが得られた。こうした手順によって、次々に他のすべての字が確証され、当の言葉の正体、すなわちヘブライ語の初期の形もたちまち明らかになった。

この言葉をあきらかにするために依拠したのは、比較言語学として知られているものである。単語の大多数はすでにヘブライ語聖書によりなじみ深いものであったので、直ちに翻訳することができた。また別の単語はアッシリア・バビロニア語（アッカド語）やアラビア語、あるいは他のセム語方言と親近関係にあったので、綿密な比較と継ぎ合せにより、それらの意味をとり出すことが可能だった。しかしながら、未だ解明を拒む少数の単語があり、これがカナアンの物語のある章句が不明瞭な理由の一つである。

だが文字全体が判読でき、言葉が翻訳されても、これらの古代文書の解釈者はまた別の難関に逢着する。それらが書かれている大多数の粘土板は、破砕していたり欠け落ちていて、いずれの物語にせよ、はじめから終りまで完全な形で残されているものはない。加うるに、それぞれの物語は大てい幾つかの書板に書き続けられているので、続き物の一部分だけしか復元できなかったようなことも珍しくない。その結果、話の続き具合に大きなギャップができて、復元できたものの正確な順序がしばしば疑わしくなる。また時とすると、幾つかの学術団体が「発掘」を進めるために資金を共同出資するような場合、発見物はそれらの間で分配されてしまうので、物語の出だしはある博物館かコレクションにあって、その続きは別のところにあり、一方土地の人によってこっそり掘り出された書板は、どこかの私有になっているという結果さえもたらす。これは、全体をまとめるのをはなはだしく困難にすることは言うまでもないが、書板の入手後その刊行までに永年を要する場合は特にそうである。課題は、ちょうど、沢山の部分がまだ欠けている組合せ遊びを、継ぎ合せていくようなものである。

物語の形式と文体

物語は読まれるというよりも、耳できかれることを意図されたものだった。楔形文字の厄介さにまたげられ、〈書物〉はそう容易に拡まらなかった。読むということは、熟練を要する技術ともいうべきものであった。書板は、ただ僧侶や学ある人が、それらの中味を民衆に語ってきかせるためのものだったのである。もちろんそれぞれの読み手が、物語を自身特有の聴き手にあうように直した。好きなように付け加えや省略を行ない、倦(あ)きないように、適当な合い間に歌を入れたりしたのである。こういう過程によって、唯一の作者というものは無くなりがちであり、物語は無名の民衆文化財という性格を急速に獲得していった。こうした形において、これらの物語はわれわれにまで伝えられたのである。

それらが読まれたというより、語りつがれたという事実は、同時にそれらの文学的形式と文体を条件づけるものとなった。バビロニアとカナアンの物語は詩の形で書かれている。同じことがハッティについても言えるかどうかは、決めることができない。ハッティ語は書かれた通りに発音されたかどうかわかっていないからで、そのためわれわれはハッティ語を音節に分けて読むことができないのである。

太古の物語が詩形に書かれたということは、もちろん驚くに値しない。詩形は散文よりも記憶しやすいからである。といっても、セム語の詩形は古典文学や英文学でなじみ深いものとは異なっている。それは行中のシラブルの数で決められるのではなく、母音の長さや短さで決められるのでもなくて、二つの別の要因によるのである。その第一は、章句の併行性ともいうべきものである。各句は普通二つの短い文から成っていて、それぞれが実際上は同じことを別の言葉でいう。例えば、

もろもろの天は神の栄光を告げ
また大空はみてのわざをしめす　　　　　　詩篇一九・一

といっても、時には第二の文節が第一の方を補足する。文意を捉えてこれを拡張するのである。例えば、

たれが己れのあやまちを知るや
われを隠れたる咎(とが)より解き給え

詩篇一九・一二

第二の要因は強めである。各行がかなり多くの強めまたはアクセントのつけられたシラブルから成っている。バビロニアの「神々の戦争」を例にとると、一行に四つのアクセントがあって、第二の強めを含む単語の次に、句切りあるいは段落があるのが普通である。

空と呼ばれるものの　上にない時
また地なる名のものの　下にない時

第一の書板一・二

カナアンと旧約聖書の詩句では、これに反して行は大抵三つの強めをもった二部に分かたれている。

わが救いわが隠れ場こそ主なり
わが神よ　ためらうことなかれ

詩篇四〇・一七

もちろん変り種もある。狭量なのはよい詩人ではない。例えば「熱を帯びた」句にさしかかると、詩句が急転調になり、スタッカート（断音）的効果をもたらす。

バアルが倒れれば　次にはモトで

バアルが打ち勝てば　次にはモトだ　　　バアルの物語Ⅰ vi二一―二二

同様に挽歌や哀歌においても、行の後半の部分はただ二つの強めだけをもっていて、かなり弱々しい効果を生み出している。

ちまたのちりに横たわりぬ
　若きもまた老いたるも
わが乙女らも若者も
　つるぎに倒されたり　　　哀歌二・二一

これらの例から明らかなように、セム語族の詩歌は韻律形式よりもリズムと抑揚により支配されている。もちろんこのことは、セム語族の詩が当初は読誦を意図されたものであったことに起因している。

これらの民話のまた別の文学的特徴は、それらが普通現在の時制で述べられているということである。カナアンの文書類の場合には、特別に「強調的な」形体がひんぱんに用いられており、それらの普通な効果というものは、例えば「視よ、彼は来たれり」とか「おお、彼曰く」というような書き方によって生み出されている。この着想は、言うまでもなく劇的効果を増すための極めてはっきりした方法であって、アメリカの小説の全読者は、この目的のためにデイモン・ラニアンによっていかに効果的に用いられたかということを憶い出すであろう。さりながら、これはもっと未開の時代にまでさかのぼることができるものである。神話色をもった物語類が、パントマイムにおいて現実に表現されていたものに対する付加的な語りものの形をとっていた時代である。舞台には種々の人物が登場し、それぞれお得意の仕草をしていたので、語り手あるいは「解説者」は彼らのしていたことを説明し、もちろん現在の時制を用いたに違いない。例えば「そこにアナトがやって来て、バアルを助ける」とか「視よ、ギルガメシュとエンキドゥは鬼のフンババに向って突進する」といった具合だ。こうした取りきめは、民話の特徴として、パントマイム自体は演ぜられることが止んでからも永く続けられた。きまり文句と常套語句も現われる。これらもやはり民間伝承の重要な部分である。近代の研究者は、通常のヨーロッパあるいはアメリカの民話のもつスタンダードな要素として、それらのものがあることをつとに認めている。一番おなじみ深いのは、「むかし、むかし、あるところに」とか「みんな目出たく暮らしましたとさ」というような、話の始めと終りの言い方であることは言うまでもない。だが別に、これに劣らず一般的なものがある。出だしの諺と話おわりの教訓、適宜な間隙をおいて入れる手拍子や歌拍子、「麗わしいお姫さま」とか「見目よい王子さま」というような決り文句の使用、あるいは固定して変化のない喩え方、例えば「お姫さまの眼は澄んだ真珠のようで、頬はバラの色をしておりました」というごときがそれである。ホメロスをとってみても、スタンダードな形容詞に満ちている。「神のようなアガメムノン」、「どよめく海」、「バラ色の指した暁」など。一方古代スカンディナヴィアの詩句の主要素も同じように、型にはまった婉曲語法の使用である。戦いが「オーディンの嵐」であり、船が「波濤の軍馬（いくさ）」であるように。

同じような着想が本書の物語にも現われる。ここにも婉曲語法が用いられており、バアルは常に「力強きバアル」か「雲の乗り手」、アナトは常に「処女」、エル（主神）は常に「王なる牡牛」であり、アシェラトは「海の女王アシェラト」である。また、ここにも固定化した文句が、ありきたりの場合を叙述するためにある。カナアンの物語では、いずれも出だしに「声を張り上げ」て話しはじめるが、ハッティの主人公はめったに「語る」ことをせず、普通「口を切って曰く」といく。同じように、ハッティの神々が旅立つ時には、「素速き履物をつける」。一方カナアンの仲間の方は、目的地に着くためには必ず「千里、万里」の道程を旅する。訴えの者が近づくと、エル（主神）は「その脚を脚台にのせ……指をもてあそんで笑う」。だれでも興奮したり心配したりする時には、「汗が顔を流れ、体中の関節がふるえ、背骨は折れんばかり」。同様にバアルがその敵、海や河の精霊を呪う時には、ケレト王が裏切り者の息子に向って発するのとそっくり同じ言い方をしている。

やはり同様なのは、ゲール人の説話において〈つづき run〉として知られている文学的創案で、これは関連せる動作の一貫した続き具合を述べるために用いられた短い断続的語句の、高まり行く継続のことで、例えば次のようなものである。「彼らは堅い地面を柔らかくし、柔らかいのを泉にした。彼らは岩を小石にし、小石を砂利にし、砂利はあられのようにその国に降りそそいだ[1]」。エルとアナトがバアルを哀悼する時、二神とも「王座より、足台に坐った。そして足台から地面に坐った」と語られている。同様に、ハッティの豊饒の神テリピヌが人類から去って行く時、「牡牛は牝牛をはねつけ、雄羊は雌羊をみすて」云々とある。

また時には歌の数節が叙述の中にとり入れられる。その当初の目的は「聴き手のとび入り」の機会をつくって、話の単調さを救うことだった。それはやはりお決り文句や〈つづき〉の使用が基礎になっている一つの技術である。歌というのは、物語のうちの適当と思われた個処や順序として当然な合間に挿入された讃歌やお囃子（はやし）の類だった。カナアンの「バアルの物語」を例にとるならば、ここで神が結局建築師に屈し、彼の新宮殿に窓をあけることを許す時、建築師は標準的な讃歌の言葉で神を讃えながら答えているが、ここでは聴衆もいっしょになってやったのに違いない。これと全く同じに、聖書は、紅海を渡る物語を鼓舞調の詩ではじめることによっていろどりをそえているが（「出エジプト記」第十五章）、当時モーセとイスラエルの子らはこれを歌ったと考えられる。一方「ヨナ書」の作者は、預言者ヨナに「大いなる魚」の腹の中で詩篇の数節を歌って時を過ごさせている。

物語の背景

民間伝承の研究者は久しい以前から、子守唄や子守遊びは元来宗教的儀式であったものの、尾を引いた名残りに他ならないことがよくあるということを認めている。例えば「イーニイ、ミーニー、ミンニイ、モー」〔ジャンケンポンのたぐい〕は魔術の目的のために用いられた荘重な呪文として始まったものであり、鬼ごっこは人身御供を選ぶ原始時代のやり方の名残りである。物語についても同じことだ。時とともに無邪気な気晴らしとなったものも元を探ればまじめな宗教神話であることが多い。

古代の儀式はパントマイムや劇の形をとることが多く、それらを執り行なうこと自体が、儀式的目的を達成したのである。旧年と新年、夏と冬、雨とひでりに扮した人が、真似のたたかいをして地上の主権を決めようと懸命であったろう。王様たちは婚礼をしたり、廃位させられたり、死に処されたりして、彼ら自身の経験や「受難」のうちに民衆の生の流転やリズムを象徴したのであろう。またこれらの劇じみた儀礼が行なわれた時、唱和されたり、神話があわせ語られたりして、動作を説明し、これを個的なものから普遍的なものに移しかえたのである。時の経過とともに、儀式や劇自体は廃れたにもかかわらず、神話は存続し、詩人や画家が好みのままに取題できる民間伝承の源泉となった。

しかし原型はやはりあとを留めていた。各プロットの本性と運び方や人物の動きの細部は大体いぜんとして、忘れ去られた原初の儀式の要求により決められたものであった。次に、今度は、それらの材料が民間伝承に入りこむことがある。

異常な出来事が挿入され、一つの神話の特徴や主題が大胆に他のものに移され、語りきかせる時の単調さを救うために俗謡や讃歌がはさまれたが、その結実は本書でご覧いただきたい。こんなわけで、これらの物語を読む場合、当面の意味の背後には、もっと素朴な、もっと驚きに満ちた別の意味がひそんでいることを読者は心にとめておくべきである。比較の方法が助けになるのは、まさにこの時だ。分解作用の程度はどこでも同じではないからであって、また一個の話を同じ型の他のものと並べると、そのつながりの場面を復元し、元来の意味を取戻すこともしばしば可能である。例えば「天の弓」は、猟人〔オリオン星座〕が空から消え、天の弓が見えなくなった季節の土地の不毛を説明するための季節神話に帰着するものらしい。同様に「計略で捕えた竜」は、毎年夏の祭で語られていたものであって、おなじみの無言劇か季節的なねり歩きの時のごく古い章句に他ならないようで、その初期の主題は、増水した河の竜に対する英雄の勝利を述べることにあったのだ。

物語の解釈

三千年、あるいは四千年も昔の物語を語り直すということは、たやすいことではない。往昔の言葉を正確に翻訳する難しさをまったく別にしても、各物語が形成された時の背景の復元という仕事がある。どんなすぐれた物語にせよ、実際に語られることばかりでなく、無言のうちに了解されていることに依拠するからだ。作者や語り手は否応なしに民間伝承の集体に準拠せざるをえないが、これらは読者や聴き手がその場でもっているもの、また言葉の裸の骨格に肉づけするものである。例えば、魔女がホーキを取ったと言ったとすると、それは空を飛ぶためだということはだれにもすぐわかるだろうし、主人公が魔法の靴をはいたと言えば、たいそう遠いところに行ったということは明瞭にちがいない。実際のところ、落し話の時などでは、一つだけの身振りやみたところ些細な語句が意味を判然と伝えることがよくある。例をあげれば、だれだって話をする時は、表情たっぷりに「アッ」とか「オヤ」などと合の手を入れながら語っているに違いない。また今ではだれだって「フロックコートに縞ズボンの男」とか「疑い深い銀行支配人の冷たいまなざし」と言った時の意味を理解することだろう。

しかし三千年あるいは四千年というのは永い歳月であり、この間に背景や〈ふんいき〉の大半は忘却のかなたに置き去られた。ただ昔の物語の裸の言葉のみが、われわれの手許に伝えられたが、いかほどそれらが正確に翻訳されようとも、それらは文意の一部分を伝達するものにすぎない。

それでは、その他の部分はどうしたら復元できるだろうか。一つの手段は、言うまでもないが、古代文学の他の分野から、物語のあいまいな個処を明らかにするような内容をもった記事や挿話を探し出すことだ。時には、見たところ変哲もない事務上の契約書とか、面白くもない単調な歴史記録が、物語の中の不明の出来事を明らかにする慣習や伝承を再現せしめることもある。例をあげれば、最近では、法律上の記録から次のようなことが発見されている。すなわち始祖ヤコブが生きていたと考えられる地方では、主たる相続権を主張する者はだれでもその主張を貫くまえに、家神〔テラピムという家の守り神〕を所有していなければならないということが当時の法律にあったのである。これは直ちに、ヤコブが義父ラバンの許から逃げ出す時、ラケル〔ラバンの次女でヤコブの妻〕が家神像を盗んで持って行こうとした聖書物語

〔「創世記」三二・一九〕を説明することになる。

さりながら、ギャップを埋めるためには、また別の手段もある。一つの場所で語られた物語は、また別の場所で語られることがよくあって、人間の共通の持ち物である原始的な思想や迷信の大きな総体というものがあり、それらは決してある特定の地域に限られるものではない。この現象が移住や伝播によるものであるか、それとも単に、同等の文化水準にある各民族は同じような考え方をしがちだとの事実によるものかは、今もって論議されている点である。両方のプロセスが働いている可能性が多く、どちらにせよ他を容れないものではない。その説明はどうにせよ、真正な事実は否定することができないものであり、まさにわれわれが必要とする道具を提供してくれる。というのは、個々の場面で説明できない物語の特徴や細部も、意味や文脈が伝存されている他の地域の材料と並べて比較すると、即座に明瞭になることが稀でない。あるいは繰返すが、一個の物語をその元の「型」に関連せしめると、共通の思想の骨組が復元され、その中に、それ自体はおぼろげな各個の実例がまさにぴったりはまることもありうる。

例えば、ギルガメシュの物語を読むと、英雄エンキドゥは友と森の鬼に近寄って行くとき戸が手を傷つけたことを嘆くが、この場合比較民俗学の研究者ならば、他では説明されていないこの出来事に、禁じられた処に近づく者の上に自動的に落ちる魔法の戸という普遍的な観念をみることは難しいことではあるまい。同様に「狩人のケッシ」の物語では、彼を山々への危険な二度目の旅に送り出す時の母が彼に青い羊毛の一巻きを与えるが、ここで直ちに、青は悪魔より守るというおなじみの、まさに普遍的な信仰を認めることであろう（「古いもの、新しいもの。借りたもの、青いもの」[2]）。あるいはまた、神が病むケレト王を治すための工夫の一部として、泥から人像を造る時、民俗学の学生はこの挿話に周知の呪術を直ちに認めるだろう。

確かに比較の方法には危険もある。間違った場所からちょっと取ったり、ひどく無理な解釈をすることもあろうし、実際よりも表面的な類似にまよわされるものだ。事実、人はテキストの脈絡を読み取るというより、その中味ばかりを見がちである。だが煎じつめれば、これは作家と読者、芸術家と大衆の関係に内在する危険である。これはまさにコミュニケーションの代償、言葉の圧制、形式の落し穴だ。あらゆる芸術の鑑賞は、結局のところ、協働というプロセスを課すものである。芸術家は、彼の経験の限界を超え、彼の想像の本質を捕えるために、聴衆の共感と経験に頼らざるをえない。そして彼らの経験はしばしば自己の経験とは異なっており、彼らが中にたたせる結合関係は、明晰ならしめるというより、おぼろげにしてしまいがちなものである。一つの本か劇か画について議論している人々の一群に耳を傾けるだけでよい。同じ作品がどんなふうに一ダースもの解釈を受け、あるいは一ダースもの違った答を引き出すかが見られよう。この事実をすべての本の読者の数、すべての絵や劇の観衆の数で倍加してみるならば、主観的な曲解の落し穴が決して比較による接近と相容れないものではなくて、あらゆる表現の当然な関税であることがわかるであろう。実際のところ、今日ジョイスとかエムプソンとかバーカーというような詩人によって払われてきた努力、また同時に象徴派の画家たちによる努力は、言葉やフォームの変形によって概念と表現の間のギャップに橋わたしをしようというものであるが、これは連想の枠組みを拡張しようとの考えによるのである。その努力は単に銭の裏側にすぎず、芸術家が関門に達した時には不可避な敗北しかない。

比較の方法が物語を誤った色彩で彩ることがありうる一方、まったく文章上のみの、言葉からだけの接近は等しく重大な――たとえ目にみえてでなくとも――危険、冴えた影と色彩を、つまらぬ誤りがちな黒と白におとしてしまう危険に走りがちである。

以下の諸章には各物語ごとに、比較資料から取材した材料類が付されているが、それらは総体的な背景を示し、物語中の幾つかの出来事や、プロットのある根本的特徴を明らかにするのに役立つであろう。それらの註釈において括弧に入れられている数字は、スティス・トムソンの標準的な『民族文学のモチーフ・インデックス』[3]の目次を示すもので、これには更に文献がよく挙げられている（本訳書では巻末にその索引を収めた）。解説の目的は、一口で言えば、現代の読者をできる限り物語の元来の聴き手と同じ位置におこうとするため、言いかえれば読者をして、ほのめかしを把握せしめ、言葉や語句の「ゼスチュア」と言ったら一番よいものを直ちに理解せしめるためのものである。

（1） Seumas MacMamnus, Donegal Fairy Stories, by Stith Thompson in The Folktale (New York: Dryden Press, 1946), p. 459 より引用。

（2） これは婚礼の祝い歌で、原文 “Something old, something new; something borrowed, something blue” に続いて And a lucky sixpence in her shoe あるいは And a silver sixpence in each shoe と歌われる。古いもの云々は、それらを贈り物にする慣習らしい。（訳註）

（3） Stith Thompson, Motif-Index of Folk Literature (*FF Communications*, 106–109, 116–117: Indiana University Studies, 106–112; Helsinki-Bloomington, 1932–36.)

バビロニアの物語

ギルガメシュの冒険

そのむかしウルクの町に、ギルガメシュという名の勇ましく恐ろしい者がおりました。この男は、三分の二が神で、三分の一が人間でした。東方第一の勇士でしたので、彼と戦ってかなう者も、槍で彼を倒すことのできる者もありませんでした。彼の力をおそれたウルクの町の人々は、みなギルガメシュの言いなりになっておりました。ギルガメシュは人々を治めるのに鉄腕をふるい、若者たちをとらえてこき使い、またどんな娘でも、望みのままにわがものとするのでした。

町の人々は、しまいに耐えられなくなって、天を仰ぎ、救いを求めて祈りました。天帝はこの祈りをきかれ、アルル女神をお呼びになりました。これはずっと昔、粘土から人間をこしらえた女神です。

「さあ、粘土をこねて、人間を造りなさい」と天帝は命じられました。「暴君に負けない強い人間を造り、ギルガメシュと戦わせ、やってみさせるがよい。町の人々が、それで救われるだろうから」

そこで、女神はさっそく両手をぬらし、地中から粘土をとり出し、それをこねて恐ろしい生きものを造りあげました。女神はこれにエンキドゥという名をつけました。エンキドゥは戦いの神のように猛々しく、全身が毛におおわれておりました。髪の毛は女のように長くたれ、獣の皮を身にまとっていました。昼も夜も野獣たちとともに歩きまわり、野獣たちと同じように草を食べ、小川の水を飲んでいるのでした。

しかしウルクの町では、まだだれもエンキドゥのことを知らなかったのです。

ある日、ひとりの狩人がわなを仕掛けにやって来ました。彼は見なれない生きものが、野獣にまじって泉の水を飲んでいるのを見つけました。それをひとめ見るなり、狩人は真青になりました。顔はゆがみ、胸は早鐘のように打ち、恐ろしさに叫び声をあげて、彼はいっさんに逃げ帰りました。

あくる日も、彼はわなの様子を見ようと、また出かけて行きました。すると掘っておいた穴はみんな埋められ、張りめぐらした網はのこらず引きちぎられております。しかも、あの恐ろしいエンキドゥがそこにいて、野獣をわなから放してやっているのでした。

二日目にも同じことが起りました。狩人は父親に相談しますと、父親は彼に、ウルクの町へ行き、ギルガメシュにこの出来事を知らせるがよいと教えました。

ギルガメシュはこの話を聞き、臣民の仕事をじゃまする者があることを知りました。彼は狩人に町から女をひとりえらんで、野獣たちの水飲み場へ連れて行くように命じました。「エンキドゥが水を飲みに来たら、女は着物をぬぎすて、彼を魅惑するのだ。ひとたび女を抱擁するところを見たならば、野獣たちはエンキドゥが仲間でないことを知って、彼を捨てて行くだろう。そこでエンキドゥは、否応なしに人間の社会にひき入れられ、今までの獣なみの暮しを止めなければならなくなるのだ」

狩人は命じられたとおりにしました。彼女を連れて三日の旅をし、野獣が水を飲みに来る場所に着きました。

二日待ちました。三日目になって、まさしくあの不思議な恐ろしい生きものが、野獣と連れ立って水を飲みに来ました。その姿をみると、女は着ていたものをすっかり脱ぎすて、美しい体をあらわしました。エンキドゥはそれに夢中になり、荒々しく女に手をかけて、強く胸に抱きました。

まる一週間というものを、エンキドゥは女とともに過しました。それから女の魅力にもあき、またも野獣の群へと戻って行きました。ところが獣たちの方では、彼が自分たちの仲間でないことを知り、彼が近よるとびっくりして逃げ出します。エンキドゥはそれを追いかけようとしましたが、手足がこわばって、走ろうにも思うように動けません。なんと、彼はもう獣でなくて、人間になっていたのです。

エンキドゥは、息を切らして女のそばに戻りました。女の足もとに坐り、その目をみつめ、心から唇をもとめた彼は、今やまったく別のものとなっていました。女は彼にむきなおり、やさしく語りかけました。「エンキドゥよ、あなたは神さまのように立派になりましたよ。なんで獣たちとうろつくことがありましょう。さあ、ウルクの町へ参りましょう。あの広くにぎやかな町へ。わたしは、あなたを男女の神々のすむ輝く神殿へお連れ申します。あそこでは、ギルガメシュがみんなを思いのままにあやつり、牡牛のように大いばりでいますわ」

この言葉をきいて、エンキドゥは大喜びでした。だって、もう獣でなくなったので、人間のなかまと話をしたり、つき合ったりしたくなったからです。

「連れて行ってくれ」と彼は言いました。「ウルクの町へ、神々の輝く神殿へ。ギルガメシュの大あばれは、わたしがたちまち変えてやろう。わたしはそいつに挑戦して、いなかの若者は弱虫でないことをはっきりと思い知らせてやろう」

二人が町に着いたのは、大みそかの晩でした。ちょうど、お祭りさわぎが最高潮に達し、ギルガメシュが女神との神聖な結婚式に花むこ役をつとめるために、神殿へと導かれて行くという時だったのです。町には人波があふれ、到るところで酔った若者たちのわめき声がひびいて、老人たちの眠りをさまたげました。そのうち、騒ぎをうち消すように、太鼓のひびきとかすかな笛の音が、遠くにきこえ出しました。奏楽の音はだんだん大きくなり、ついにギルガメシュを真中にした大行列が町角を曲って現われました。行列は通りから境内へ入って来ました。神殿のまえで行列は歩みをとめ、ギルガメシュがひとり進み出ました。王が神殿に入ろうとしたとき、人々のあいだにただならぬざわめきが起りました。エンキドゥが、輝く扉のまえに立ちふさがり、挑むように叫んでいるのが見えたのです。人々は驚いて一歩退きましたが、その驚きには、安堵の気持が混っておりました。

「やっと、ギルガメシュ王も、好敵手にめぐり会ったようだ」

人々は、てんでにささやき交しました。

「この男は、まったく王そっくりだ。背はいくらか低いが、強そうなことよ。野獣の乳を飲んで育ったのだろうよ。さあ、これで、みんな大手をふってウルクの町を歩けるようになるぞ」

しかしギルガメシュは、少しもたじろぎませんでした。夢の占いによって、これからなにが起るか知っていたからです。彼は、星空を仰いで立っている自分をめがけて、急に天から太い矢が落ちて来る夢を見ました。その矢は、彼の力でも引き抜くことができませんでした。また、こんな夢も見ました。途方もなく大きな奇妙な斧が、ふいに町の真中に投げ込まれます。しかも、どこからこの斧がとんで来たか、だれも知らないという夢でした。ギルガメシュの母は、この夢の話をきいて、それはひとりの強い男の出現を予言するもので、ギルガメシュも彼にはかなわないが、ふたりはやがて親友になろうと教えてくれました。

ギルガメシュは進み出て、たちまちのうちにふたりは組みつき、二頭の牡牛のように激しくたたかい始めました。さいごにギルガメシュは地面に叩きつけられ、彼は今こそ自分の好敵手があらわれたことを知ったのです。

一方エンキドゥは、強いばかりでなく、礼儀をわきまえておりました。今の相手は、今まで考えていたようなわからずやの暴君ではなく、身も心も人にすぐれた勇士であること、いささかもひるむことなく自分の挑戦を雄々しく受けたことを見ましたので、

「ギルガメシュ王よ。あなたは、ご自分が女神の子であり、天がえらんで玉座に据えた人であるあかしを立派に示されました。二度とあなたと争うことはいたしますまい。さあ、友達になろうではありませんか」

こう言ってギルガメシュを助けおこし、抱き合いました。


さて、ギルガメシュは大そう冒険が好きで、危険な誘惑にはどうもがまんできませんでした。ある日、彼はエンキドゥにむかい、神の森にある杉の木を切りたおして、勇気を天下に示そうではないかと言いました。

「それは、なみ大ていの仕事ではありませんよ」とエンキドゥは答えました。

「あの森にはフンババという怪物がいて、番をしていますからね。獣たちと暮していたとき、何度もあいつを見ましたが、その声といったら嵐のうなりのようで、口からは火をふき、吐く息とともにペストをまきちらすのです」

「おやおや、君のような勇士が、たたかうのをこわがるのか」とギルガメシュはやりかえし

ました。「死をまぬがれることができるのは、ただ神だけだ。子供たちに、ギルガメシュが倒れたとき、父上はなにをしていたのときかれたら、君はなんと答えるつもりだ」

こうしてエンキドゥは説き伏せられてしまいました。剣や斧の用意がととのうと、ギルガメシュは町の長老たちをたずね、この計画を打ち明けました。長老たちは、危ないことだと止めましたが、彼はきき入れませんでした。その足で太陽神のもとに行って、助力を乞いました。ところが、太陽神は承知しようとしませんので、こんどは天の女王である彼の母ニンスンにむかって、太陽神にとりなしてくれるよう頼みました。息子の計画を知った彼女は途方にくれてしまいました。そこで彼女は一ばん美しい衣をまとい、頭上に冠をいただいて、神殿の屋上にのぼり、太陽神に訴えかけました。

「太陽神さま、あなたは正義の神です。わたくしの息子に邪けんになさるくらいなら、なぜこの子を生むことをお許しになったのですか。この子は、怪物フンババと戦うというだけのために、遠く危ない道のりを、幾日も幾日も旅しようというのです。お願いです。どうか、昼も夜もこの子を見守り、無事にわたくしのもとへ連れ戻して下さいませ」

母の涙を見ると、太陽神もあわれんで心がとけ、二人の勇士を助けようと約束なさいました。そこで女神ニンスンは屋根からおり、彼女を信じる人がみなつけるお守りをエンキドゥにつけてやって申しました。

「さあ、今からわたしがおまえを守ってあげる。恐れずに進んで行きなさい。ギルガメシュを山へ案内しておくれ」

長老たちは、エンキドゥがお守りをつけているのを見て、先ほどの警告をひっこめ、ギルガメシュに祝福をあたえました。

「エンキドゥは、女神が守りたまう。王の身を、安んじてエンキドゥにゆだねよう」

ふたりは勇躍出発し、六週間の道のりを三日で進むはやさで旅をしました。

こうして問題の森に着いてみると、入口には大きな扉がしまっています。エンキドゥはどうにか扉を押して、細いすきまからなかをのぞいてみました。

「いそいで」と連れをさし招きながら、小声でこう呼びかけました。「いそげば、不意をついて、あいつを捕えることができる。フンババは、外へ出るときは七つの衣でしっかり身仕度をするが、今は胴着一枚で坐りこんでいます。出て来ないうちに、捕えてしまいましょう」

ところが、その言葉が終らぬうちに、大きな扉がはねかえり、エンキドゥの手をはさんだまま、ぴしゃりと閉じてしまいました。

十二日のあいだ、彼はこの傷の痛みに苦しみました。そして無謀な冒険はあきらめようと説きつづけたのですが、ギルガメシュはきき入れようとしませんでした。

「最初の失敗でひるむような、なさけない弱虫ではないはずだ。われわれは長い旅をして来たんだ。今になって、おめおめと引返せるか。ばかな。君の傷はじきなおる。それに、あいつの住家でやっつけられないなら、森の茂みで待伏せればよい」

そこでふたりはなおも森の奥に進み、とうとう杉の山に達しました。高く高くそびえ立つこの山の頂は、神々が集会をひらくところです。

ふたりとも長旅に疲れきっていましたので、木蔭に身をよこたえると、すぐに眠りこんでしまいました。

その真夜中に、ギルガメシュはとつぜんとび起きて、友を呼び起しました。

「おい、わたしを起したかね。君が起したのでないなら、夢のせいだな、今、夢の中で山がわたしの上にがらがら崩れおちてきたのだ。すると、二人といないような立派な人があらわれて、下敷になっているわたしを引きずり出し、たすけおこしてくれたのだ」

「それは吉兆ですよ」とエンキドゥは申しました。「夢でごらんになった山は、つまりあの怪物フンババをあらわしているのです。あいつがとびかかってきても、大丈夫われわれの勝ですよ」

そこでふたりは寝がえりをうち、ふたたび眠りにおちました。すると、こんどはエンキドゥが驚いたようにとび起きました。

「お呼びになりましたか。でなければ、きっと夢のせいです。天地が鳴動する夢でしたよ。日の光がかき消され、闇がせまり、稲妻がきらめき、鬼火があかあかと燃え、死が雨と降りそそぐのです。とつぜん、光も炎もかき消え、とび散る火花は灰になってしまいました」

ギルガメシュは、友の身に悪いことがおこるしるしだと悟りましたが、こんどの冒険をあきらめぬよう、エンキドゥをはげましましました。まもなくふたりは起き上り、さらに森の奥へと入って行きました。

ギルガメシュは斧を握りしめ、禁断の杉を一本切りたおしました。木はものすごいひびきをたてて倒れたので、フンババは猛り狂い、叫び声を上げながらとび出して来ました。この怪物の奇妙なこと、恐ろしいことといったら。顔の真中にある一つきりの目で見つめられた人は、だれでも石になってしまいます。フンババが、茂みの中を荒れ狂いながら近づいて来て、木の枝を踏みしだく音を耳にすると、ギルガメシュははじめて恐ろしさに身をふるわせました。

しかし太陽神は約束を忘れませんでした。天からギルガメシュに呼びかけ、恐れずに進んで戦えと命じたのです。そして、茂みから出てきた怪物の顔がふたりの勇士の方をむくと、四方八方からその一つ目めがけてやけるような風を吹きつけましたので、フンババはとうとうなにも見えなくなって、進むことも退くこともできなくなりました。こうして、腕ばかり振りまわしながら立ちすくんでいる怪物を、ギルガメシュとエンキドゥがとりかこんでしまいました。フンババは慈悲を乞いましたが、きき入れられませんでした。ふたりは剣を抜いて、恐ろしい首を打ちおとしました。

さて、ギルガメシュは顔を洗い髪をくしけずって戦塵をおとし、汚れた着物を脱いで王の衣と冠をつけますと、なんと立派だったことでしょう。その美々しさと雄々しさは、女神でもかなうものがないほどでした。森の女主人イシュタルは、さっそく彼のそばにやってきてささやきかけました。

「ギルガメシュさま。わたくしのところにいらっしゃいな。宝石をちりばめた黄金の戦車をさしあげましょう。戦車をひく風のように早く走るラバもいっしょに。わたくしは、あなたを杉の香りにつつまれたわたくしの家にご案内しましょう。敷居も階段もあなたの足に口づけするでしょう。大ぜいの王や貴族たちが、あなたのまえにひざまずき、地上のあらゆるみのりを捧げるでしょう。あなたの羊は、どれもふたごを産みますわ。馬車には最上の駿馬を、牛もまたとないものをさしあげましょう」

しかしギルガメシュは、こんな言葉に心を動かしはしませんでした。

「おまえはわたしを金持にしてやると言うが、そのお返しに途方もないものを求めるのだろう。おまえが求める食べ物や着物は、女神にこそふさわしいもの、住いは女王の客殿のようなものを、衣服は極上の織物をほしがるにちがいない。わたしがおまえにそんなものをやると思うかね。おまえなど、すき間だらけの扉や、こわれかけてぐらぐらの宮殿や、頭も巻けないようなぼろの頭巾や、手にくっついた松ヤニや、水のもるかめや、足に合わない靴などの値打ちもありはしない。

いったいおまえは、愛人に貞節をつくしたことがあるかね。一度でも約束を守ったことがあるかね。おまえがまだ小娘だったころ、タンムーズという男がいた。あれはどんな目にあったたね。毎年大ぜいの男たちが、呪われた運命に死んだ。おまえのところへやって来て、カケスみたいに振舞う男は、羽をもがれてしまう。力の強いシシのような男は、わなを仕掛けて七重の穴につき落とす。勝ち誇る軍馬のような男は、拍車でせめ、むち打って何里もかけ廻らせたあげく、泥水を呑ませる。羊の群をつれた羊飼いのような者に会うと、おまえはそれを狼の群にかえて、自分の家畜からいじめられたり、自分の犬にかみつかれたりするような目に合わせる。おまえの父親の庭園で働いていた男を覚えているかい。あの男にどんなことをしたね。あの男は毎日おまえのところへ果物の籠を運び、毎日おまえの食卓をととのえた。ところが、あれがおまえの誘惑にのらないとなると、身動きもならぬわなにかかったもののように、あれをがんじがらめにしてしまった、きっと、わたしをも同じ目に合わせるつもりだろう」

こうした言葉に、イシュタルはひどく腹を立て、天上の父母のもとへかけつけて、勇士ギルガメシュからはずかしめを受けた次第を訴えました。けれども父親はとり合おうともせず、当然の報いだと手きびしくいましめるばかりでした。そこでイシュタルは、おどしをこめて泣きながら言いました。「お願いですから、父上、あの牡牛を、一あばれすると大嵐と大地震をおこすあの牡牛を、ギルガメシュに立ちむかわせて下さい。きき入れて下さらないと、地獄の扉を打ち破って、死人を解き放ちますわ。あの人たちが地上に出て来たら、生きている人より多くなってしまうでしょうよ」

父親は仕方なく承知しました。「よろしい。しかし、忘れてはいけないよ。あの牡牛が天からおりたが最後、地上は七年間の大ききんに見舞われるのだから、用意はあるのかね。人間どもや獣の食物は貯えてあるのかね」

「そのことなら、十分考えた上ですわ」と娘は答えました。「人間どもにも獣にも、食物はたっぷりあります」

そこで牡牛は、まっしぐらにふたりの勇士めがけてとびかかりました。鼻息もあらく、恐ろしい尻尾で地面をたたきつけながら突進してくるのを見て、エンキドゥはやにわに牡牛の角を摑み、頸すじにつるぎを打ちこみました。そして、ふたりでその心臓をとり出し、太陽の神に捧げました。

イシュタルは、ウルクの町の城壁の上を行きつ戻りつしながら、眼下の谷間で行なわれたこの争いを見守っておりました。牡牛がやられてしまったのを見ると、彼女ははざまにとんで来て、金切り声を上げて叫び出しました。

「ただではおかないぞ、ギルガメシュ。よくもわたしを侮辱し、そのうえ天の牡牛を殺したね」

エンキドゥはこの叫びをきくと、自分もやはりこの戦いに勝った一人だということをイシュタルに見せつけてやりたくなったので、牡牛の背肉をひきちぎり、イシュタルに投げつけました。

「おまえの体に手がとどきさえしたら、同じ目をみせてやるところなんだぞ。おまえの腹わたを引っぱがして、あの牡牛のとならべて吊下げてやれたらなあ」

イシュタルはすっかり取り乱しておりました。いま彼女の力の及ぶことといったら、牡牛を天上の生きものにふさわしく、厳かに葬ってやることだけですのに、それさえできないのでした。牡牛の死骸は、ふたりの勇士がいちはやく拾いあげて、勝利のしるしにウルクへ持ち帰ってしまったからです。侍女たちに囲まれて取り残された女神は、おびただしい涙を背肉の塊にそそぎました。一方ちょうどその頃ギルガメシュとその親友とは、足どりも明るくウルクの町に入り、彼らふたりの勇気のしるしを人々に示して、さかんな拍手を受けておりました。

ところで、神々というものは、嘲られてよいものではありません。どんな種にしろ、種をまいた人間は、自分でその実りを刈りとらねばならないのです。

ある晩、エンキドゥは、神々が会議をひらいている、ふしぎな夢を見ました。問題になっているのはエンキドゥとギルガメシュと、一体どちらがフンババおよび天の牡牛殺しについて罪が重いかということでした。罪の重い方が死ぬべきであると、神々の掟に定めてあったのです。はげしい論議が長時間にわたってくり返されました。おしまいに、まだだれもが態度を決めかねていますと、神々の父たるアヌが、断乎とした様子でこう言い出しました。

「わしが思うには、ギルガメシュの方が重罪人じゃ。あれは怪物を殺したばかりではない。神の杉を切りたおしたのも、あいつだからな」

しかし、この言葉よりさきに、議場は大混乱に陥っていました。そして、神々はてんでに高声でののしり合いました。

風の神はキンキン声で、「ギルガメシュの方だと。いやいや、ほんとうに悪いのはエンキドゥだ。道案内をしたのはあいつなんだから」

すると太陽神が、風の神の方へぐいと向き直ってどなり出します。「この席で口をきく資格は、おまえにない筈だ。フンババに風を吹きつけたのは、おまえのしわざじゃないか」

「そういうおまえはどうなんだ」と怒りにふるえながら、相手は言い返します。「自分はどうなんだ。おまえが手を貸さなかったら、あのふたりのどちらも、あんなことをできはしなかったんだ。おまえはあいつらをはげまし、助けつづけたくせに」

神々は言葉あらく言いつのるばかりでした。時がたつにつれて、みんなはいよいよ昂奮し、声はいっそう高くなって行きました。けっきょく結論が出ないうちに、エンキドゥの目はさめたのです。

彼は、もはや自分が死ぬべき運命にあることを疑いませんでしたが、ギルガメシュの方もこの夢の話をきくと、真に罰せられるのは自分にちがいないと考えたのでした。

顔を涙にして、彼は友に言いました。

「ねえ君、君ひとり死なせてわたしがあつかましく生きるなんてことが、考えられようか。いやいや、来る日も来る日も、僕は死の国の戸口に乞食のように坐りこんで、戸があくのを待っているよ。戸があいたら、なかへ入って君の顔を見られるからね」

その夜が明けるまで、エンキドゥは眠られないままに、転々と寝がえりを打ちつづけました。そうして寝台に横になっている間に、今までの生涯が、つぎつぎと彼の目の前に過ぎて行くように思われました。彼は、むかし獣たちの群に入って野山をうろついていた頃の気楽だった暮しを思い浮べました。それから、自分を見つけたあの狩人や、人間の世界へ自分を引き入れた女のことを思い出しました。また杉の森での冒険のことを、なかでもあの大扉がどんなふうに彼の手をはさんだかを、あの怪物が彼の生涯で最初の、そしてただ一度の苦しみだったことなどを思い起しました。彼は、狩人を呪い、女を呪い、はげしい憎しみをこめて、大扉を呪いました。

やがて、朝日の光が窓からしのび入って部屋を明るく彩りはじめました。反対側の壁の暗さと対照を見せる光のいろどりは、エンキドゥにこう話しかけるかのようでした。

「人間社会でのおまえの生活は、ぜんぶがぜんぶ闇だったわけではない。今、おまえが呪っているものは、かつては光だったものだ。あの狩人と女とがいなかったら、おまえは今でも草を食べ、寒い野原で眠っていなければならなかったろう。だのに、おまえは現在、王侯なみの食事をし、立派な寝床にやすんでいる。大体、あのふたりのおかげをこうむらなかったら、おまえはギルガメシュに会うこともなかった。生涯の友を見出すことはできなかったではないか」

話しかけているのは太陽神でした。エンキドゥには、それがわかりました。そして、もう狩人をも女をも呪わず、ある限りのやり方で、ふたりのために祝福あれと祈ったのでした。

　それから二、三日のうちに、エンキドゥはまたちがった夢を見ました。天からともなく、地の底からともなく、一こえ高い鳴き声がきこえたと思うと、どこからか、シシの顔、ワシの翼と爪をもった怪鳥がとびかかって来て、エンキドゥをつかまえ、運び去ろうとします。みるみる、彼の腕は羽におおわれ、自分を連れて来た怪物そっくりの姿になってしまうのです。そこで、自分は死んで、地獄の怪鳥が、二度と帰ることのない旅路を急がせているのだと悟ります。旅の果てに、まっくらな館に着きました。そこには、死者の亡霊が群がっています。まあどうでしょう。エンキドゥをとりかこんでいるのは、地上でひとかどの人物だった人ばかりです。王たち、貴族たち、神官たち、みな立派な冠や衣裳はとうの昔にぬぎすててしまい、鳥の翼のようなものを着せられて、極悪人かなんぞのようにごちゃごちゃに詰め込まれています。そして、生きていた時の、焼き肉や、暖かい食物のかわりに、彼らが今食べているのは、ちりあくたでした。一段高く玉座がしつらえられ、地獄の女王が坐っていました。かたわらには忠実な侍女がうずくまっていて、新しい死人が暗闇の中へ入って来るたびに、書き物をとり上げて、その生前の記録を読みあげるのでした。

　目を覚ますと、エンキドゥは友人にこの夢の話をしました。もはや、ふたりのうち、どちらが死ななければならないかは、明らかでした。

　それから九日の間、エンキドゥは病の床にあって、だんだん弱るばかりでした。ギルガメシュはこの友をみとりながら、悲しみに身を裂かれる思いでした。「ああ、エンキドゥよ。君こそは、わがかたわらの斧、わが手の弓、わが腰の剣。わが盾、わが衣、わが最大の喜びであった。君とともにあれば、勇気に満ち、なんでもなし遂げることができた。野を越え、山を越えて、豹を狩ることもできた。君とともに天上の牡牛をとらえ、君とともにあの森の鬼とわたりあった。それなのに、今や君は深い眠りにつつまれて、闇の中へ消えて行くのか、わたしの声もきこえぬところへ」

彼は、苦しみに泣き叫びましたが、そうしているうちに、友はもう身動きもせず、目を閉じてしまっているのに気がつきました。エンキドゥの心臓の鼓動は、もはや感じられませんでした。

ギルガメシュは一枚の布をとって、エンキドゥの顔をおおってやりました。ちょうど、婚礼の日に、花嫁に顔布をかけてやるように、ギルガメシュは泣きました。あちこち歩きまわりながら、仔を奪われた母シシのような声をあげて泣きました。それから、衣服をぬぎすて、髪を切って、喪に服しました。

その夜一晩中、彼は友の変り果てた姿を見守っていました。友は、硬くなり、しなびていました。そして、あの輝かしさ、美しさは、あとかたもありませんでした。「ああ、今こそ、わたしは死を間近に見た。そして恐れ、おののく、いつかはわたしも、このエンキドゥと同じ姿になるのだ」

夜が明けた時、彼は一つのかたい決心をしていました。

噂によれば、地の果てにある島に、世界でただひとりの死をまぬかれた人間が住んでいるということです。かなりの老人で、名はウトナピシュティムということでした。ギルガメシュは、この老人をたずねあてて、永遠の生命の秘密を教わろうと決めたのです。

日が昇るや、彼はただちに旅路につきました。そして、ながく遠い旅をつづけ、とうとう、世界の果てに、一対の峰が天にとどき、はるか地獄の奥底にまで裾をひいている大きな山を、目の前に仰ぐところまで、やって来ました。山の前には重々しい入口があって、半分人間、半分サソリの恐ろしい姿の怪物が、大ぜいで番をしていました。

一瞬、ギルガメシュはしりごみし、らんらんと輝く目でみつめられると、思わず目をそらしました。だが、すぐに気をとり直し、勇敢に怪物どもの方へ進み寄りました。怪物どもは、相手に少しも恐れる風のないのと、その立派な体格を見ますと、自分たちの前にいるのは、ただものではないと悟ったのでしょう。べつだん邪魔だてもしようとせず、どうしてこんな所へ来たのかとたずねました。そこでギルガメシュは、永遠の生命の秘密を学ぶために、ウトナピシュティムをたずねて行くところだと答えました。怪物の頭らしいのが申しますには、

「それこそ、まだだれにもあかされたことのない秘密じゃ。いや、およそ人間の身で、あの不老長寿の賢者のもとへ行き着いた者はひとりもない。なにしろ、わしどもが番をしていることの道は、太陽の通り道だ。何十里もつづく、暗いトンネルもあれば、人の足ではとうてい通え

ない難路もあるのじゃ」

「どれほど遠かろうと、どれほど暗かろうと、どれほどの苦難が待ちうけていようと、また暑さ寒さがどれほどきびしかろうと、一たび踏み越してみせると決心した以上、わたしはひるみはせぬ」

英雄の雄々しい言葉を聞くと、番人たちは、目の前にいるのは人力をこえた資質をそなえた人物だということを、はっきり知りましたので、すぐに扉を開きました。

少しも恐れる色なく、堂々と、ギルガメシュはトンネルにふみ入りました。ところが、一足ごとに道は暗さを増すばかり、とうとう、前も後も、真の闇になってしまいました。そして、この道には果てがないのではないかと思われた頃、一陣の風が面をかすめ、一条の光が闇を縫ってさし入ったのです。

ふたたび輝く太陽の下に出た時、ギルガメシュの目に入った光景は驚くべきものでした。彼は、仙境のただ中に、宝玉のたわわに実る木々にとりかこまれておりました。思わず足を止めた彼に、天上から太陽神がささやきかけます。

「ギルガメシュよ。進むのはおやめ。喜びの園にしばらくとどまって、楽しみを味わうがよい。生ある人間で、神々からこれほどの恩恵を授けられた者はないのだよ。これ以上のものを望むことはできないのだ。おまえが探し求めている永遠の生命は、とうていおまえが見出しうるものではないよ」

しかし、この言葉もギルガメシュの志をかえることはできませんでした。彼は、思いきりよく地上の楽園をあとにして、目的への道を進んで行きました。

やがて、どこから見ても旅の宿と思われる、一軒の大きな家が目に入りました。ギルガメシュは疲れ切って、痛む足をひきずりながらその家にたどり着き、案内を乞いました。ところが、この家の女主人は、名前をシドゥリといいましたが、はるか遠くからギルガメシュのやって来るのを見ると、あまりみすぼらしい様子をしているので、ただの浮浪人だと思って、彼の鼻先で扉をぴしゃりと閉めてしまいました。

ギルガメシュは怒りにふるえ、扉を叩きこわそうとしました。その時、女主人は窓から彼を呼んで用心したわけを話しましたので、怒りを静めて、自分の身分をあかし、旅を思いたったいわれや、みすぼらしい姿になったわけを話しました。そこで、シドゥリはかんぬきをはずし、喜んで客を迎え入れました。

その夜おそくまで、二人は語り合いました。女主人はギルガメシュを思いとどまらせようと言葉をつくしました。

「あなたの探していらっしゃるものは、見つけ出すことのできないものですわ、ギルガメシュよ。だって、神様が人間をおつくりになった時、人間のとり分として死を下さったのですから。生命の方は、ご自分たちのために取っておきになったのですわ。ですから、人間の分け前だけをお楽しみなさいませ。食べたり飲んだりして、幸福にお暮しになることですわ。そのためにこそ、お生まれになったのじゃありませんか」

しかし、ギルガメシュの決心はゆるぎません。女主人にむかって、ただ、ウトナピシュティムのところへどう行くのかとたずねました。シドゥリの答えはこうでした。

「老人は、遠い遠い島に住んでいます。そこへ行くには、大洋を渡らなくてはなりません。でも、その海は死の海なのです。生きてその海を渡った人はまだないのです。ところで、今この家にウルシャナビという男が泊っていますが、この男は、老賢人の船頭で、こちらへ使いに来たのです。あの男にお頼みになったら、向う岸へ渡してくれるでしょう」

そう言って、女主人は、ギルガメシュを船頭にひき合せました。船頭は、勇士を島へつれて行くことを承知しました。

「ただし、一つ条件があります。決して、死の水に手を触れてはいけませんよ。また、さおが水にぬれたら、さっさとすてて、新しいのを使うようにしなければいけませんよ。雫が指にかからないとも限りませんから。さあ、それでは斧を取って、十ダースほどさおを切りたおして下さい。長い船旅です。そのくらい、必要ですからね」

ギルガメシュは言われるとおりにしました。ほどなく、ふたりは船の準備をととのえ終り、海へ乗り出したのでした。

幾日も航海を続けるうちに、さおをすっかり使い果して、あとは漂うより仕方がありませんでした。ギルガメシュが下着を裂いて帆をつくらなかったら、おそらく沈没していたことでしょう。

さて、ウトナピシュティム老人は島の浜辺に腰をおろして、見るものはないかとあたりに目をやっていました。が、ふと、見なれた船が波のまにまに漂っているのを見つけました。

「どうかしたかな、おや、かじがこわれているようだ」

だんだん船が近づいて来ますと、見たことのない人影が、下着を風にかざしているのが見えます。ギルガメシュです。

「おや、あれはわしの船頭ではないぞ。なにかあったのだ。なにかあったにちがいない」

陸に上ると、ウルシャナビは、すぐに客をウトナピシュティムのところへ連れて来ました。

そこでギルガメシュは、どうしてここへ来たか、なにをさがしにやって来たかを語りました。

「お若いかた」と老人は申しました。

「おまえさんの求めているものは、見つけることができまい。永遠なものなど、この地上にはないのじゃ。取引きをするには、期限を定めねばならぬ。今日得たものは、明日は人手に渡さねばならぬ。長い争いだろうとて、時が来れば果てる。河水はあふれても、やがては涸れる。蝶はまゆをはなれても、ただ一日の生命じゃ。時世時節は、すべてのものに定められておる」

「おっしゃるとおりです。しかし、あなたは、あなたご自身は、わたしと、少しもかわらない人間の身でありながら、永久に生き続けるのでしょう。お教え下さい。どうやって、永遠の生命をわがものとされたのですか。永遠の生命があれば神と同じことではありませんか」

老人の目に、遠い遠いものを見ているような色が浮びました。今までの長い歳月のあらゆる出来事が、あとからあとから、目の前をすぎて行くとでもいうふうでした。しばらくそうしていてから、老人は面をあげてギルガメシュにほほえみかけました。

「よろしい。その秘密を教えて進ぜよう。人間の力では及ばぬ秘密をな。神々のほかに、知っておるのはわしひとりじゃ」

こう言って、彼はずっと昔、神々が地上におこされた大洪水の話をして聞かせました。そして知恵の神である思いやり深いエアが、どんなふうに風をかき鳴らして洪水を警告してくれたかを。風の音は、小屋の格子をゆすぶって老人の耳に達したのでした。エアの指図に従って、ウトナピシュティムは一そうの箱舟をこしらえ、松ヤニやアスファルトで厳重に塗りかためました。それから、家族たちと家畜とをその舟に積み込み、水かさが増して嵐が猛り狂い、稲妻がきらめき続ける七日七夜、水の上をただよいました。

七日目に、箱舟は世界の果てのある山にのりあげました。老人は、もう水がひいたかどうかを知ろうと、窓から一羽の鳩を放ってみました。鳩はすぐ戻って来ました。とまって休む場所がなかったからです。今度はツバメを放ってみましたが、これも舟に帰って来ました。最後にカラスを放してやりました。カラスは帰って来ませんでした。老人は、家族と家畜をうながして、いっしょに神々に感謝の祈りをささげました。ところが、このとき突然、風の神が舞いおりて来て、水の上を一吹き。箱舟はまたも押し流され、水平線はるかなこの島まで持って来られたのでした。そこで神々は、この島に彼を住まわせることになさったのです。永遠に。

　この話をきき終ると、ギルガメシュはすぐに、不死をもとめての旅は無駄だったことを知りました。この老人が、人にわけあたえられる秘密の処方など、なにも知っていないことは明らかです。老人の不死の生命は、今みずからとき明かしたところによれば、神々の格別の恩寵によって得たもので、ギルガメシュが考えていたように、世に知られる知識によるものではないのですから。太陽神の言葉は真実でした。大扉の番人たちの言ったことも、女主人の言ったことも、正しかったのです。「あなたが探しもとめているものを、みつけ出すことはできません。すくなくとも、人生のこちら側では、絶対に」

　老人は語り終ると、われらの英雄のやつれた面、つかれきった目をじっとのぞき込みながら、やさしく申しました。

「しばらく休むがよい。六日七晩、ここに横になって眠って行きなされ」

まあ、どうでしょう。この言葉が終るが早いか、ギルガメシュは眠りこんでしまいました。

ウトナピシュティムは妻の方をふりかえって、「どうじゃ。この人は永遠に生きる術を探しもとめているというのに、眠らずにいることさえできぬのだ。目をさました時、きっと自分は眠りなぞしなかったと言うじゃろう。人間というものは、うそつきなものだ。そこでだ。おまえ、証拠をみせてやってほしいと思うが。この男が眠っている間、日ごとに一塊ずつパンをやいて、この男のそばに置くのじゃ。一日たてば、それだけパンはすえ、かびが生える。七夜ののち、一列に自分のそばに並んだパンのありさまを見たら、この男はどれくらいながく眠ったかがわかるじゃろう」

そこで、老人の妻は朝ごとにパンをやきました。また、壁に一日たったことを示すしるしを朝ごとにつけました。六日がすぎた時、最初のパンはからからにひからび、二番目のパンは皮のように固く、三日目のはぐしゃぐしゃにしめり、四日目のパンには白い斑点が浮き、五日目のパンはかびだらけになっていました。六日目のパンだけが、できたてで、おいしそうでした。

ギルガメシュは目をさますと、もちろん、少しも眠ったりはしなかったと言い張ろうとしたものです。「ちょっと眠りかけた時に、あなたがひざをこづいて起こしたんじゃありませんか！」

ウトナピシュティムは、彼にパンの列をさし示しました。そこで、ギルガメシュも本当に、六日七晩眠っていたことを知りました。

老人はギルガメシュに、水を浴びて身体を清め、帰郷の準備をせよと命じました。彼が自分の小舟に乗り込んで、まさにこぎ出そうとした時、老人の妻が近づいて老人に申しました。

「あなた。この方を手ぶらでお帰ししてはいけませんわ。つらい苦しい旅をしてここへいらしたのですから、なにかおみやげをさしあげなくては」

老人は、心のこもった目つきで、ギルガメシュを見つめました。そして言いました。

「一つ、秘法を教えてあげよう。この海の底に、一本の草がある。かたちはクロウメモドキにてバラのようにとげのある草じゃ。だれでもこの草を手に入れる者、これを食べる者は、若さをとりもどすことができるのだ」

こう聞くと、ギルガメシュは足に重しの石を結びつけ、海の深みへとび込みました。本当でした。海底にその草がありました。なるべくとげにさされないように用心しながら草をつかみ、重しの石をはずし、潮の流れに身をまかせて岸辺へたどり着こうと、波間に浮かびました。

彼は、船頭のウルシャナビに呼びかけました。「見てくれ。これだ。これなんだ。〝若返りの草〟というのは。これを食べた者は、だれでも新しく寿命がのびるのだよ。ウルクの町へ持ち帰って町の人たちに食べさせてやろう。それで、わたしの辛苦の幾分かは報われるというものだ」

恐ろしい死の海の航海を終えて陸に着いた後には、ウルクの町まで、長い長い徒歩の旅をしなければなりません。五十里ばかり進むと、太陽はもう沈みかけていました。二人は、一夜をどこに過そうかとあたりをさがしました。ふいに、冷たい水のあふれる泉に行きあたりました。ギルガメシュは喜んで、

「ここにしよう。わたしはちょっと水浴びをしたいから」

そう言って着物を脱ぎ、草を地上に置き、泉へ水浴びに行きました。ところが、彼の後姿が見えなくなるやいなや、一匹の蛇が水からあがって来て薬草の香りをかぎつけ、それを持って

行ってしまったのです。

草を食べたとおもうや、蛇の皮はぬけがらとなっておちました。蛇は若返ったのです。たいせつな薬草が、もはや永遠に自分の手の届かぬところへ行ってしまったのを知った時、ギルガメシュは地にうずくまって泣きました。

しかし、彼は、すぐに立ちなおりました。すべての人間のさだめとあきらめるしかありません。ギルガメシュは、ウルクの町をさして帰って行きました。ふるさと、ウルクの町へ。

解説

ギルガメシュ叙事詩が、古代近東よりわれわれに伝えられた最大の文学作品であることには疑いの余地がない。古代におけるその普及程度は、次のような事実によって裏づけられている。アッシュルバニパル王（紀元前六六九—六二八年）の書庫のため作製され、今は大英博物館にある主な原典の他に、断片を別にしても、もっと古いアッシリア語のもの、ハッティ語のもの、さらにフルリ語（ホリびとの）のものさえわれわれの手に入っている。さらに、この叙事詩の主人公を扱っている一群の初期シュメールの伝承があって、この叙事詩の各情景は前三千年紀にさかのぼる円筒印章上に認めることができる。この叙事詩は、まさに古代近東の『イーリアス』あるいは『オデュッセイア』であって、その章句は後世の作者にまで影響をあたえたが、それは現今の英語の執筆者が、聖書やシェイクスピアの表現を使用するのと同じことであった。

さりながら、今ではこれも統一ある一貫した物語として示されているが、この叙事詩は元来べつべつの、それぞれ独立していた話の集成であって、それらの話は、『イーリアス』や『オデュッセイア』の場合と同じように口承によって古くから知られていたもので、後に大詩人の手腕により伝承の中核をめぐってまとめられ、全体の中に融合せしめられたのである。それらの大多数は、他の文化群中に広範囲な同類をもっている。

例えば、主人公ギルガメシュと伴侶のエンキドゥの初出会いをとってみよう。教養ある立派な主人公と野育ちの粗野な流れ者の遭遇というのは、あらゆる民族の無数の物語の主題であって、例えば聖書のヤコブとエサウ〔「創世記」第三三章〕、ギリシア神話のピロイトスとアクリシオスのがある。また毛に覆われた半人の姿、動物たちとの仲間付合い、結局女に馴化されることもやはり未知のことではない。しかし、ここで特に興味を惹く点は、出会いが新年の祭の時に行なわれたということである。ギルガメシュはウルクの王として、まさに「聖なる婚礼」の伝統的儀式を執り行なわんとしている時、エンキドゥが荒々しく彼の通過を押しとどめ、挑戦してかかる。そこで彼らは相転がり、取っくみ合いを始めた。さて、事実というのは、エンキドゥの演ずる役割が、まさに世界各地の民間文学や劇の中に出てくるいわゆる山師（または邪魔者）だということである。例えば、トラキアや北部ギリシアでは、暦で決められた日ごとに、荒々しい黙劇を演ずる慣習があり、その主体は、黒仮面の粗野なほら吹き男が婚礼の宴に割りこんで来て、花嫁に言いよろうとし、新郎と争うというものである。テッサリアでのこの男は、普通野卑で毛むくじゃらな「アラビア人」とみなされていて、彼の野蛮さを示すために羊や山羊の黒い仮面、羊皮の上衣、時には尾までつけている。この地方の他のところでも、この二者は「新郎」と「アラビア人」として知られているのである。(1)

山師というのもヨーロッパの民話によく出る人物である。故エドウィン・S・ハートランドは有名な著書『ペルセウスの伝説』[2]において、これが出現する二十五を下らぬ例を集め、この人物がよくネグロとして描写されている意味深い事実に注意を向けさせた。同じように故フランシス・コーンフォードは、アリストファネスの喜劇の中の饗宴や婚礼の場に闖入する出しゃばり者や邪魔者のおなじみの姿のうちに、この人物の名残りを認めている。[3]

これらの相似したものを頼りにすれば、次のような推定をすることもあながち理屈に合わぬことではない。すなわち、ギルガメシュとエンキドゥの出会いは、元来は、無遠慮な粗野な成上り者による伝統的新年儀礼の空想上の妨げを扱った独立した物語であった、ということがそれである。

杉の森の恐ろしい鬼フンババ征伐に向う二英雄をもう一度とり上げてみよう。これも全世界の民間伝承において珍しくない一類型に入るものである。鬼は山の頂上に住む。彼の叫び声は嵐である。また彼は火を吐く。また彼は明らかにゴルゴンのような顔をしていて、それを見ようとする者をみんな石化せしめる力をもっていた。ただ風が彼の目を閉ざしめる時にのみ、彼はやっつけられるのである。またわれわれは、恐ろしいゴルゴン様の顔容が後に「フンババ頭」として知られていたことを知っている。最後に彼は七つの外衣を着ていたと言われている。フンババはこのように、リビアのゴルゴンであるカトブレパス、アイルランドのバロア、ウェールズのイスパッダデン・ペンカウル、セルビアのヴィの仲間であり、いずれも恐ろしい眼で攻撃者を射すくめて防禦する怪物だと言われている。さて、奇妙なことには、これらの多くの場合、鬼は眼を悪用しない時には七つのヴェールで覆うということが特に述べられているのである。事実、ザキュントス島で採集された現代ギリシアの民話の一つは、ギルガメシュ叙事詩の中のエピソードとほとんど完全に似たものであって、二英雄がいかにして山の頂までの危険な山登りをし、そこで七つの衣の下に恐ろしい眼をかくし持っている巨人を攻撃したかを述べている。[4]

結論は明白である。当面の物語に出てきたこの挿話は、かつては独立した話だったのだ。フンババの七つの外衣というのは、特徴ある七つのヴェールのかすかな名残りにほかならない。

次に、扉に関する特異なエピソードがある。ギルガメシュと連れが杉の森に近づいた時、彼らがまず見つけたものは扉であった。エンキドゥはそれを押しあけたか、隙間から中をのぞいたらしい。というのは、その時彼はギルガメシュに、いつもは七つの外衣をつけているフンババが今は一つしか着ていないと告げるからだ。次に彼は、扉が手を傷つけたとなげきながら急に進むが、それは後に死の床に横たわり、不運をかえりみながら繰返す嘆きである。

現状では、このエピソードにぴったりする説明がないままである。というものの、次のようなかなり広まった話が他の地方に存在するということはある。それは、たまたま神とか精霊によりかくされ、あるいは取りのけられていた秘宝を知った人間が、その場所から離れる時にある禁令やタブーを守ることを怠ったために、扉が蝶番(つがい)によって自動的に閉まり、彼の手や足を傷つけたというものである。例として、ハルツ山で採ったこの型の話を示そう。[5]

ハルツブルクの白婦人は、呪いをかけられている精霊であって、一人の炭焼きに花をあたえ、山の洞穴にまで連れていく。女は彼に財宝を背負い袋に満たさせたが、水を渡るまでこれを開いてはいけないと命ずる。彼は洞穴を出たが、花を忘れてしまい、扉が彼の背後でひどい力で閉じたので、もう少しでかかとに打ちあたるところだった。もしその花を持ってきていたら、彼はもっとたびたびその洞穴に行けたことだろうに。

同様に、ヘッセン採集の一つの話では、魔笛を忘れた農夫に対し、扉がひどい力で閉じたので、両方のかかとが切断されたとなっており、ボヘミアの話によると、彼はほとんど両手を失うところだったとされる。アイスランドでも同様のことが、僧サエムンドゥルについて語られている。それは妖術を習うために悪魔の学校に行った僧であった。彼は教授の謝礼を払う時、自分の外衣を彼の場所においてごまかそうとしたが、扉が自然に閉じて一方のかかとを傷つけてしまう。(6)

ヤコブ・グリムは著書『ドイツ神話学』において、次のような事実に注意を喚起している。通俗のドイツ伝説の一つにおいて、ブルンヒルデは「扉が彼のかかとに落ちてこない限り」ジグルトに死まで従っていきたいと述べる。そしてグリムは、これは「閉ざされた洞穴に入る時によく使われたきまり文句」だと付言している。

ここでもまた、結論は明白である。当面の叙事詩の中の謎の挿話は、上述のような型の民話にもとづいたものなのだ。これより前の章節で、エンキドゥが実際にタブーを破ったのか、あるいはこれが民間伝承中でまったく典型的なものであったため、特別の説明を必要としないと考えられたのかは、もちろんいま決めることのできるものではない。

フンババ征伐に続いて、わが英雄は女神イシュタルに誘惑されるが、彼はこれをそっけなくはねつける。原文では、ギルガメシュが女神を拒んだ時、彼が彼女に言うには、彼女は一度ライオンを愛したが、そのために七重の穴を掘ったし、一度種馬を愛したが、それをムチと拍車のもとに追いやったと。これは愛人たちを実際動物に変えたことを言っているのだと普通考えられており、追従者をブタに変えたキルケー〔『オデュッセイア』第十歌一三三―五七四行〕との相似がすぐ心に浮んでくる。しかしながら、ここの言葉が純然たる比喩的用法ではないのかと疑問に思う人もあろう。一たび女神は彼らに手をおくと、勇猛な戦士も人夫同然となり、英雄も破滅するということではないかと。ここに適用されたものは、解釈なのである。とはいえ、次のことも述べておくべきであろう。魔法によって愛人を動物に変えるということは、他の民間文学にも例があることであって、これはしばしば死ということの婉曲語法にすぎない、ということがそれである。

天の牡牛というのも、民間思想の貯えからとり出されたまた別の類型である。その思想は歴然としている。雷の音は牡牛のうなり声を連想させるので、牡牛はどこにおいても嵐の神のシンボルとされる。(7)ハッティ人のあいだでは、テシュブがそう考えられ、バビロニア人のあいだでは、ラムマンがそう考えられており、ブッシュマン土人の話では、雨を牡牛の形をした鬼とみなしている。

地下界についてエンキドゥのみた夢は、本書の他のところに示されているハッティの物語のうちの、ケッシの夢といちじるしく似ていて、地獄の想像図のかなり標準的な型に従っている。使者はタカのような爪をもち、巨鳥が冥界まで魂を護送するという古代思想に対応している。イスチャリで発見された多数の土焼小板は、羽毛を身につけた上、足に爪をつけて表わされており、これはバビロニアの地下界の主ネルガルの表現であろうと推定されている。死者の魂はしばしば鳥の形をとると考えられ、ローマ風のシリアの墓石にはよく鳥の姿が彫りつけられている事実、「詩篇」九〇・一〇の言葉のうちには、この考えへの言及がみられるのである。

われらの歳の日々は七十年にて
もし健やかなる者にても八十年
誇りありとも骨折りと悩みあり

素速く過ぎてわれら飛び去る故に

――この飛び去るの原義は「翼をもつ」である。

地下のトンネルを通って旅をするというのが、この叙事詩のまた別の挿話にあるが、これはまったく独立した話にもとづいたものに違いない。このようなトンネルの俗信は広範囲にあり、多くの民族のあいだで、その所在を探求する試みさえ行なわれてきている。好まれた考え方によると、これはビルカレインからティグリス河の主源泉に達する約一・一キロメートルの長さの岩トンネルだとされている。ハッティのテキストは、よく「太陽の地下なる大道」ということを言い、エストニアのある話は、一人の王子がある時どのようにして、地獄への道へ開く祕密の扉の前に達したかを物語っている。(8)トンネルへの入口はふつう山の中におかれているが、これは、太陽が丘々のうしろに没するのが見られるからである。当面の章句では、これが「マシュー山」と呼ばれているが、マシューはバビロニア語で双生児の意味であるから、ここで示されているものは二つ峰の神話上の山で、初期のバビロニア円筒印章上によく描かれているものである。この名はある人々の推定したように、マシウス山、すなわち現今のアルメニアにあるトゥル・アブディン山(9)を指しているのでないことは確実だ。

トンネルを抜け出ると、ギルガメシュは、地上の楽園の一種である喜びの園に至る。これもまた、民間伝承の手持品に属するものである。この種の園は、いずれも山々の頂に置かれていて、実際上「エデンの園」の型をとっているもので、『旧約聖書』の「エゼキエル書」第二八章〔一三、四節〕にも描写されている。そして意味深いことには、そこに住む人々は「もろもろの宝石」にて飾られ、「輝く石々のあいだをそぞろ歩いた」といわれているが、これは当面の物語のうちの、木々は果実のかわりに宝石をつけていたとの叙述、すなわち楽園について民間で行なわれる描写によく出てくる特徴と一致するものである。

次には、女主人のシドゥリとの出来事がある。この物語の元来の章句では、シドゥリはたぶんカリプソ風の人物で、海の真中に住んでいて、永遠の命の木を守っていた。[10]彼女が伝説の登場人物の一人としてもってこられたのは、大洪水説話の不老の主人公で、ギルガメシュが不死の秘密を学ぶべく期待していた人物の代りとしてであった。時を経て物語が現今の形をとるに至ると、彼女は元来の性格をかなり失い、幾分違った理想像を表わすようになる。単に誘惑するだけの妖婦とはすっかり異なり、シドゥリはここでは路傍の宿屋の落着いたおかみさんで、神の創りし者たちをあまりにも多く見てきたがために、神の限りない忍耐心と平静さの幾分かを身に備えた婦人である。それは用向きのままにまに来ては去る異郷人たちにとっての、永遠の女主人である婦人に他ならない。この挿話の含みもつ意味は、木々が宝石をならせているお伽話の喜びの園など見くだす男でも、きっといなか宿の静けさのうちには気安さと満足を見出すにちがいないということなのだ。

もしシドゥリの現代版を見たいというなら、探すに難いことではない。彼女の姉妹はカリプソやキルケーのみでなく、H・G・ウエルズの作品『ポリー氏』中に現われるポットウエル旅館を経営するふとった女でもあるからだ。

「実に愉快な観物は……ポリー氏がかつて見たことのないむっちり肥った女で、びんやグラスやぴかぴかしたいろいろな物の真中の安楽椅子に心安げに落着いて坐っており、しかも、みじんも品位を損わず眠っているところであった。多くの人々は彼女をでぶ女と呼んだかもしれないが、ポリー氏の内心の形容に対するセンスが、彼をして最初から、むっちり肥ったというのがぴったりしていると考えさせたのである。彼女は釣合いのとれたまゆ毛と、まっすぐな形のよい鼻をもち、口のまわりには素直な線と満足気をただよわせ、その下には感じのよい二重あごが、昇天する聖母の足もとの丸ぽちゃな小天使のように思えた。むっちりした彼女の肌はかたく、バラ色で、はつらつとしており、両腕はどの関節にもくぼみがあって、ひざの上で重ねられていた。彼女は、あたかも自分のうちに、限りない信頼感と親切心を抱いているようであり、おのれ自身を、体のうえでも心のうえでもまったきものとして知り、神に対しては、彼女に下されしすべてをそのまま受取ることにより、感謝の念を示そうとする人のようだ。彼女のこうべは、片側によって小さかったが、信頼の念を語って余りあり、自信の念のしつっこい調子を取りのぞいていた。そして彼女は眠りつづけていた。

「これはよいわい」と言いながら、ポリー氏は扉をごく静かに開いた」。

最後に、死の水面を渡り、神秘の島に達する旅がある。そこには老賢人ウトナピシュティムが住んでいる。この全構図もおきまりの線に沿って描かれたもので、ここでもまた、実際にこの中に不思議な旅のなにか伝統的な話が推測できるように思われるのである。この主題は民間文学において繰りかえし出てくるもので、通常この物語にみられる各細目とまったく同じように修飾されている。

東洋のアヴァロン〔ケルトの伝承で語られる仙女島〕である小島は、「二つの流れの合わさる点に」ある。これはラス・シャムラ出土のカナアン神話において、神々の住いの置かれているのと同じ場所であり、また『コーラン』(「スーラ」一八・五九)[11]に妙な一節があって、とりわけて驚くべき場所として「二つの海の合流点」といっているのである。その意味は単に水平線ということで、そこでは地面より上の水と下の水とが合わさっているというわけだ。それゆえ、島というのは、太陽の没するところにあるという仙人の島〔方向は反対であるが東洋の蓬萊島〕である。そのまわりを危険な河が流れている。これは「死の水」で満ちていると述べられているが、古典期のステュクス河〔ギリシア神話の三途の河〕にあたる死の河ではなくて、むしろ此岸と彼岸を分かつおなじみの神話上の流れ、すなわち古典期のオケアノスである。同様に、ウルシャナビは、通常考えられているようにカロン〔ステュクス河の渡守。亡者から一オボロン渡し賃をとる〕なのではない。なぜなら、ここでの旅は地下界へ行くのではなくて、地上の他界、特にアイルランドの民間文学のイムラマ譚によりなじみ深い型のところへ行くのであるから。特徴的なことには、主人公は目的地に達するまでに、一人物から他の人物に移ってしまうが、これは民間伝承の研究者には「オールド、オールダー、オールデスト」[12]の名のもとにおなじみの主題である。本来の構想は、彼が漸次求める知識をもつ白髪の長老に向って進むことにある。しかし今の場合は、作者の天才がその題材を超越してしまい、その探究は益なしということになる。

最後に、当面の物語のしめくくりとなる挿話については、今までかなりの誤解があった。通例の見方によると、ウトナピシュティムはギルガメシュに、不死植物の入手法を教えて、その失望をやわらげようとしたとされる。しかし事実上これは原文の述べていることではなく、そのような解釈は話全体の妙味をぶちこわしてしまう。問題の植物は、不死の植物ではなくて、単にその次によいもの——老いと衰えを若がえらせ、まあ我慢ができるほどの不死性をあたえるものなのだ。そのような植物への信仰は、世界各地の民間伝承に共通のものである。同じように、古代イラン神話のハオマは、ヴラカシャ湖のなかの島に生える植物としてしばしば表現され、その汁は老衰をのぞき、すべてを若がえらす力をもつという。[13]そのうえ、ちょうどここで蛇に食べられてしまったように、イラン神話でも、悪神アハリマンはそれを食物とするようにトカゲを創造する。[14]やはり同じように、インド信仰のソーマも、楽園の植物の汁に含まれた生命の不老霊薬の一種である。[15]

（1）A. J. B. Wace, "North Greek Festivals," in Annual of the British School at Athens, vol. xvi (1909–10), pp. 233 ff.
（2）Edwin S. Hartland, The Legend of Perseus (London: D. Nutt, 1894–96).
（3）Francis M. Cornford, The Origin of Attic Comedy (London: E. Arnold, 1914), pp. 132–53.
（4）Arthur B. Cook, Zeus: A Study in Ancient Religion (London: Cambridge University Press, 1914–40), vol. ii (1924), p. 994.
（5）H. Prohle, Sagen des Ober-Harzes (1854), p. 4.
（6）Alexander H. Krappe, Balor with the Evil Eye (New York: Institut des études françaises, Columbia University, 1927), p. 109.
（7）L. Malten, Der Stier in Kult und mythischer Bild (1928); Mircea Eliade, Traité d'histoire des religions (Paris: Payot, 1949), pp. 85 ff.
（8）Hugo Gressmann and A. Ungnad, Das Gilgamesch-Epos (Göttingen: Vandenhoeck & Ruprecht, 1911), p. 162.
（9）これは有名なアララト山のことで、アララトというのは古アルメニア語による名、マシウスおよびマシスとも呼ばれた。標高五一六五メートルで、ノアの箱舟が着いたとの伝説がある。この山は現今、アルメニア、トルコ、イランにまたがり、山頂はトルコ領になる。（訳註）
（10）更に詳しくは下記書をみよ。W. F. Albright, "The Babylonian Sage Ut-napištim rûqu," in Journal of the American Oriental Society, vol. xxxviii (1918), pp. 60–65; "The Goddess of Life and Wisdom," in American Journal of Semitic Languages, vol. xxxvi (1920), pp. 258–94; M. Eliade, op. cit., pp. 248 ff.
（11）コーランにおいてスーラというのはそれぞれ題のついた各章のことで、この章には「洞穴」なる題名がある。この節は次のようで、文中の「二つの海」（バハラーン）はバーレーン島を指すとも考えられている。最近の調査によれば、ここには「エデンの園」の原型があったとされる。「そこでモーセは従者に語って曰く、二つの海（バハラーン）の合流点に達するまで、私は休まぬであろう。そのために私は百年間もさまよわねばならぬであろうけれども」。（訳註）

（12）トムソンの索引中、「助け人探し」（H 1235）がこのように呼ばれる。（訳註）

（13）Videvdat xx, 4; Bundahisn xxvii, 4.〔これらは古代イランの聖典アヴェスタの章名で、殊に前者は主要部分をなす。〕

（14）Bundahisn I. i, 5.

（15）上記の本文のように、ハオマなる霊草のことは、古代イランのアヴェスタ聖典のうち、ヤスナ第九章ホーム・ヤシュト等に出てくる。またインドではリグヴェーダに現われるが、その語根 hu-（Skt. su-）は単にしぼるの意であるから、しぼり汁の意と考えられる。またプルータルコス（De Iside et Osiride 46）には上記のアハリマン、すなわち善神アフラマズダに対する悪神アングラマイニュにオモーミが献ぜられたとの記述があるが、これはラテン名 amomum（白豆蔻）である。（訳註）

神々の戦争

そもそもの大昔、まだ天も地もありませんでした。世界には、ただ水と、それを支配していたふたりの者しかいなかったのです。真水はアプスーのもの、また塩水は妻のティアマトのものでした。といっても、その頃はこの二つの水はまじり合っていたので、まだ川だの海だのがあったわけではありません。

このふたりの結婚から、ついにふたりの巨大な子供が生まれ出ましたが、それがラフムと、つれのラハムです。このふたりからは、次の一対、アンシャルとつれのキシャルが生まれました。アンシャルは天上に属するものの精霊であり、キシャルは地上に属するものの精霊でした。このふたりから生まれたのがアヌ、すなわち天の神です。

アヌの息子がエアです。強いことも強いし、賢さにかけても、両親やそれ以前のだれよりもすぐれておりました。

エアが生まれてから、神々の一族は急速にふえていき、いまや、まるで蜂の巣をつっついたような騒がしさでした。上ったりおりたりして走りまわるし、あらん限りの声を張りあげてわめくし、とうとう祖母のティアマトはかわいそうにすっかり神経衰弱になってしまいました。けれどもおばあさんは黙ってしんぼうし、ぐち一つこぼしません。「なんといったって、あれたちは子供なのだから」と彼女は考えるのです。「それに、直すことのできないことは、がまんするより仕方がない」。ところが祖父のアプスーの意見はちがいました。そしてある日、もうこのさわぎをがまんできなくなりました。そこでムンムを呼びにやりましたが、このムンムというのは、アプスーが自分の家においてやり、相談や遊びの相手にしているこびとのことです。「さ、いっしょに来い、ティアマトのところへ行って、このことを話し合わにゃならん」と申しまして、ふたりは子供たちをどうするかを相談するために、ティアマトのもとへ出向きました。

というもののアプスーは、おだやかに話し合うような気分ではなかったのです。彼は叫んで申しました。「わしはもうがまんできないぞ。昼は昼でちょっとも休めず、夜でさえ目をつむるひまもない。なんとしても、安息が必要だ。わしは、あいつらを追ん出してやるわ」

ティアマトはこの言葉をきいて、顔色をかえて怒りました。そこでアプスーに向きなおって言うには、「なんということです。自分が造ったものを自分たちの手でぶちこわすというんですか。もちろんあの子たちはわたしたちをいらいらさせます。子供ってものは、みんな年寄りをいらいらさせるんです。しかし、それはしんぼうしなければなりませんわ」

彼女のこの言葉も、まったくむだでした、彼女が言い終らないうちに、ムンムの奴めは主人のそばによって、耳にささやきました。「聞きながしておおきなさい。安息をお望みならば、ためらわずに子供たちをやっつけてしまうことですよ」

ムンムの進言はアプスーの御意にかないました。彼はこびとをひざの上に抱きあげ、くびに手をかけて口づけしてやりました。それからふたりは神々のところに出かけ、心にきめたこと

マルドゥーク
(紀元前850年頃のルリ石円筒印章より)

を告げたのでした。

この決定をきいた神々のあわてようといったら。彼らは、ただもう天上を右往左往する、当惑のあまり手をもみしぼる、はては、いとも悲しげな様子をして坐りこみ、身の災難をなげくばかりでした。

ただエアだけはそうでありません。一ばん賢く、一ばんすばしこく、計りごとにもすぐれているエアには、見通しのきかないことなどなかったし、またなににせよ先まわりして、思いどおりに変えてしまったのです。一族がより集って、術もなくただ嘆き悲しんでいるとき、エアはいそがしく作戦を練っていました。彼はとつぜん一言もいわずに立ち上り、水差しをもってきて水を満たし、あらたかな呪文をとなえました。それから、アプスーとムンムのところへそれを運び、二人に飲ませました。

まもなく、アプスーは眠りこけてしまいました。眠さのために、どうしても起きていられなくなったのです。エアは一刻をもむだにしませんでした。稲妻のようなすばやさで、アプスーの立派な衣裳をはぎとり、冠をぬがせ、後光まではずし、それらをすっかり自分の身につけました。それからアプスーに手かせ足かせをはめ、これをころしてしまい、その家を占領しました。腹黒い相談役だったムンムの方は、ひっくくって鼻輪をはめ、地下牢へひきずって行きました。

こうして敵をやっつけ、勝利を記念する石碑をたててから、エアは住み心地のよい、美しい部屋を造りました。これが出来上ると、彼はダムキナを花嫁に迎えました。

このきよらかな、幸福な住いの中で、神々のうちで最も強く、力にみちた神、王者中の王者であるマルドゥークが生まれたのです。彼は女神たちの胸の中ではぐくまれ、女神たちの乳から、威厳と権力とを吸いとりました。彼は、誕生のその日から、すでに一人前に育っており、姿はしなやかに美しく、目は輝き、歩きぶりはいかにも雄々しいのでした。

父親のエアは、この子を見るなり嬉しさに満ち、相好をくずしました。そして、この子を承認するしるしをあたえると同時に、すぐさまほかの神々のもつ二倍のものをこの子にやろうと決めてしまいました。そこで、エアはマルドゥークに、人間には想像もつかないし、人間の言葉では言いあらわせないほど立派な姿をあたえたのです。マルドゥークは、目が四つ、耳が四つあります。唇が動けば、火をふき出します。丈はたいそう高く、手足は大きく長く、光り輝く神の衣をまとっているのでした。

ところで、彼にはひどく冒険好きの血が流れていて、成長するにつれて勝手気ままないたずらを盛んにしました。たとえば、ある時はほんの気まぐれに、風を革ひもでつないでしまいました。そのために、風はマルドゥークの好きなところにしか吹くことができませんでした。またある時は、神々の住いの番をしている竜に、うまく口かごをはめてしまったのです。

神様たちはとうとうたまりかねて、ティアマトに向って不平をのべました。

「マルドゥークが、なにもかもを、どれほどめちゃめちゃにしているか、おわかりでしょう。

あれの悪ふざけは、やりきれません。だのにあなたは、なんの手もうたずに、ぼんやりしていますね。まったく、同じことのくり返しですよ。むかしアプスーとムンムが訴えた時、あなたはなにをすることも拒んでしまった。あなたの手には、アプスー自身が作った大鋸があったのに、アプスーの危難のせとぎわにも、あなたはそれを使うのはいやだと言った。その結果はどうです。あなたは、やもめになってしまったじゃありませんか。夫のためにしなかったことを、子供たちのためにして下さい。さあ、マルドゥークをやっつけて下さい」

こうせがまれると、ティアマトも同意するほかはありませんでした。

「よろしい。では、みんないっしょに、あの子と戦おう。しかし、言っておくがね、あの子は、わたしたちみなを合わせたぐらい強いのだよ。援軍が必要だね。だから、まずそれを少しつくっておこうじゃないか」

そこで、ティアマトをかこんで神々は集り、作戦会議が開かれました。一同は、夜を日についで、あれこれと戦いの計画をたてました。

一方、ティアマトは恐ろしいけものを何頭かこしらえました。鋭い歯と、むき出しの牙をもち、血管には血のかわりに毒液が注ぎこまれました。なんと恐ろしい化物ども、それらは火焔にとりまかれていて、そこいらじゅうぎらぎら照らすものですから、ひとめ見てだれでも逃げ出してしまいます。マムシ、竜、マンモス、大シシ、狂犬、サソリ、狂暴な嵐の悪魔たち、飛竜、ケンタウロスなど十一種類もの魔ものたちでした。いずれも恐れを知らない戦い手で、こいつらの攻撃を受けとめられる者はいないのです。

次にティアマトは、キングーという名の神を全軍の指揮官に指名しました。

「そなたが、軍旗をかかげて全軍を導き、獲物の管理をするのだよ。そなたの言葉は至上のもの。高い位についたのだし、そなたは、わたしの分身として行くのだからね」

そう言いながら、ティアマトは、権力のしるしとして決定権を示す大牌を、キングーの胸につけてやりました。つけ終ってから、ふたりは神々の方に向きなおり、声高らかに言いました。

火いかに暴れ、焰いかにもえさかるとも、
汝らの息は、それを吹き消す。
猛き者も、力を失い、
おごれる者も滅ぶべし。

この言葉を耳の奥底に留めて、軍勢は出発しました。

かたやマルドゥークは、どんなことがもちあがっているか、ちっとも知りませんでした。けれども、父のエアは、かわいい息子に危険がせまっているのを知って、ひどく腹をたてました。彼はあまり憤ったものですから、筋道をたてて考えることができなくなって、じっと黙ってあれこれ思いめぐらしましたが、やがて、昂奮がおさまると、冷静に頭が働きはじめました。ある計画が、彼の心に浮んできました。エアはすぐにたち上って、アンシャルのもとにかけつけました。賢くて抜目のないエアのこと、この古参の神を動かすにはどうしたら一ばん良いかはよく心得ていたのです。

「ティアマト女神は、天上の宮廷に対して、反逆をくわだてています」

こう切り出して、エアはさらに、ティアマトが神々を集めたこと、恐ろしい怪物どもをこしらえたこと、そしてもう戦闘を始めるばかりになっていることなどを告げました。

これをきくと、アンシャルは怒りのあまり自分のももを打ち、唇をかみました。彼の心は不吉な予感でいっぱいになったのです。

「エアよ、おまえはかつてアプスーとムンムを打ち負かした時、その勇気を示した。ふたたび起て、そして、キングーとティアマトを殺せ」

そこでエアは、前進して来る敵軍に立ち向いましたが、先頭をきっている怪物どもと、それをとり囲んでいる火焔のきらめきを見ると、恐ろしさにすくんでしまい、しっぽをまいて退却しました。

エア敗退の報をきくと、アンシャルもひどく狼狽しました。そこで息子のアヌを呼び寄せて言うには、

「おまえはわしの最初の子で、だれひとりかなう者のない勇士だ。ティアマトに会いに行ってくれ。まず、おだやかに、相手をなだめてみるのだ。それで彼女がきき入れなかったら、わ

しの名代で来たのだと言って、服従させろ」

アヌは、まっすぐにティアマトのところへ行きました。だが、この女神の怒りくるった姿と顔を見るなり、ふるえ上ってエア同様に逃げ出しました。

アヌがアンシャルのもとへ帰りついて、ことの次第を報告するのをきくと父はエアの方を向いて、もうだめだというように首をふってみせました。味方の神々はお互いにささやき合いました。

「何ということだ。ティアマトに会いに行って、元気で帰って来る者はひとりもありゃしない」

神々は寄り集って、ただ不安におびえているばかりでした。とうとうアンシャルが王座から立ち上って、神々にむかい力強い調子でこう言いました。

「われわれの戦士たり得る者は、ただひとり、あの勇敢な戦士、恐れを知らぬ、豪胆無比のマルドゥークあるのみだ！」

エアはさっそくマルドゥークを奥まった一室に呼び入れました。そこでなら、息子とひそかに話しあえるからです。エアは、ティアマトのもくろみをすっかり話してきかせました。ただそのもくろみが、ほかでもないマルドゥークをたおそうとするものだということは、言わずにおきました。アンシャルに訴えたのと同じことを、彼は息子に言いました。

「天上の宮廷に対する反逆なのだ」

エアの面に真剣な表情が浮びました。「父親として、おまえに言うのだ。よくきいて、言いつけに従ってくれ。大おじいさんのアンシャルさまに、お目にかかりに行ってもらいたい。兄弟たちが、おまえのことでいろいろこぼしても、アンシャルさまはいつもおまえの肩をもって下さったし、おまえには、あたたかい愛情をもっていらっしゃる。おじいさまの前へ出る時は、足どりは堂々と、言葉づかいは武人らしくするのだよ。きっとお喜びになるから」

マルドゥークは、父のいいつけに従ってアンシャルを訪れ、いかにも自信にあふれた様子でその前に進み出ました。

その勇士らしい顔つき、ふるまいを見ると、アンシャルの胸もいきいきと弾んできました。彼は、やさしくマルドゥークに接吻してやりました。マルドゥークはたいそう感激して、こう言いました。

「大おじいさま。ぼくがいつも大おじいさまを愛していて、大おじいさまのためには、どんなことだってしようと思っていることは、よくご承知でしょう。ティアマト女神が、天上の宮廷に謀反を起したのだと、父が話してくれました。なんの恐れることがありましょう。ティアマトはたかが女です。それに、ぼくはもう戦いに行く用意ができています。じきに、あなたに女神の首をふみつけていただけますよ」

「良い子だ」

とアンシャルは答えました。「あれに会いに行け。最初に、話し合って、場合によっては呪文を使ってでも、あれをなだめられるかどうか、やってみろ。それできき入れられなかったら、つむじ風の戦車を駆って、あれをやっつけてしまえ」

マルドゥークは、さすがはエアの息子だけあって、勇敢であるとともに、頭も機敏にはたらくし、野心家でもありました。

「またとないチャンスだぞ」

彼は考えました。「怪物どもをやっつけ、天上界の名誉をまもって、なんの報酬ももらわないという法はない」

そこで彼は、小山のような肩をいからして、大おじいさんの方に向って、臆面もなくこう言いました。

「いつでも戦いに出られますよ。ですが、ぼくがあなたの戦士としてティアマトを倒し、あなたの命を救ったなら、ぼくを神々の頭にして下さるでしょうね。さあ、みなを呼び集め、知らせて下さい。きょう只今から、命令を出すのはぼくだけであり、ぼくの言葉は掟となるのだと」

これをきいたアンシャルは、日頃信頼している使者のガガを呼びにやって、彼に言いました。

「わしの年老いた両親、ラフムとラハムのところへ行って来てくれ。海の底で会える筈だ。おふたりに、ティアマトが、天上の宮廷に謀反をおこし、マルドゥークは、自分が神々の頭になるという条件で、ティアマトと戦うと言っていますと申し上げてくれ。他の神々を、自分たちよりすぐれているわけでもない者の配下にするようなことを、わしひとりで決めるわけにはいかぬ。おふたりの領分の神々をぜんぶ集めて、ここへよこして、いっしょに相談させて下さいとよく説明してくれ」

ガガはラフムとラハムのもとへ行ってアンシャルの言葉を伝え、今までの成行きをすっかり話しました。そこで、ラフムとラハムはすぐに配下の神々に、天上の宮廷に集るように言いつけました。

この呼び出しを受けた時、神々は、自分の耳を信じられませんでした。「ティアマト女神が謀反をおこすなんて、よくよくのことだ。われわれも出かけて行って、見きわめた方がよかろう」

まもなく、天上の宮廷は方々から集って来た男女の神々でいっぱいになりました。神々は、ひとりひとり、互いに顔を合わせては、足をとめて、抱擁しあい、挨拶をかわしあいました。ぜんぶが揃うと、食べ物と飲み物が出され、一同は大宴会の席につきました。

裁決が行なわれる頃になると、神々はみんな満ち足りた愉快な気分になっていたので、議案が出されても、ひとりとして深く考えたり、反対したり、文句を言ったりする者がありません。あわただしく壇が築かれ、マルドゥークが勝ち誇った様子で壇上にのぼると、神々は嵐のように賞讃と承認の言葉を浴せました。

「われらの首領、マルドゥーク！」

「マルドゥークの言葉は、そのまま掟だ」

「生きるも死ぬも、御意のままに」

「アヌの力のすべてを、マルドゥークにあたえよ」

「マルドゥークを全世界の支配者に。彼の放つ矢の一本も、的をはずれないように」

そこへ、ある神が立派な衣を運んで来ました。

「マルドゥーク王、あなたがどんな力をおもちか、見せて下さい。一言命令なさるだけで、この衣はばらばらになります。さらに一言命令なさると、もとどおりになります」

そこでマルドゥークは命令しました。すると、衣はばらばらになりました。もういちど命令すると、衣はもとどおりの形になりました。

こうして、マルドゥークの並はずれた力をまのあたりに見た神々は、彼を信頼し、ひざまずいて口々に、

「マルドゥークこそわれらの王、われらの王マルドゥーク」

と唱えました。そして、彼の手に王笏（おうしゃく）をもたせ、王座につかせ王者の徽章を渡しました。さらに、立派なつるぎを手渡して、言いました。

「さあ、これでティアマトの首を切りおとして下さい。そして、彼女の血を風に吹き散らして下さい」

神々が帰るが早いか、マルドゥークはすぐに武器をととのえ、戦いの準備にかかりました。

弓を取って、矢をつがえてみました。それから、竿の先に稲妻をすえつけて自分の前においたので、彼の全身は光に包まれて、きらきら輝きました。それから、彼は敵を捕えるためのあみをこしらえ、また一対の大嵐をつくって、自分の両脇を進ませることにしました。

すっかり仕度ができると、マルドゥークは手に雷をつかみ、つむじ風の戦車に乗りこみました。戦車をひくのは、怒り、残酷、嵐、疾風の四つの怪物たちで、いずれも強くて鋭い毒牙をもっておりました。マルドゥークはまた、唇には毒の力から身をまもるために赤土を塗り、手には、ティアマトや、その獣たちの放つ毒気を払うために、芳香のある草をもっていました。こうして彼は出陣したのです。

キングーをはじめその先鋒の兵たちは、マルドゥークの姿にふるえ上りました。こんな者が出てくるとは思ってもいなかったのです。作戦はめちゃくちゃになってしまいました。しかし、さすがにティアマトは、恐れたり、おののいたりしませんでした。彼女は勇敢に前進しました。そして、彼女の歌う軍歌が、あたりの空気をゆるがしました。

おごれる王者、汝マルドゥーク。
汝と戦い合わんがために、
神の軍、ここに来たれり。

しかし、この歌をきくより早く、マルドゥークは、棍棒をふりあげ、ティアマトの方へ振りかざしながら、大声で歌い返しました。

大いなる力にあふれたる
君は、すべての神の女王、
だがその心には、正しきもの住まわず、
いさかいと争いと、あるのみ。

われの母と仰ぐ君にして、
心に怨恨のみを抱くため、
兄弟たがいにあい争い、
父子たがいにあい争う。

残忍で、卑劣で、腹黒く、
生者にも、死者にもともに不貞の者。
アプスーの死を見るより早く、
その座にキングーを迎え入れたり。

幾千の怪物を頼みとし、
これをひきいて進み来たり、
古き神々に戦いを挑むとは、
なんたる勇気、いな、身のほど知らずよ。

進み出でよ。ただ一人。
手下どもを追い払え。
汝一人、来たり戦え、
われらは存分に戦わん。

この歌は、ティアマトをすっかり逆上させてしまいました。あたりに気を配る余裕もなく、めくら滅法に彼女はこの無礼者に向って突進しました。あごは、今にもかみつこうと、かっと開き、進撃しながら金切声でわめきちらしたので、彼女のかたわらを進んでいた神々も、武器をかまえ直して戦う身がまえをしました。

ところが、マルドゥークは実にすばやかったのです。ティアマトがかかって来ると見るより早く、稲妻のような速さで彼女の道筋に例のあみをひろげ、彼女をたたみこんでしまいました。

ですから、ティアマトはあみの中であばれ廻っていたわけです。それから、軍勢の後尾にいた大嵐を、前方へ呼び出しました。大嵐は吹き進んで、ティアマトのあけっ放しのあごめがけて攻め寄せたので、ティアマトは、口を閉じることができなくなりました。

時を移さず、マルドゥークは弓を引きしぼり、その大きくあけた口の中へ、矢を射込みました。矢はティアマトの内臓の奥ふかく入って、血管をつき破り、心臓をひき裂いてしまいました。ついに彼女の偉大な体も、力を失って倒れました。マルドゥークはそれをしばり上げてとどめをさし、うち倒れた死骸の上に足を踏まえて立ちました。

ティアマト方の軍勢は、頭が殺されたのを見ると、隊列を乱して逃げ出そうとしました。しかし、マルドゥークの軍勢はすぐに追い迫り、武器をとりあげ、鎖でしばりあげてしまいました。マルドゥークは彼らをあみでくくって地底の洞窟に投げこみ、永久に、捕虜としてそこにおくことにしました。

十一頭の怪物も、綱でしばり合わされ、さんざん踏みつけられたので、力を失い、誇りも失って、ごくおとなしいけものとして、革ひもにつながれるようになりました。

キングーについては、特別の判決が言いわたされました。すなわち、キングーはもはや神々の仲間に入れられなくなったのです。

ティアマト一味のかたをこんなふうにつけてしまうと、マルドゥークはあらためて倒れた死骸の始末にかかりました。まず、大棍棒をふり上げ、しゃれこうべめがけて力いっぱい打ち下しました。ずたずたにちぎれた血管から飛び散った血は、風が吹き飛ばしました。

アンシャルやエアやその他の味方の神々は、このありさまにおどり上って喜び、そして安堵しました。皆は手に手に捧げ物をもって、マルドゥークをとりかこみました。けれどもマルドゥークは、そんな物を受取るのにぐずぐずしてはいられませんでした。新しいつとめで忙しかったのです。ティアマトの死は、彼にとっては新たな自分の治世のはじまりでした。

マルドゥークは、ティアマトの死骸を、貝がらのように二つに割りました。それからその一方を高く上方にあげて、大空にしました。次に、大空の下にある一面の水をしらべてその広さをはかり、ティアマトの体の残る半分で、蓋のようなものをこしらえて水にかぶせました。この蓋が、大地の土台になったのです。それから、アヌを大空の上の領分に住まわせ、エンリルを天と地の間に、エアを地の下の水の領分に、それぞれ住まわせました。ですから、アヌは空の神になり、エンリルは大気の神になり、エアは大洋の神になったのです。

それから、神々のひとりひとりに受持ちの場所を割りあて、天体をつくって大空の中で輝くようにしました。太陽だの月だの星だのは、こうしてできたのです。マルドゥークは、神々の働く時間と季節とを定め、星に軌道をつくってやりました。また月々の長さを定めました。東の空には、太陽が暁に出るための入口をつくり、西の空には夕方そこから入るための出口をつくりました。

ところが、なにもかもがきちんときまってしまうと、神々はマルドゥークのまわりに集って来て、小言を言いはじめたものです。

「あなたは、わたしたちに受持ちの場所を割りあてて、それぞれ仕事をお言いつけになりました。けれど、わたしたちが仕事をする間、わたしたちのために働き、わたしたちを養う者を決めては下さらなかった。一体だれがわたしたちの家事を見たり食事の用意をしてくれるのですか」

マルドゥークは考えこみました。

しばらくして、彼は勢いよく顔をあげ、ひとりごとを言いました。

「そうだ。血と骨とで、小さなひながたをつくろう。人間と呼ぶのだ。神々が自分の仕事をする間、人間が神につかえ、神の用を果せばよい」

ところで、この計画をエアに話すと、この年老いた賢い賢い神は、すぐさま考えを進めて言いました。

「新しく血や骨をつくる必要はないよ。謀反人どものを使えばよい」

そこでマルドゥークは、しばりあげた捕虜たちを連れて来させ、ほんとうのところ、おまえたちのだれが張本人なのだと鋭く問いただしました。張本人を死に処そうとしたのでした。

だが、捕虜たちはみなティアマト軍のただの兵卒ばかりでしたので、だれにしろ戦いの責任を負わなければならないなどということは、思いもよらないことでした。彼らは声をそろえてこう答えました。

「張本人はキングーです。キングーがわれわれの指揮官で、総司令官でした。彼がこの攻撃を計画し、指導したのです」

土牢からキングーが引き出され、エアの手に引き渡されました。エアは彼の首をはね、血管を引き裂き、その骨と血とで、人間と呼ぶ、神々につかえるべきひながたをつくり出しました。

神々は大喜びでマルドゥークのまわりに集りました。

「ああ、マルドゥークよ。あなたは、わたしたちの負担をやわらげ、労苦を軽くして下さった。ですから、わたしたちは地上にあなたの疲れを休めるための宮殿を建てて、感謝のしるしといたしましょう。年毎にわたしたちもそこに集ってあなたをあがめ、あなたをたたえて歌いましょう」

まる二年間、神々は煉瓦やモルタルを使ってせっせと働きました。そして三年目に、バビロンの町が出来上ったのです。町の中には、エサギラ宮殿、つまりマルドゥークの神殿が、一きわ高くそびえ立ちました。

この建物が完成すると、すべての神々がここに集って祝宴を開きました。マルドゥークも皆にかこまれて坐り、皆の讃辞を受けながら、全世界に通ずる掟と、運命を宣言しました。それから、敵を倒したあの大弓を取って、だれもが見られるように大空に掛けました。

今日まで、これらのことはずっと続いております。人間は神のしもべです。また毎年元日になると、神々は全部バビロンにあるマルドゥークの宮殿に集って来て、彼に敬意を表するのです。そこでマルドゥークは、神々に向って全世界の運命を宣言します。そして虹は、だれにも見えるように、大空にかかっているのです。

解説

「神々の戦争」は純粋な民話以上のものである。これは高僧により寺院の奥殿において、バビロニア新年祭儀の第四日目に厳かに読誦されたもので、いわばこの場合の「祈禱書」——一種の原始的な聖歌であった。

バビロニアの大多数の町で十日から十一日続いた新年の祭儀は、春の始めに祝われ、いくつかの町では、秋の始めに祝われた。この祭儀の主題は生命の更新ということだった。そこに意味されたものは、世界の秩序の再確立、王の即位直しと確認、神々による来たるべき十二ヵ月の人間運命すべての決定であった。このすべては黙劇により祭儀の一部分としてとり行なわれ、この黙劇は逆に、時のはじめの出来事を表現するものと考えられた。主神はカオスの悪魔の軍勢と戦うものとして描かれ、彼らを打ち負かしてのち、創造の秩序をあらためて確立するのである。彼の勝利のしるしとして、彼の絵姿が形式的に街路をねりはこばれ、最後に特別の堂か社に納められる。近隣の神々はすべてこの時にあたり威儀を正した訪礼を行ない、その神々の像もまた行列により運びまわされた。つぎに主神は、その来会者たちにかこまれ、特別な部屋で会式をとりおこない、人々の運命が定められる。会式の過程の要点として、王は形式的に廃位され、次にまた位につけられるが、これは、年ごとに影を失ってはふたたび新しくされた集団生活を、彼が擬人化したという事実を象徴するためである。

　この種の儀式は、黙劇による竜との争いや勝利の行列や王の形式的な廃位と復位を含むもので、これは世界の多くの地方に共通のものである。好奇心のある読者は、ジェームズ・フレーザー卿による古典的著作『金枝篇』のうちに集められた大部の例示をぜひ参照すべきである。同時に民間の風習から親しみ深い五月に選ばれる王と妃――また現代の「美の女王」とか「ミスなにそれ」といったものも、年ごとの主権者の即位直しのかすかな名残りに他ならない。

　「神々の戦争」の主な原本は、アッシュルバニパル王（紀元前六六九―六二八年）の書庫から出ている。原書板は、十九世紀に掘り出され、今は大英博物館にある。これらの書板は、アッシリアの後代の首都ニネヴェで発見されたのであるけれども、これらに録された物語の原文自体はバビロンから伝わったもので、この町で行なわれていた形体を示している。それゆえ主人公はマルドゥークと同一のものとみなされるが、これはバビロニアの首都の主神であり、この神を祭るために建てられる堂宇はエサギラ、すなわちこの町にあるこの神の大きな神殿である。しかしながら一九一五年になると、紀元前二千年頃にさかのぼるこの物語の古版がアッシュールで発見された。これはアッシリアのさらに古い首都であって、ここでの主人公はこの国の神アッシュールであり、堂宇はアッシリア首都の有名なこの神の神殿であった。

　この物語は、以前に独立した多数の話として存在していたと思われるものを、みたところ筋の通った統一体にまとめ上げている。きっとこの「神々の戦争」が現在の形にまで発展するには長時間を要したであろう。話全体に多数の俗信がおりこまれているが、それらの考えは他の民族の民間伝承にもくり返される。

最初の原質は水であった――これは未開の天地創造説話に共通な観念であり、とりわけバビロニア人に好まれたものであるが、それは彼らの初期の町が実際に海水湖の上に建てられたのをみてのことであろう。最初の生物は番いにつくられた。主人公の神（すなわちマルドゥーク）[1]は早熟の子で、事実上成人して生まれた。ギリシア神話のヘラクレス、後代ユダヤ伝説のモーセ、ハッティの物語「石の怪物」中のウルリクンミのごときがそれである。彼は四つの眼をもち――これもギリシア神話でクロノスと[2]（時には）ペルセフォネーに付与されている特徴だ[3]――口から火を吐いていた。彼の敵ティアマトは、普通の武器では傷つけられず、ただ台風が口に吹き込み、彼女の腹をふくらましたときにのみ圧服された。主人公は赤い練物を唇にぬることにより自らを保護したが、これは魔物を防ぐ手段として未開人により赤がよく用いられる事実により説明される細部である。[4]例えばイスラエルでは、赤い牝牛の灰は不浄を払った（「民数記」一九・二）。カフィル族の女たちは、お産のあと赤い粘土片を体にぬる。またガレラスとタベロレーゼ族では、子供たちは成年式のとき赤い顔料をぬりたくられる。また同じように、赤い糸は未開の魔術において、敵を縛ることの、あるいは暗黒の力の象徴としてしばしば定められている。斬られた神の血からの人間創造も、他の場所に近似した類型がみられる。[5]インド神話では、人はプルサの血からとび出し、ギリシア神話では敗れた巨人ティタンらの血から出た。

さいごに、マルドゥークが勝利の弓を天に懸けるところは、次のような初期アラビア人の伝説に名残りをみせている。それは嵐の神クォザフが、洪水を起した悪魔を負かしてのち、勝利の弓を天においたと述べているものである。この物語における弓とは、一見考えられそうな虹ではなく星宿であることがつけ加えられるべきであろう。

(1) L. Ginzberg, The Legends of the Jews (Philadelphia: The Jewish Publication Society of America, 1909–38), vol. ii, p. 264; vol. iii, p. 468.

(2) Arthur B. Cook, Zeus: A Study in Ancient Religion (London: Cambridge University Press, 1914–40), vol. ii (1924), p. 553.

(3) Ibid., p. 1029.

(4) Eva Wunderlich, Die Bedeutung der roten Farbe im Kultus der Griechen und Römer (Giessen: A. Töpelmann, 1925): Fr. von Duhn, “Rot und Tot,” in Archiv für Religionswissenschaft, vol. ix (1906), pp. 1–24.

(5) 例えば Theocritus, Idyll ii, 2; Petronius, Satyricon, 131.

借りものの翼

むかし世界ができたばかりの頃のこと、鷲と蛇とはたいそう仲の良い友達でした。鷲が木のてっぺんに巣をかけると、蛇も、その木の根もとにとぐろを巻きました。そしておたがいに、子供の番をしあいました。

幾度となく、鷲は遠くから、子蛇たちにおいしい食物を運んで来てやりましたし、蛇の方でも、しじゅう、鷲の巣に這い上ってひなたちに餌をやりました。

ところで、ひなたちがすっかり大きくなったある日、鷲はこんなことを考え始めたのです。

「さて、もう蛇なんかに用はないぞ。うちの子供たちはもう独りだちできるんだからな。そろそろおれが楽しませてもらってもいい時分だ。

今度、蛇旦那が留守にしたら、舞い降りて行って、あいつの子供を食べてしまおう。もし、そのほかに食べられる物があればしめたもの、持って帰るとしよう。この木の上で、ちょっとした宴会ができるよ」

鷲と蛇の戦い（ニップルの浮彫、紀元前14世紀）

こう考えているうちにだんだん興奮してきて、鷲は、いつのまにかに大声でしゃべっていました。ひなたちの中に一羽、たいそう賢い子がおりましたが、この子は、父鷲の言葉をきいて、こんな考えを思い止まらせようとして申しました。

「なんてことを考えるの、お父さん。そんなことをしたら、自分が悲しくなるだけでしょう。空には裁きの神様がいらして、世界をおおうような大きなあみをもっていらっしゃるよ。掟にそむく者はだれでもみんなあみで捕えておしまいになるよ」

けれども、鷲はこの子の言うことなんか、気にもとめません。親蛇が巣を出て行くやいなや、子蛇に襲いかかって、つかまえてしまいました。

親蛇が、暑い日ざかりを重い獲物をもち、昼寝でもしようと楽しみにして帰って来ますと、なんということでしょう。巣がめちゃめちゃに荒らされ、子供たちはどこにも見えないではありませんか。

「何者かが子供たちを襲ったのだ。だが子供たちは、いつも教えておいたとおりにしたにちがいない」

蛇は、すぐに穴を掘りはじめました。子供たちはきっと地面の下にかくれているのだと思って。しかし、穴がどんどん深くなり、掘りかえされた土がどんどん高くつもって行くにつれて、蛇の胸は、だんだん沈んで行くばかりでした。とうとう、恐ろしい真実が、蛇にもわかりました。悲しみに身もだえしながら、蛇は正義の神の前にかけつけました。そして、泣いて訴えたのでした。

「ああ、おきき下さい、神様。鷲とわたしは、友達同士でした。尊いあなたの御名にかけて友情を誓った仲なのです。わたしは、ずっと誠実をつくしてきました。だのに、鷲めは、わたしを裏切って、わたしの穴を襲い、子供たちを殺してしまいました。子供を奪われ、家を奪われて、わたしがこんなに苦しみ嘆いているのに、あいつは鼻高々と木の上で涼しい顔をしています。お願いです、神様。あなたのあみで、あいつを捕えて下さい。大きな大きな、罪ある者は絶対に逃れられない、あのあみで」

正義の神は、この話をあわれに思われて、このふしあわせな、泥まみれになった蛇を見つめて、やさしく申されました。

「蛇よ、山を越えてお行き。山の向うの原に、水牛が一頭、転がっているのを見つけるだろう。おまえのためにわなにかけて倒しておいた水牛だよ。その死骸の中に這い込んでじっとかくれておいで。すぐに、空の鳥という鳥が全部、それにおそいかかる。そのなかに鷲も入っているのだ。鷲は、おまえが中にいるとは思いもよらないから、一ばん良い肉を取ろうと飛びまわり、つつきまわるだろう。

あれがおまえに触れたら、すぐ翼と爪をひっつかみ、引きちぎっておやり。手も足も出ないようになったら、どぶの中にころがして、飢えと渇きで死んでしまうまで、放っておくがよい」

そこで、蛇は言われたとおり、山を越えて旅をして行きました。そして、野原に転がった水牛の死骸のところまでやって来ると、その中に這い込んでじっとかくれました。やがて、鳥たちが襲いかかって、肉をむさぼり始めました。鷲も、このありさまを見ると、子鷲たちを呼びあつめて、舞い下りようとしました。

あの賢い子鷲は、この時も父親を止めようとしました。

「行っちゃいけない、お父さん。きっと、あの死骸の中には、蛇が待ち伏せしていますよ」

しかし、今度も鷲は注意をききませんでした。水牛めがけて舞い下りると、とびきり良い肉をねらって、とび廻り、つつきまわりました。深く、もっと深く、鷲はくちばしを入れました。と、ぱっと蛇が現われて、鷲の翼をひっつかみました。

「放してくれ」

鷲は苦しがって叫びました。

「助けてくれ。命だけは助けてくれ。欲しい物はなんでもあげるから。助けてくれたら、君を花嫁さんのように、贈物ぜめにしてあげるから」

しかし、蛇は、力をゆるめません。

「だめだ。絶対にだめだ。おまえをゆるしたりしたら、正義の神様は、一体どうしたのかとおききになるだろう。そうしたら、なんと答えたらいいんだ。神様は、おまえにお定めになった死にざまを、おれの方へふりかえなさるにちがいないからな」

そう言って、蛇は、鷲の翼と爪とを引きちぎり、弱り果てたところで、どぶの中にころがしておきました。飢えと渇きで苦しめるためです。

話かわって、キシュの町ではふしぎなことが続いて起りました。神々が、この町の人々に腹を立てて、よりより相談のすえ、根だやしにしてしまおうと決めたのです。

天地の神々は、こぞって町の城壁を包囲しました。まるで敵軍の侵略といったありさまです。一方、七人の鬼神が、厳重に閉ざした市門を固めましたから、だれひとり逃げ出すこともできません。町の中では、疫病が猛威をふるいました。そうしておいて、神々は、いけにえとして、王ばかりか、世つぎたちをも、ひとり残らず捧げさせましたので、町の人々は、指導者を失ってとり残されました。その上、王の後継者をたてようとしても、神々は頑としてきき入れません。王冠だの、笏杖だの、衣だの、王の位の象徴であるこれらすべてのものは、新しい君主が位につくと、その都度、神々の祝福と承認のしるしとして授けられるのですが、今は、天上の奥深く、しまい込まれています。ちょうど、地上には王だの高官だのという者がなくて、全世界が天帝の支配するところであった大昔と同じようでした。

しかし、意地の悪い神々のなかにあって、ただふたりの神がいくらか好意のこもった目を人間の上に注いでいました。君主の即位を司る偉大な神エンリルは、力を貸してやれるような人間はいないかと、天上の宮廷をあちこち探し廻っていましたし、一方地上では、母なるイシュタルが（王という者はみな彼女の胸で育てられるのです）町中をくまなくたずね、さらに遠く野を越え、人々の顔を仔細にしらべながら歩き廻り、神々の意に背いても、しかるべき者を探し出して、人々の救い主にしようとしていました。

幾日も探したあげく、ふたりの神はひとりのつつましい羊飼いを選び出しました。名は、エタナといいました。

「あれなるエタナは、立派な、そのつとめに誠実な羊飼いだ。王となって、人民を牧するにふさわしい」

そこでエタナは王宮に呼ばれ、即位の式は滞りなくおこなわれました。神官たちや魔術師たちは神々に祈りを捧げ、高価な食物や飲物をたくさん供えて、どうか、怒りをやわらげて、この君主と王国とに恵みをたれ給えと懇願しました。次に、この地方のならわしに従って、彼らはエタナを奥まった一室に導き、ひとりの身分高い花嫁との結婚をとりおこなわせました。この婚姻のもたらす力によって、国土と人民とが富み栄えるようにと。

しかし、どんな見事なご馳走にも、おびただしい飲物にも、神々は、手をふれようとしませ
ん。悪疫は少しも衰えをみせず、エタナの花嫁はみごもりませんでした。とうとう、自分の結
婚がなんの役にも立たず、民が今や数えるほどしか残っていないことがわかった時、彼は、み
ずから正義の神の神殿に参って、心から祈りを捧げました。
「おお、神様」。涙が彼の頬を伝いました。
「神官たちがまだ供えなかった供物とてなく、捧げなかったいけにえとてありませんのに、
ごらん下さい。わが民はハエのようにばたばたとたおれ、わたしどもには、ひとりの子供も恵
まれません。どうか、わたしどもの悲しみをしずめ、嘆きをとどめて下さいまし。魔力によっ
て出生を起させる草を、わが手におあたえ下さい。そうすれば、わが民は子孫を得ることがで
き、わたしどもの肩にかかる重荷は払われますから」
こうして、エタナが正義の神に祈りを捧げていた時、どぶの中にうち棄てられたあの鷲も、
正義の神の名を叫んでいたのでした。
「神様、命をお助け下さったら、わたしの今後の生活をすべて、あなたの御名をあがめるこ
とに捧げます！」
正義の神は、この二つの願いに答えられました。
エタナに向っては、「山々を越えて行くがよい。おまえは、あるどぶに着くだろう。そのど
ぶをのぞき込んでごらん、一羽の鷲がいる。それが魔法の草をどこで見つけたら良いかを教え

てくれるだろう」

また鷲に向っては、こう言われました。

「おまえは卑劣ないまわしいおこないをした。おまえは汚れたものだから、わしが近寄ることはできないが、ひとりの人間をつかわそう。彼が、おまえを救ってくれるだろう」

そういうわけで、ほかならぬエタナがやって来た時、鷲はどぶの中によこたわって、溜息をついたりすすり泣いたりしていました。

エタナはどぶの縁に着くと、中をのぞき込みました。すると、はたして、弱り果てて身動きもできない一羽の鷲がいます。

「どうして、ここまでやって来たのです？」と、鷲は弱々しい声で言いました。けれどもエタナは、驚きのあまり返事もしません。今こそ彼は、神の語られたことがそのまま、実際に起るのを知ったのです。

「君、わしにくれ、見せてくれ」彼は、どもりながら言いました。「見せてくれ、魔法の草を。子供を生ませるふしぎな草を」

それから、いくらか心が落着いたので、こうつけ加えました。

「ところで、君がこんなみじめなありさまで、どぶの中にねているのは、一体どうしたわけでだね」

「長い話になるんですよ」と、鷲は答えました。「ご存知でしょうが、わたしは鳥の王で、ほ

天に飛んでいくエタナ（旧サウゼスク卿収集の円筒印章より）

かのどんな鳥よりも高く飛ぶことができるのです。ごく最近のある日、わたしはしあわせな気分で飛んでいました。ほかのことは、ちっとも気にとめていませんでした。

するとふいに天上の宮廷のまん前にいることに気がついたのです。最初の門を、わたしはなんの苦もなく通り抜けました。続いて、二つ目、三つ目、四つ目、五つ目、六つ目の門まで。しかし、わたしが、イシュタル女神の王座に通ずる七つ目の門を入ったとたんに、女神の足もとにうずくまっていたライオンが、唸り声をあげてとびかかって来たのです。もちろん激しい組打ちが起りました。こういう次第でわたしの翼はひきさかれてしまったのです」

それから、声を低くしてこう申しました。

「ところでね、なんだか大切そうなものが、ちらっと見えたのですよ。あなたが探していらっしゃる魔法の草は、まさにあの宮廷にあるのです。もし、わたしの翼の傷をなおして、このどぶから助け上げて下さったら、喜んで、あなたを、あそこへ運んでさし上げますよ」

エタナは、嬉しさに我を忘れてしまいました。そして、なまやさしい仕事ではありませんでしたけれど、ともかく鷲をどぶから引張り出し、破れた翼をつくろってやりました。

「さあ、これでよし。胸をわたしの背にのせて、両手で翼をしっかりつかんで下さい。ひじはわき腹へつけてね。さあ空中へ飛び出しますよ」

エタナは、鷲に言われたとおりにしました。そして、彼らは高く高く飛んで行きました。かなり高く飛び上った時、鷲は振返って、連れに問いかけました。「まあ、ちょっと地上を見てごらんなさい。大きな山がまん中に、そして海がそれをとりまいているのが見えますか？」

「わしに見えるのは、ちっぽけな小山と、小さな水の流れだけだよ」

彼らは、なおも高く飛びました。鷲は、ふたたび振返りました。

「さあ、今度は、地上がどんなふうに見えますか」

「わしに見えるのは」

エタナは答えました。

「小さな青物の切れはしと、そのまわりには、水溜りだけだよ」

彼らは、さらに高く上りました。そして、鷲はもういちど振返って、問いかけました。

「どうです、今度は？」

「なにも見えない。なにも……」

不意に、エタナは、手からも、体からも、力がぬけて、すべり落ちるのを感じました。

一ひろ、二ひろ、三ひろ、彼は、凄まじい勢いでまっさかさまに落ちて行きました。下には、大海が、まるで彼をのみ込もうと向って来るかのように、荒れ狂う波の唸りをあげて、迫っていました。

＊

粘土板に刻まれた物語は、ここで終っています。

一瞬の後に、あたりの静けさを破るものといっては、波の音と、狼狽して飛び廻っている鷲のおびえた鳴き声があるばかりです。しかし、波が寄せては返すたびに、繰返し繰返し、次のような不思議な言葉が聞えるように思われます。

借りた翼では、飛ぶあたわず、
神の掟は、破るあたわず。

解説

「借りものの翼」あるいは「天に飛んでいった人」は、二つの物語を巧みに一つにまとめ上げたものである。最初の物語は、鷲と蛇の争いをめぐって展開される。これは伝承的な動物説話[1]の一篇であって、双方が不死と規則的な若がえり——鷲ははねを抜けおとし、蛇はぬけがらを落すことにより——を求めたとの俗信にもとづくものだった。

鷲の絶え間のない若がえりということは、聖書の中にも述べられている。「詩篇」一〇三・五で、作詩者は神を祝福するためにわが心を励まし、神の恵みによってこそ「汝の若さは新たになること鷲のごとし」といっている。

蛇の若がえりは、バビロニアのギルガメシュ物語における最も策略にみちた出来事の一つの根底をなすものである。すでにみたように、主人公が水浴をしている間に、蛇が深みから現われでて、永遠の若さの植物をのみ込んでしまい、ギルガメシュは小舟の中に供もなくとり残される。フェニキアの史家サンクニアトン〔生没の年代など知られず、ビブロスのフィロにより著書「フェニキア」のギリシア語訳断片のみ残る。〕はやはり蛇について、「これはきわめて長命で、脱皮して若がえる力をもつ」と述べており、プルタルコスも、同じ考え方がエジプトにあったことを語っている。ラテン語でもギリシア語でも「老齢」と「蛇の脱皮」に同じ言葉が用いられているし、今日でもイタリア人は「蛇よりも年とった」(aver piú anni d'un serpente)という。

この俗信がみられるのは、古代人の間ばかりではない。東アフリカのワフィパ人たちは、次のように語っている。ある日神が地上に降りてきて、生き物たちに永遠に生きることを望むものがあるかと尋ねた。しかしそのとき返事をしたのは目覚めていた蛇だけであった。そこで蛇は毎年脱皮をし、殺されない限り死なない特権を授けられたという。同じような話が英国領北ボルネオ［現マレーシア連邦サバ州］のドゥスン族によっても語られている。彼らのいうには、神は皮を脱げるどの生き物にでも不死をやろうとしたが、それができたのは蛇だけであったと。

当面の物語の元来の章句においても、蛇の穴に対する鷲の攻撃の主題は、もっと細かくみると、蛇の持物であった魔法の植物を盗むためのものだったとすることは不可能ではない。実際上、その方が物語の続き具合をよりよく説明するといえる。すなわち、エタナは、神々がキシュの都城に下した呪いのために石女（うまずめ）とされていることを知って、神々の宣告を出しぬく魔術にうったえようとし、結局、鷲のところに行くように命ぜられるのであるが、後者は多分まだ貴重な植物を手もとにもっていたのであろう。

もちろん、当面の物語が今の形に発展した時期には、この当初の動機づけと、鷲と蛇との間の敵意の本当の理由は、すでに永らく忘れ去られていた。そこで作者は彼の物語を、その理由などにはあまり気を使わずに、伝承のこの切れはしをめぐって組み立てることができたのだ。いずれにせよ、異なった動物の間の敵意を述べた物語はおなじみ深いものであった。例えば古代エジプト童話の一つは、ハゲタカとネコがどのように盗みあいをし、最後に太陽神のもとに来て、友情を破ったことで罰せられたかを述べている[2]。また多数のバビロニアとアッシリアの物語が、オオカミと犬、あるいは馬と牡牛の敵対関係を扱っているのだ。

当面の物語の、というよりその根本主題の奇妙な発展が、キリスト教の伝承のうちに生ずることになった。ここにおいて、昔ながらの争いが善と悪の永久の戦いを象徴するものとしてとられ、鷲は復活せる救世主を、また蛇はわるがしこい悪魔を表わすものとされた。

当面の物語は、後半は民俗学の学生には「借りた翼」として知られている主題に基づいている。この主題の骨子は、出しゃばりの頓馬が鳥によって天高く運び上げられ、結局落とされるというのである。この物語の変種は、スペイン、インドネシア、ローデシアおよび北米インディアンの間にも見られ、元来グルジアに発するレムスおじ物語、その変種の一つが、おなじみの古典期のイカルス神話であることは言うまでもない。イカルスは人工の翼を身にかたくつけたはよいが、太陽の近くまで飛んで溶かしてしまうだけであった。この物語は民間伝承の小さな断片に満ちていて、十分に理解できるように訳すためには、それらが説明される必要がある。

かくして、かしこい小鷲は父鷲に、正義の神は「大きな網をもっていて、これで世界を覆い、これによって法に従わない者を皆とらえる」と告げる時、これはバビロニア人の間のみならず、広く古代インドや聖書のうちにさえみられる俗信に言及しているのである。例えばアタルヴァヴェーダの中には、ヴァルナ神はそのような網目をもっていて、それで彼は悪者をとらえると述べられており、苦悩するヨブはその友に「今よ知れ、神はわれをしいたげ、網をわれに周らしたることを」と叫ぶ(「ヨブ記」一九・六)[3]。

さらに、七つの力ある悪鬼がキシュの都城をとりまき、全門を鎖(とざ)しかんぬきをかったとの条にすすむが、これは病気や悪疫を運ぶ七つの風あるいは精霊という古代メソポタミアの俗信への言及である。それらはバビロニアの魔法呪文にしばしばあげられており、そこではそれらが大海の深淵あるいは荒野の不毛の境域からやってくると言われている。『旧約聖書』の「申命記」(二八・二二)には、イスラエルびとが、もしエホヴァの掟を守らなければ、七つの形の病いが「汝を追いて、遂には滅すべし」と警告されている。また、似たような考えが古代フィン族の民謡に現われており、そこでは老婆が九人の息子を生むが、それらはそれぞれ、狼人間、蛇、リシ〔多分ある種の動物〕、とかげ、睡魔、リューマチ、痛風、心気、それに疝痛である。この女の息子たちは、禍多き怪物どもであった[4]。

民間伝承のまた別のものは、次のような事実のうちにも認めることができる。すなわち、非運の町の主として、また救い主として選ばれたエタナは、実のところ羊飼いであったということがそれで、これは、バビロニア人のもとにおける王に対する正規の称号が「人々の羊飼い」であった事実に対応している。この考えは聖書においても「羊の間より」召命されたダビデの物語や、モーセとアアロンが神の選民を「羊のむれのごとく」(「詩篇」七七・二一)導いたとか、クロスが主の喜びをとり行なうべき羊飼いとして名指しをうけた(「イザヤ書」四四・二八)条などに現われている。ホメロスの読者は、アカイヤびとの王アガメムノンとメネラオスが、常に「人々の羊飼い」と形容されていることを想い出すであろう。

さらに、地上の王権の標章が天にしまってあると言われることも注目するに値する。バビロニア人たちは、それが最高神アヌの保管にかかわるもので、この神が順番に帝位を授けられた者に手渡すと信じていた。国境の石〔クドゥルルと呼ばれ多数残存する〕には主たる神々の象徴を彫りつける慣習があって、アヌの象徴は意味深くも、主権の帽章でとりかこまれた玉座である[5]。この考えは聖書では、「詩篇」一一〇・二において、新しい君主が「主は汝の力の王杖をシオンよりつかわすにより、汝の敵どもの中にありて治めよ」と請合われるところに反映している。

最後に、魔法の植物について一言すべきであろう。植物かくだもの(例えば、マンドラゴラ〔ナス科植物〕、リンゴ、ハタンキョウ）を食べることによって、不思議に妊娠をひきおこすことができるという俗信は明らかに広汎にあって、例えば古典神話のアッティス[6]の誕生にも現われている。エタナのこのような魔法の植物探索の要点は、キシュの町に対する神々の呪いの結果である人間の生殖無能を打開するためのものなのである。

（1） E. Küster, Die Schlange in der griechischen Kunst und Religion (1913), pp. 52f. 127ff.; A de Gubernatis, Die Tiere in indogermanischer Mythologie (1874), p. 480; J. G. Hahn, Griechische und albanesische Märchen (1864), vol. ii, p. 57 参照。プリニウス（一〇・一七）は、この敵意は蛇が鷲の卵をかくすことに起因すると述べている。

（2） W. Spiegelberg, Der Aegyptische Mythus vom Sonnenauge (1917); G. Franzow, in Zeitschrift für Aegyptische Sprache, vol. lxvi (1930), pp. 1 ff.

（3） I. Scheftelowitz, Das Schlingen- und Netzmotiv im Glauben der Völker (1912).

（4） Jacob Grimm, Teutonic Mythology, translated by F. Stallybrass (1880), p. 1161.

（5） K. Frank, Bilder und Symbole babylonisch-assyrischer Götter (1906) 中に図示がある。

（6） アッティスはフリュギアの大地女神キュベレ（またはアグディスティス）の愛人で、両性のアグディスティスが男性の部分を傷つけて流れた血に由来するハタンキョウの実により、サンガリオス河神の娘ナナがみごもって生んだといわれる。（訳註）

逃した幸運

むかし知恵の神エアがふとなぐさみに、姿は人間そのままで、神のように賢い生き物をつくろうと思いたちました。そこでエアは地上におり、エリドゥの聖都でアダパという名の者をつくり出しました。アダパの賢いことは常ならず、天上天下なにひとつ彼のわからないことはありません。彼が一たび口を開けば、神々がみずから語り給うにひとしく、その言葉にさからうことのできる者は一人もありません。あらゆるわざに熟達し、パンを焼くことでも、魚をとることでも、猟をすることでも、それぞれの専門の者たちに劣らず巧みでした。また彼は賢いと同時に善良でもありました。高潔な心をもち、神の掟をかたく守り、夜ごと床につく前には、町をひとわたり見廻って、市の門がしっかり閉ざされ、他の人々が安らかに眠れるかどうかを確かめるのでした。

ある日アダパは、創造主エアに供えようと魚を釣りに出かけました。ところが、浜をはなれるが早いか、にわかに空が暗くなり、頭上には、怪鳥の姿をした暴風の精が巨大な翼をひろげて、水面をたたいては大波をおこしはじめたのです。小舟はさんざん揺られ揉まれ、あげくの果に、一吹きの烈風がこれをひっくりかえしてしまいました。アダパは、気がついてみると、魚の大群の中でもがいているのでした。

彼は激怒して、怪鳥の面前へこぶしを突き出しながら、呪いの言葉を吐きました。

「暴風鳥の奴め！　こんな目に合わせた報いに、おまえの翼をひきちぎってやるぞ」。すると、この呪いのききめの素晴らしさ。この言葉が彼の唇をもれるやいなや、怪鳥の翼はちぎれてしまいました。

それから七日のあいだ、風はそよとも吹かず、海は凪いで、さざ波も立ちませんでした。

神様は、風がまったく吹き止んでいるのをごらんになると、羽のある天の使者イラブラットをお召しになり、こうお尋ねになりました。

「なぜであろう。風がまったく静まっているが」

「エア様がつくられた者が、風の翼を折ったのでございます」

この答に神はひどく立腹されて、玉座から立ち上り、そのふとどき者をここに引いて来いと命じられました。

賢く慈愛にみち、天上のあらゆる秘密を知りつくし、なにひとつその目からかくしおおせるもののないエアは、すぐに彼の下僕を助けようとやって来ました。

「アダパよ。髪をほどき、頭に灰をぬり、ぼろをまといなさい。おまえが天の門に着くと、そこにはふたりの見張りがいるだろう。ふたりは、タンムーズ神とギシュジダの神、夏のひでりつづきに地上から姿を消してしまった二柱の収穫の神じゃ。彼らはおまえの姿を見れば、どうしてそのようにしおれて、取り乱したなりをしているのか、そんななりで天の門へやって来たのは、どういうわけなのかときくにちがいない。そしたらおまえはこう答えるのじゃ。「二柱の神が地上から姿を消されましたので、お二方をとむらい、大神のお慈悲を乞うために参りました」と。

その言葉で、おまえはふたりの心を摑むことができ、ふたりは助力してくれるだろうし、天帝にとりなしてくれるだろう。そうすれば大神の怒りもとけて、おまえのために食べ物と飲み物を出すようにお命じになろう。だがなにも食べてはいけない。死の食物だから。水も飲んではいけない。死の水だ。ただ、神がきれいな衣服と油とをすすめる時は、お受けしてよろしい。大丈夫だ。わしの言いつけを、肝に銘じて忘れるな」

そこでアダパは、エアの仰せのとおり髪を解き、頭から灰をかぶり、ぼろをまといました。ほどなく、大神の使者が到着しました。

「アダパは、暴風の精の翼をいためたかどにより、神の裁きの場に引き出される！」

そこで、アダパは使者の手に引き渡され、天上の法廷に連れて行かれました。

天の門に達してみると、まさにエアの告げたとおり、ふたりの見張りが立っております。

「とまれ！」

と叫んで、ふたりはアダパの道をふさぎました。

「どういう次第で、そんななりをして、天の法廷にやって来たのだ?」

返事の用意はできていました。

「二柱の神が、地上から消えてしまわれましたので」と、アダパは答えました。

「わたしはお二方をとむらい、大神のお慈悲をお願いしようとして参ったのです」

「して、その二柱の神とは?」

ふたりの見張りが尋ねます。

「タンムーズの神と、ギシュジダの神です」。こうきいて、見張りの神々の心はやわらぎました。彼らはアダパにやさしく話しかけ、大神の前へ案内しました。

大神は玉座から立たれ、恐ろしい声を張り上げて、

「アダパ、前へ出よ。そして返答せよ。暴風の鳥の翼を折ったのはなぜじゃ」

しかし、アダパはたじろぐふうもなく、穏やかに答えました。

「大神さま、次第はこうでございます。知恵の神エアは、わたしをすべての人間にまさって賢いものにして下さり、天上天下の秘密をすべてあかして下さいましたので、わたしは日毎に食物をお供えして、ご恩に報いようと決心しました。

ある日のこと、エアの晩食にささげようと魚をとりに海へ出ましたが、小舟を出しました時の海はまるで鏡のようで、さざ波ひとつ立ってはおりませんでした。ところが、そこへ突然あ

の暴風鳥が舞い下りて来て、波をたたいて荒れ狂わせたのでございます。わたしの舟はくつがえりますし、わが主人は、空腹でお過しにならねばなりませんでした。わたしはひどく腹が立ちましたので、怪鳥に呪いをかけて、翼を折ったのでございます」

この話のあいだ、大神は掌であごを支えてじっとアダパを見つめながら、信用したものかどうかと心をきめかねていましたが、アダパが話し終るやいなや、タンムーズとギシュジダのふたりが踊るようにして進み出て、玉座の前にうやうやしくひざまずきました。

「アダパの申すことは、真実でございます。神をおそれぬふとどき者どころか、彼は心の底から神々を敬い愛しております。まあごらん下さい。現に今、自分の生命がはかりにかけられておりますのに、われわれふたりをいたみ、あなたさまの慈悲を願おうと髪をとき、喪の衣を着けて御前に参っているではございませんか。お願いでございます。どうか、彼のおこないをわるくお取りになりませんように。彼をおとがめになりませんように」

大神の怒りは、この訴えですっかりとけ、あまつさえ、ふかく心を動かされました。

「アダパに罪はない」

と大神はまわりの神々に向って申されました。「彼を罰しはせぬ」

そして、しばらく言葉を切り額にしわを寄せておりましたが、やがて語を継いで申すには、

「エアは彼を神々と同等の者につくった。ただ、この男は死を免れぬ者のようではあるが、この上は、今後彼を神々の列に加えてやろう。食物と水を持って来てやれ。われらの食物を飲

み食いして、われらの一員となるように」

目の前に食物と水とが出されましたが、アダパは、エアの言いつけを忘れていませんでしたから、飲んだり食べたりしようとしません。

この様子に、大神は微笑しながら、

「ああ、アダパも愚かな人間にすぎないのだな。ああして、自分を不死のものとする飲食物を拒んでいるのだから」

と独りごちておりましたが、それから召使に向って、

「あれを連れて行け。地上へ帰してやれ」と命じられました。

しかし、大神は慈悲深くあられますし、それにアダパのおこないの正しいことや、神の前でどんなに敬虔であったかを、よく覚えておられましたから、やさしく仰せられました。

「アダパよ。おまえは、もはや地上へ戻らねばならないが、おこないに報いてつかわそう」。

そして、天上の神秘と栄光のすべてを、彼に示しておやりになりました。それから、玉座に立って、次のようにその意志をお告げになったのでした。

「アダパは、地上に帰らねばならぬ者ではあるが、人の世の害悪に苦しむことはない。快癒の女神である力強きニンカルラクを、今後つねに彼につきそわせる。病いがアダパに近寄っても、彼女はこれを去らしめるであろう。悪疫がしのび寄っても、これを追い払うであろう。災害がおそいかかっても、その道をふさぐであろう。たとい彼が、心労と不眠により床につくこ

とがあっても、彼女はただちに彼を慰め、安息をもたらすであろう。なお、アダパは人間の長たるべく、彼の子孫は永遠に王たるべし。そして、彼の住む町、エリドゥはなんぴとにもおかされることなし」

そこで、そのようになりました。ですから、アダパの子孫は、今日までずっと王位にありますし、エリドゥの町は、なんぴとの封土でもないのです。

解説

「逃した幸運」あるいは「アダパの物語」といわれるものは五十年以前から知られているが、これは何度となく訳され議論されているにもかかわらず、その主眼点が正しく把えられているかどうかは疑問とされている。その要点は、アダパが人間ではないということで、その結果、この物語の主題は、ふつう考えられているように、人間が不死を失ったということではない。それとは逆に、彼は特殊な創造物であって、エア神の気まぐれにより創られた、人間でも神でもないどっちつかずのもので、前者の姿と後者の知恵を所有していたということである。

この根底に立ってこそ――これは原文に明瞭に述べられている――この物語は理解できるようになる。例えば、その一つとして、アダパはどんな方法で、風の翼を破るに十分な力をもった魔法の呪力をもつことができたかということもわれわれにはわかるのである。またわれわれは、アダパが神の前に裁きのため連れて来られた時、最高神が下した判決の真の目的をも理解する。この神が、アダパは実は敬虔の念から振舞ったのだということを納得した時、神は彼に十分な神性の資格を許す気になり、彼に天の食べ物と飲み物を差出すが、これらを口にすると自動的に彼に神性が授与されるはずであった。だが、エアがさとくも予見したのは、この出来事だったのである。エアは自分の特別な創造物を神の列に加えることは望まなかった。そうともなれば彼の下働きがなくなって、気まぐれなブーメランになりかねないからである。そこで彼はアダパに、そんな飲食物は実のところ毒物だと言ってきかす。最高神は、この創造物が食物のかわりにこの出たらめをうのみにするのを見て、アダパはやはり神より人間に近いわいと悟った。「それ、アダパはつまるところ人間なのだ」と彼は断言する。「明きめくらの、つまらぬ、愚か者め」。そこで神は彼に、地上に帰れと命ずる。

しかしアダパはすっかり人間だというのではない。このことを認めたればこそ、最高神も彼の判決に次のようなことを付加したのだ。この創造物は人間世界に住まなければならないが、彼は人間の肉体が受けるようないっさいの病気にはかからないということがそれである。天の仲間からしめ出されたにせよ、彼はやはり人間以上のなにかだったのだ。

こうはいっても、作者は周知の「まげられた伝言」の主題に文意を即せしめようとしなかったというのではないことは、言うまでもない。この主題とは、人間が不死をうけそこなったのは、その入手法を告げた神の伝言が使者により故意にまげられたからだというものである。この主題は世界中に共通していて、使者はたいてい動物、とりわけ蛇で表わされている。ジェームズ・フレーザー卿は、「創世記」の中の誘惑と堕落の物語の根底にはこれがあったのだろうという示唆さえしている。* だが要点は、当面の物語の作者がそのような伝承を心にとめていたことがあったとしても、それは漠然とした記憶という形であったにすぎないということだ。せいぜいのところ、彼の用いたものは物語の荒筋にすぎず、彼の弁舌の題目と筋道はまったく別のものである。

　この物語を伝存したエリドゥの学僧たちは、これに彼らなりの色合いをつけたことは言うまでもない。学あり、賢く、敬虔なアダパは、無理に王室の大臣として表わされ、一方、封建制租税を免ぜられた「自由市」としての神殿の伝統的地位は、これも神により彼に贈られた褒美の一つにほかならないことになる。このような民話の聖職者や学者による色づけは決して珍しいものでないことはもちろんで、何のためということも即座にわかることだ。同じようなばかげた小細工によって、後期アッシリアのテキストは薬の処方をアダパに帰しているが、これは明らかに、自分が病気にかかることのない人間は、仲間に対して医家としての仕事ができるに違いないという根拠によったものである。

　残るところは、嵐の鳥という考え方について数言を付け加えることしかない。いくつかの神話において、風と雷は巨鳥あるいは似たような猛禽（きん）の翼をはばたくことにより起こされるのだと考えられている。シュメール人は怪物イム・ドゥグゥドにそのような姿をあたえているし、インドでは鷲のガルーダがそうで、エッダには怪物のフラエスヴェルグルがいる。この俗信は、中国、ビルマ、フィン族とシェトランドのアイスランダー、トリンギット、アステカおよびヴァンクーヴァ島民のあいだにもその証左がみられる。「風の翼」ということは、聖書のうちにも「詩篇」一八・一一〔口語訳では一八・一〇〕と一〇四・三にも述べられている。

＊ Sir James G. Frazer, Folklore in the Old Testament (London: Macmillan & Co. Ltd., 1919), vol. i, pp. 52ff.; O. Dänhardt, Natursagen (1907–12), vol. iii, p. 22.

虫歯はどうして生じたか

神さまが天をお造りになってから
天は、大地を造りました。
大地は、河を造りました。
河は、みぞを造りました。
みぞは、泥んこを造りました。
泥んこは、虫を造りました。

しかし虫にはなにも食べ物がありませんでした。
そこで虫めは、正邪を裁く神のもとに行きました。
そして、こいつめは泣きに泣きました。
また知恵の神エアのところでも、

虫め、涙をひどく流しました。


「食べ物になにを下さいますか」と叫びました。

「それから飲み物にはなにを下さいますか」

「熟れたイチジクをやろう」と神は申しました。

「それから、おまえにアンズもやろう」


「熟れたイチジクなんか、よいもんか」と虫めは叫びました。

「アンズだって、役に立ちませんよ」


「わたしを泥からひき上げて下さいな。

そして人間の歯のあいだにおいて下さい。

わたしを人間のあごの中に入れて下さい。

人間どもの歯の血を、わたしが飲めるように。

また、あごの根元でものが食べられるように」


「よろしい」と正邪を裁く神は申しました。

「おまえの望みどおりにするがよい。
おまえは人間の歯のあいだにいるがよい。
おまえはあごのあいだにいるがよかろう。
だが今からは、そしていつまでも、
エアの強い手がおまえをつぶすことになるだろうよ」

＊

残されているのはこれだけです。虫は歯をえさにし、人間のかんだものを食いとっております。しかし、エア神の下働きである歯医者さんは、これを攻めたてて殺してしまいます。しかも、それだけではありません。いつでも、あなたがたの歯が痛むときには、それを静めるために、薬を飲んでからこの話を三度唱えることです。すると、痛みはきっと直ってしまうにちがいないのです。

解説

歯痛が虫によって起こされるという考えは、きわめて行きわたっている。これはすでに、ホメロス風の『デメテル讃歌』にもみられるが[1]、これはほぼ紀元前五世紀の日付をもつものである。またこれはシナ、インド、フィンランドと、数例のみをあげるだけでもこれらの民間伝承の中に行なわれている。[2] シェイクスピアは『むだ騒ぎ』（第三幕第二場二一行以下）においてこれに言及しており、ここでベネディックは「歯が痛い」とこぼすが、それはただ友人らに「え！　歯が痛むために、君はそんな溜息をするのか！」「たかが、病液の所為（せい）か虫の所為（せい）かであるのに」（坪内逍遥訳）との言葉でどやされるだけである。[3] このアッシリアの話をはじめて刊行した学者R・カムベル・トムソンは、この俗信がメソポタミアにも達していたことをわれわれに知らせているが、[4] これはまさに今日まで残存し、われわれは歯痛のことを「蝕（むしば）む痛み」（a gnawing pain）といい、ドイツ人は「虫が私についた」（Es wurmt mich）というのである〔日本語でも虫歯、むしばむ〕。

この考え方はきわめて普通であった結果、時には虫の適用が、手術の痛みなしに崩れた歯を除去する手段として、実際にすすめられさえした。例えば大プリニウス（紀元二三―七九年）は『博物誌』において、「スペルトと呼ばれる植物の中には、木喰虫に似た虫がいる。これを蠟とともに崩れた歯の穴におし込むと、歯はとれるであろう」[5] と言い、一方彼は同じ著書の別のところで、「焼いた地虫の灰か、生きているキャベツ芋虫を崩れた歯に入れれば、それらは簡単にとれる」[6] と述べている。同じような処方が、約五百年ののちにアミダのアエトゥスという医者により述べられているし、十七世紀になっても『フェアファックス家庭処方書』は次のような療法をすすめている。「交尾している虫を捕えよ。熱い瓦石の上で乾かし、次にこれを粉にせよ。そしてこれを歯にあてれば、落ちるであろう」。[7]

この話を明らかにするためには、なぜ知恵の神エアが出てくるかという理由を付言すれば十分であるが、その理由は彼が、医学をも含む各学問の師匠とみなされていたからである。エアは深淵に住むと考えられていたが、それは水が魔術および医術上の実技に必須と思われたからだった（実際たいていのセム語における「医者」にあたる言葉は、「水を知れる者」の意の古シュメール語に発している[8]。その信仰の主要地にエリドゥ（今のアブー・シャフレイン）、すなわち周知のバビロニア最古の都で、ユーフラテス河岸（現在の流れの西方）、ペルシア湾近くにあった。ここは魔術と呪法の名だたる中心地だったのである。

（1）第二二八―二二九行（「魔物の傷つけることもあらじ、根切虫より強き薬知るゆえに」）。

（2）William Crooke, Popular Religion and Folklore of North India (Westminster, England: A. Constable & Co., 1896), vol. i, p. 151; John Abercromby, Pre- and Proto-historic Finns (London: D. Nutt, 1898), vol. i, p. 328; Scottish Country Folklore, vol. iii (Orkeneys), p. 140; Notes and Queries, vol. xxiv (1876), pp. 155, 476; vol. xxvi (1877), p. 97; George Lyman Kittredge, Witchcraft in Old and New England (Cambridge, Mass.: Harvard U.P., 1929), p. 36; T. W. Allen, W. R. Halliday & E. E. Sikes, The Homeric Hymns, second edition (Oxford: Clarendon Press, 1936), p. 156.

（3）T. F. Thistleton-Dyer, Folk Lore of Shakespeare (New York: E. P. Dutton & Co., 1883), pp. 273f.

（4）Proceedings of the Society of Biblical Archaeology, vol. xxviii (1906), p. 78.

（5）二二・五一。

（6）三〇・八。

（7）B. R. Townend, “Non-Surgical Removal of Teeth—A Historical Survey,” in The British Dental Journal, November 1938.

（8）アッカド語で asû (sum.)。(Th. Bauer, Akkadische Lesestücke, 1953. Glossar.) シュメール語で a は水を指し、sû は zu=to know に発している。（訳註）

ハッティの物語

姿を消した神様

むかし地上にみのりをもたらす神テリピヌが、人間どもの邪悪なふるまいに腹を立てて、姿をかくそうと決心しました。ひどく怒った彼は、きちんと靴をはくために立止ろうとさえせず、右の靴を左足に左の靴を右足につけたまま歩いて行ったほどで、不興気(ふきょうげ)に身をかくしました。たちまち、この世のすべてが釣合いを失いました。二度と、春や夏が訪れることはないかと思われました。戸外では、川や湖水が凍りついたままですし、雪はとける気配もありません。木々はすっかり裸になり、ひとひらの草の葉も、野に見えませんでした。牛や羊は小舎の中に群がり、人間たちは、家の中で炉辺に集っておりました。炉には灰が山のようにつもり、窓という窓は煤と煙でおおわれ、外を見ることもできなくなりました。ひどい寒さでしたから、ごみを捨てたり、食物を手に入れたりしようにも、家を出ることができません。全世界が恐るべき飢えにおびやかされました。

命あるもののすべてが、絶えようとしているかに思われました。雌羊は雄羊を、雌牛は雄牛を拒みました。すでにみごもっている獣たちまで、その子を生むことを拒んだのです。

あらゆるものを見張り、すべてを見ておられる太陽神は、このありさまをごらんになると、すべての男女の神々を招いて宴会をもよおされました。そして、一同が惜しみなく供された料理に満腹し、ぶどう酒やもっと強い酒をふんだんに味わったところで、この心配ごとをみんなの前に持ち出されました。

「わが子テリピヌが地上から消えてしまったのじゃ。ひどく立腹して姿をかくしたのだが、その身ばかりでなく、もろもろの収穫も繁栄も、ともに持ち去ってしもうた」

この言葉を聞くと、神々は、偉大な者も、微力の者も、いっせいにその同胞を探しにかかりました。丘の上も、谷の底も探しました。山を越え、川を下り、いくら探しても、テリピヌはどこにも見つかりませんでした。

一同は、太陽神のもとへ戻って、失敗におわった次第を告げました。そこで太陽神は、速くて目のよくきく鷲をつかわすことになさいました。

「高い山も、深い谷間も探すのだ。渦巻く波を見つけたら、よくその中をさぐれ。テリピヌは、波に巻込まれたのかもしれないから」

そこで、鷲は高い山を越え、深い谷間の底をかすめて飛びました。渦巻く波を見るたびによくさぐりましたけれども、どんなに遠くまで飛んでも、注意ぶかく探しても、テリピヌはどこにも見つかりませんでした。それで、鷲は太陽神のもとへ飛びかえり、この失敗を報告しました。

一方、地上のものは衰えて行くばかりでした。今や、窮地に追いこまれたのは人間ばかりではありません。獣どもが死に、穀物がみのらないとなれば、神々もまた供物を受けられませんので、生きてゆけなくなります。

ここに考えおよぶと、神々はひどく狼狽し、手をもみ絞って右往左往しはじめました。

さてここに、とりわけ荒々しいひとりの神がおりました。それは風の神です。この神は、静かにしていることができず、いつも唸ったり吠えたり、怒り狂って吹き荒れたりしながら、あちこちを飛びまわっているのでした。

「どういうわけで」

とこの風の神は叫びました。

「われわれがみな飢え死にしなけりゃならないんだ？　なんとかすればよかろう」

「そのとおりだよ」

と答えたのは、神々の慈愛深い女王である彼の母でした。

「なんとかしなくてはならないのだよ。おまえがおやり。おまえは、強く力のある神で、おまえの出会うすべてのものを、吹き散らすことができるのだから。暗い洞穴の奥までも入り込めるし、隅々までも吹き荒らすことができる。木の葉を鳴らし、川の水を波立たせ、人間たちの家を揺り動かすのだから。おまえが野を吹き渡れば、穀物がみなおまえに頭を下げるのだから。おまえが自分でテリピヌを探しておいで」

そこで、風の神は地上をくまなく吹きまわり、最後に、テリピヌがよく足をとめていた町へやって来ました。

「きっと、まだここにいるに違いない」

そう思って、風の神は門を叩きましたが、答えがありません。次にありったけの力で門に吹きつけ、蝶つがいのところから倒してしまうまで吹きましたが、テリピヌは見つかりませんでした。

かくして風の神は、無念やる方なく、たいそう落胆して天に戻ると、ものも言わずに坐り込みました。そこで、微風ひとつそよがず、息を殺したような静寂があたりを支配しました。

ところが、女性の知恵は風の神よりすぐれておりました。力ある神々がだれひとりとして、息子さえもテリピヌを見つけ出せなかったのを知って、天の女王は、みずからの手でなんとかしようと心をきめました。そこで、彼女は小さな蜂を呼びました。

「小さな蜂よ、テリピヌを探しに行っておくれ。あれを見つけたら、おまえの針で手や足を刺すのだよ。あれはきっとあばれ出すから、そうしたら、おまえの蜜をあれに塗って、わたしのところへ連れておいで」

女神が蜂にこう命じておられるのを聞くと、風の神はたいそう不愉快に思い、侮辱されたように感じて、嘲るように笑いながら叫びました。

「すべての神々が、こぞってテリピヌを探して見つけられなかったのに、この弱々しい針しか持たぬちっぽけな蜂が、神々のしくじったことをやりおおせるとお思いですか」

「おだまり！」

と、女神はそっけなく答えました。

「あの蜂は、かならずテリピヌを探し出しますとも」

蜂は飛んで行きました。高い山を越え、深い谷を渡り、河床をかすめて、ぶんぶん言いながら急ぎました。

弱りきって蜜もほとんどかれ果て、力もつきようとした頃、蜂はやっとリフジナの町に近い森の中の開けた地に着きました。すると、どうでしょう。そこに仰向けになって、ぐっすり眠っているのは、ほかならぬテリピヌではありませんか。

時を移さず、蜂はテリピヌの両手両足を針で刺しますと、神はたちまちびくっとして目を覚ましました。ところが、眠りからだしぬけに覚まされた時は、神も人間もまったく同じです。テリピヌはひどく怒ってあばれました。

「なんで邪魔をするんだ？　せっかく眠ろうとしていたのに、わからなかったのか？　わたしみたいにふくれっ面をしている者は、そっとしとく方が良いってことを、おまえは知らないのか。おしゃべりをするような気分だとでも思ってるのか？」

まったくテリピヌは、今までよりも、いっそう腹をたてていました。そして、やにわに立上って大股に歩き出し、出会うものすべてを打ちこわしにかかったのです。河という河は、これまではただ凍りつめているだけでしたが、今はからからに乾上ってしまいました。泉には、今まではしたたるくらいの水が残っていたのですが、それも止まってしまいました。

しかし、蜂は最も小さい生き物の一つですが、同時に最も賢い生き物に数えられるものですから、どうすればよいかを知っていました。残った体力のすべてをあげて、蜂はまっしぐらに、女神のもとへ飛び帰って、報告いたしました。

「テリピヌさまを見つけましたけれど、わたしだけでは、連れ戻すことができません。あの方を運んで来るには、アマヌスの高い峰を越え、深い滝を渡らねばなりません。わたしの力にはおよばぬことでございます。鷲を一羽、わたしと共におつかわし下さい。神がおられる場所をわたしが鷲に教えます。そうしたら、鷲はあの方を翼にのせて参るでございましょう」

そこで、女神は鷲をお呼びになり、蜂と共に行ってテリピヌを連れ帰れと仰せられました。

「けれどね」

と、女神はつけ加えて、

「これは、ほんの第一歩にすぎないのだよ。あれは、まだ怒ってあばれ廻っているのだから、あれの怒りを払い去るためには、天地をあげてのあらたかな魔術が必要だね」

山を越え、谷を越え、鷲と蜂は飛んで行きました。その間、神々は天上の城壁のまわりに集って、息を殺して彼らの帰りを待ちました。

待つ間は長く、不安に思われました。けれども、とうとう小さな黒い雲のようなものが地平線の上に巻きあがり、同時に雷鳴が起り、稲妻が光り、怒り狂った叫びが大気をつんざいてひびきわたりました。

神々は、互いにひしと寄りそいました。

刻一刻、雷鳴ははげしく、叫び声は高く、稲妻はまばゆく度かさなり、ついには天地がすさまじい戦いの中にとざされたかと思われるばかりでした。

すると、その騒音をおさえて、蜂の規則正しい羽音が聞えて来ました。また黒雲も、徐々にその形を見せはじめました。近づくのをよく見ると、それはテリピヌを翼にのせてこちらへ飛んで来る鷲ではありませんか。そして蜂は、なかば勝ち誇り、なかば恐れている様子で、ぶんぶん唸りながら、そのまわりを飛んでいるのでした。

鷲は、またたくまに着きました。さっそく召使たちが、神酒の杯や、クリームや蜜の入ったかめや、果物を盛った籠などを捧げて進み出ます。それらをテリピヌの前に捧げるたびに、女神カムルセパがそのかたわらに立って、甘美な音楽を奏しながら、それぞれに一ふしの歌を口ずさみます。

いちじくの実には、こう歌いかけます。

苦いいちじくも、時経て甘くなるように、

おまえの苦い怒りも、甘くしずまるように。

また、ぶどうとオリーブには、

オリーブが香油に、ぶどうがぶどう酒に満てるように、
おまえの胸は、慈愛に満てるように。

また、クリームと蜜には、

今こそ胸より怒りを去り、
乳のようになめらかに、蜜のように甘くあれ。

女神の歌は、テリピヌには祈りか嘆願の言葉に聞えましたけれど、実は魔法の歌なのでした。カムルセパは、魔法をつかさどる女神ですから、この怒った神は、ほんの一口二口食べ物を食べ、酒をすすっただけで魔法にかかってしまいました。彼の中にたぎっていたもろもろの怒りはにわかに消え去り、そのかわりに、あたたかく、やさしく、なさけにみちた幸福感が芽ばえました。食べるほどに、飲むほどに、彼の心はますますやさしくなりました。魔法の食物が唇

にふれるたびに、慈悲の心が彼の胸にあふれるように流れ込んだのです。

ついに怒りがすっかり消えて、兄弟の神々に対するやさしい愛情でいっぱいになったのを知って、神々は食卓をととのえなおし、椅子を並べなおして、さっきあんなにもむざんに中断された宴会をまたも始めました。

一同は、以前と同じように浮かれさわぎました。田畑の神、作物の神、穀類の神、誕生の女神、運命の女神もおります。そして、今度はテリピヌが中央に坐り、喜ばしそうに盃を受けたり返したりしました。

一方、地上でも人間たちが、神様の不機嫌をなおそうと動き出していました。しかし飢えのために、天上で同胞の神々がしたように、食物や飲物を捧げることはできません。そこで人間たちは、家々の戸口や窓をすっかり開け放ち、声を揃えて歌いました。

家を出で、窓を越え、
窓を出で、庭を越え、
庭を出で、門を越え、
門を出で、道を下り、
去れ、怒りの嵐よ、
苗床、田畑、果樹園に

立寄ることなく、まっすぐに
道を急げ。天と地が合するところまで、
そして、沈む夕陽のように、
見えるところから消え失せよ。

それから、みなは庭に出て、冬の間にたまった灰や屑物を大きなごみ入れに棄てながら、またも合唱しました。

灰屑、ごみ屑、ぼろの屑
中に入れば、出ることがない、
おまえの怒りを入れて、投げ捨てよ。
ごみ入れの中で、腐らせよ。

最後に、人間たちは家々のなかを洗ったり磨いたりし、汚れ水の桶を石の上に転がす間も歌いつづけました。

床の上に流した水は、

二度と桶には戻らない。
胸から流れ出た怒りも、
戻ることなく、去らしめよ。

これらの歌は、テリピヌの耳には祈りか願いと聞えましたけれど、やはり魔法の歌だったのです。冷たい冬の風は急に静まり、開け放った戸口や窓から、春の微風の最初の一陣がしのび込みました。木々の枝、灌木の茂みには、前途を約束する緑の芽があらわれはじめ、田畑も森も、いちどきに生き返ったように見えました。小川の流れや、小さな足のはねまわる音や、幼いひな鳥の、ためらいがちなうぶ声などの、さまざまな響きをこめて。

幾日かたって、神殿の境内に一本の高い柱がたてられ、生まれたばかりの羊の雪白の毛皮がテリピヌをたたえるために掛けられました。

解説

古代諸民族は、一年のうちの不作の季節を、稔りの神＝女神がこの時には地上から退いて地下界かどこかに下って行くという推測によって説明していた。例えば、バビロニア人はタンムーズ神についてこの話を語っており、彼らは毎年の真夏にこの神を哀悼していたし、シリア人はアドニスのこれと類似した姿について、この話を述べている。

　　　　　レバノンにての
彼が年々の傷はシリア処女を誘ひて、
夏の終日恋の歌にてその運命を
悲しましむ、折しも滑かなるアドニス
その源より傷受くるサムマズの血に
染みて、紅の色して海に注ぐてふ。(1)

同様にギリシア人は、毎年六ヵ月ずつ地下界に過したペルセフォネーについてこの話を語っている。

彼女は一人一人を待ちあぐむ、
彼女は生ける者らを待ちあぐむ、
母なる大地をば忘れ去りて
結実なる生命をも忘れ果て、
春も、緑も、また燕も
彼女と飛び去る、その行先は
夏の歌の響くことなき土地、
花々の顧みられぬところ。(2)

テリピヌの話、姿を消した神というのも、これと同じ主題に立つ一異本にほかならない。

　われわれは別の資料から、テリピヌは定期的な「哀泣」の対象であることを知っている以上、この物語は元来そうした哀泣が行なわれた祭のために考えられたものであり、その祈りの儀礼の伴奏として読誦されたということがないとはいえない。この場合、この特徴である悪魔祓(ばら)いの手のこんだ儀式は、新しい生命の契約が始まると考えられた時[3]（すなわち元日）に、魔をはらい悪鬼を追放する広く行なわれた慣習を反映しているのかもしれない。例えばヘブライ人は、農業上の年の始めに、身代り羊の追放と、人々および聖器類の浄めによる厳粛な儀式をおいた。[4]ローマ人は三月の年の始め〔カエサルの改革前はそうであった〕の前の月いっぱい寺院を清め洗ったが、そこからこの月はフェブルアリ、すなわち「清浄」と呼ばれた[5]〔ラテン語のfebruatioはこの意〕。同様にシャム〔現タイ〕では、悪と闇の力は大みそかに追払われる。[6]またヒンズークシュの部族たちのあいだだと、それらのものは収穫がとり入れられた直後に払い去られる。[7]ケイプ・コースト・キャッスルでは、アボンサムという名の悪魔が、四週間の苦行期間ののちに、毎年追放される。[8]またアシャンティ族のあいだでは、九月のオドゥラすなわち浄めの祭で種族全体が清くされ、王も清めなおされ、この時には神殿も清浄にされる。[9]このような儀式の残存物は、われわれの「春の清浄」とか、大みそかに鐘をならす慣習のうちにさえ見られるものである。

　当面の物語の原文は、明白に、公共の季節的な祭儀における読誦や公演を目指されたものであるけれども、他の原文の諸断片もわれわれの手に入っており、そこでの叙述は、もっと私的な家庭の儀式に用いるために改められている。これらにあっては、怒れる神はテリピヌではなくて、ある家庭の守り神であり、彼の怒りの理由は人類の一般的な悪ではなく、ある人物の特殊な罪である。また彼の隠遁の結果は、全世界の損害ではなくて、もっぱら罪ある当の人の子孫や家庭となっている。[10]例えば一つの例では、罪人は初期のハッティ王国の王妃アスムニッカルであったようだ。[11]物語の読誦は明らかに、災厄を払い怒れる神の恩寵をとり戻さんがための儀式の一部分をなしていたものである。

特に興味をそそられるものに、当面の物語において蜜蜂にあたえられている役割がある。すべての神が眠れるテリピヌを起すことに失敗した時、蜜蜂がつかわされ、彼を刺して立ちあがらせたうえ、彼をその蠟で清める。この出来事は単に劇的な趣ばかりでなく、次のような民間信仰のうちにも根ざしていると考えてもよかろう。すなわち、蜜蜂の針は手足の麻痺を直すものであり、[12]その蠟や蜜は、身体から悪霊を追払い、若返りを得せしめる力をもった強力な代物だというのがそれである。[13]フィンランドのカレワラにおいては、英雄レムミンケイネンは蛇にかまれ敵たちに切りきざまれてのち、母がつかわした蜜蜂が第九天界より特別の蜜を持ち来たってはじめてよみがえる。同様に、『ヨセフの妻アセナテの生涯と告白』という題をもつ古代の墓碑銘まがいの著作には、大天使ミカエルがこのエジプトの貴女〔アセナテは多分王統のエジプト神官の娘〕に蜜蜂の巣を授け、それを用いることによって、彼女は浄めばかりでなく不死をも成就している。

（1）ミルトン『楽園喪失』一、四四七—五二行、繁野天来訳。なお文中のサムマズはタンムーズのこと。
（2）スウィンバーン『プロセルパインの庭』。
（3）T. H. Gaster, Thespis (New York: 1950), pp. 17–20.
（4）「レビ記」第一六章。
（5）Joh. Lydus, De mensibus, iv, 25.
（6）J. G. Frazer, The Golden Bough (New York: 1951), p. 559.

（7）Ibid., p. 557.
（8）Ibid., p. 555.
（9）C. G. Seligman, Races of Africa (1930), pp. 71–72.
（10）H. Offen, Die Überlieferungen des Telipinu-Mythus (1942), pp. 49 ff.
（11）Ibid., p. 60.
（12）B. F. Beck, Honey and Health (1938), pp. 96, 101; J. Jühling, Die Tiere in der deutschen Volksmedizin (1900), pp. 88 f.
（13）Beck, op. cit., pp. 209 ff.; W. M. Roscher, Nektar und Ambrosia (1883), pp. 46 ff.; Encyclopaedia of Religion and Ethics, vi, p. 770; H. M. Ransome, The Sacred Bee (1937).

石の怪物

大むかし、世界の一ばん始めの頃、天上ではアラルという名の強い神が統治していました。まる九年の間、彼は平穏に王位にいることができました。この間、大臣のアヌが政務をつかさどり、どんな些細な命令でも、すぐ遂行していました。ところが、十年目にアヌは反旗をひるがえし、主人を追い払って、みずから王位を占めたのです。

アヌは、まる九年の間、平穏に王位にありました。そして、大臣クマルビが政務をつかさどり、細かい命令でも、着々と遂行しました。しかし、十年目にクマルビは謀反を起し、主人に戦いを挑みました。

それは、はげしい戦いでした。しまいに、アヌが身をかわして逃げようとしたので、クマルビは手ひどく相手の腰にかみつき、その精子をいくつか、のみ下しました。

「ざまあ見ろ。おまえはもう、おれの手のうちだぞ。男でなくしてやったし、おまえには後つぎの息子ができっこないからな」

こう言って、クマルビがからから笑うと、アヌも言い返しました。

「喜ぶのは早いぞ。おまえがのみ込んだものは、おまえの体内で成長して、ティグリス河の洪水のように狂暴で、大嵐のように荒々しく、戦の神のように残忍な、三人の怪物になるのだ。そして最後には、おまえを岩に叩きつけるだろうよ。逆巻く流れ、怒り狂う風のように」

こう言われると、クマルビは恐ろしさでいっぱいになり、今のみ込んだものを、すぐ吐き出そうとしました。けれども、口から出たのは、小さなかけらが一つきり。しかもそれは、神々の住居であるカンズラ山へ落ちて行ったではありませんか。

神々はなにごとが起ったかを知って、たいそう驚きました。

クマルビは、まったく途方にくれておりました。こんなわけのわからない、みじめなありさまを仲間の神々に見せるのは恥でしたから。そこでいそいで天上の宮廷をおり、ニップルという地上の町に行き、そこに住居を定めました。

そして、恐ろしい子供の生まれるべき日数を、数えはじめました。

七ヵ月めに、天上にかくれていたアヌが、とつぜん怪物たちに、クマルビの体外へ出て来るように呼びかけました。

「クマルビの口から出ておいで」

「だめですよ」

と怪物たちは返事をしました。

「僕たちは、ただの生命のない肉の塊ではないんですから。神様方が、力や、生命や、知恵や、心をさずけて下さいましたから、そんな出方をしようものなら、僕たちは、傷だらけになってしまいますよ」

「では、耳から出ておいで」

「それも危ないな。やっぱり、傷ついてしまいますよ」

「では、どこか、おまえたちが出て来られるような場所を探しなさい」

アヌは、やけになって、泣き声で言いました。

けれども、クマルビの体中のどこにも、そんな場所は、ありはしません。怪物たちが生まれ出そうになく、したがって、かたきを討って王位をとり返すこともできそうにないので、アヌは大いに狼狽しました。

「この上は、方法はただ一つ。知恵の神エアを訪れて、相談し、助けてもらわねばならない」

そう考えて、彼はエアのもとに行き、ことの次第を打ち明けました。

「全知の主よ。クマルビの体内に、わたしの精子からできたふたりの強い怪物がいるのです。このふたりに、わたしの仇を報じ、王位をとり返してもらおうと頼みにしているのに、どうでしょう、ふたりはとじこめられていて、出て来られないのです」

「ご心配なさることはありません」

と、エアはやさしく言いました。

「わたしの手にあまるようなことは、なに一つないのです。ちゃんと、怪物たちを生まれさせてあげましょう」

そして、あらためて怪物たちに、クマルビの口か耳から出ておいでとおだやかに言ってみました。しかし怪物たちは、アヌに答えたとおりを繰返すだけでした。

「それなら、どこか、おまえたちが出られるところを見つけなさい」

怪物たちは、またも、それもできないと言いました。

ふたりを承知させることができず、アヌの訴えもこれまでかと思えた時、エアは、大きいナイフを取って、クマルビが眠り込んでいるすきに、そのがっしりした骨組みに穴をあけました。ちょうど、人間が石を裂くようなやり方でです。こうしてクマルビの体から、欲望の神が生まれ出たのです。だが、残るひとりは体内に留まりました。

ある日、クマルビは散歩に出ました。すると、こちらへ来かかるのは、ほかでもないエアではありませんか。エアの姿を見るや、クマルビは、深く深く、地につくほどに頭を下げて、哀願しはじめました。

「すべての知恵と知識をつかさどるエアよ。どうか助けて下さい。ごらんなさい、わたしは支えきれない重荷を体内にかかえているのです」

しかしエアは、この言葉にいささかの注意も示さず、にやりと笑って行きすぎてしまいました。

体内で怪物の重みが増すにつれ、クマルビの苦悩と絶望も深まっていきました。とうとう、これ以上堪えられなくなった彼は、あの偉大な植物の女神のもとを訪ねました。すべての医薬、薬草の類は彼女の支配下にあるのです。

クマルビは、彼女の足もとに倒れ、彼女の衣の裾にすがって泣きました。

「やさしい女神よ、お願いします。わたしの頼みをかなえて下さい。わたしの苦悩を除き、この重荷からわたしを救ってくれる草を下さい。わたしを倒そうとし、女のように産みの苦しみを負わせ、わたしの腹の中を、東風でいっぱいにした奴のうらをかいてやれるように」

そこで、女神は自分の庭から草を摘んで、クマルビにあたえました。

「これを召上れ。万事うまくいきますから」

こう言いましたが、彼女の唇には、からかうような微笑が浮んでいました。クマルビがその草を食べると、たちまち彼の口はひきつり、歯は痛み出しました。女神は彼をあざむき、いたずらをしたのです。それを知って、クマルビは苦痛にさいなまれながら、エアのもとに逃げて行き、ふたたびその助けを乞いました。

エアは、笑うばかりでした。

「ほかには方法のないことは、わかるだろう。女がするように、子供を産まなければいけない。熟練した産婆を呼びなさい。それから、すべての君主、貴人、魔法使たちに知らせて、あなたの家に集め、出産に立会わせなさい」

そこで、腕の良い産婆が呼び迎えられ、すべての君主、貴人、魔法使が、奇怪な赤ん坊の出生に立会うために、クマルビの家へ集りました。

音楽が奏せられ、呪文が唱えられ、まじないの儀式が行なわれました。そして、ついにこの偉大な神の腹から、赤子の風の精が生まれたのです。

一方、アヌは、天上でこれを待ちかねていらいらしていましたが、赤子の誕生を聞くなり、この子を味方にしようと決心しました。

子供がかなり大きくなってからのある日、彼は夕暮の涼しさの中を歩いていると、ひとりの老人が道端に坐って、なにかぶつぶつ言っているのに出くわしました。クマルビの名が、しばしば聞こえるようでした。少年は、しばらくの間、この奇妙な人を見ていましたが、やがて静かに近寄って、見知らぬ人の腕をそっと叩きました。

「どうしましたか、お年寄りよ。あなたの名はなんと申されますか。だれかがいじめたのですか」

老人は顔を上げて、喰い入るように少年の顔をのぞき込み、言いました。

「わが子よ。わしはアヌじゃ。九年の長い年月、わたしは平和に天上の王位についていた。クマルビがわしの大臣で、わしのために、細かな命令をも滞りなくやってのけてくれた。ところが十年目に、彼はわしにそむき、領地からわしを追ったばかりか、男としての力をも奪ってしまった。わたしには、あとをつぐべき息子がない。わたしの椅子には、見も知らぬ者が坐ることになろう。おまえに頼む。どうかあの暴君と戦って、わしの仇を討ってくれ」

少年はこの言葉をきいて、あわれみに心を動かされ、不幸な神のために戦おうと即座に決心しました。そこで、戦車に乗り、これを引く神牛を駆りたてて、すぐにも戦いに行こうとしました。

しかし、牛は動こうとしないのです。

「あなたの力で、神様たちと戦おうというのですか。ごらんなさい、神々はみな集って、クマルビに加勢しようとしていますから。太陽神がいる、戦いの神がいる、天上の神々はぜんぶ勢揃いしています。どうしてあなたが勝てるものですか」

「神々がなんだ！」

少年はやり返しました。

「知恵の神がなんだ。太陽神がなんだ。戦いの神がなんだ。おれを呪おうとする者は、すべて呪われてあれ！」

彼はそう言うと、手綱を引きしめ、牛に一鞭くれて、戦いに出発しました。

嵐の神が、風袋の風をみんな解きはなち、天上の軍勢に吹きかけるという、激しい戦いが行なわれました。しかし、ついにクマルビが敗れて、追放されました。そして大アヌが、ふたたび安らかに玉座にのぼったのです。

クマルビは長い間、傷をいやしながら、復讐の計画を練っていましたが、ついにうまい計画を思いつきました。そして、海の神の忠実な腹心であるイムパルリを招き、その主人への急使に立ってもらいました。

使者は、主人に告げて申しました。

「わが君さま、すぐにいらして下さい。クマルビさまがなにごとかご相談なさりたいそうです」

これをきいて、海の神はひどく驚きました。

「クマルビは、わたしが敵側だと思っているに違いない。それで、わたしに仕返しをするつもりなのだろう」

こう思ったので、

「帰って、クマルビによくよく言ってくれ。わたしや、わたしの一族に対して怒ったり、われわれの間に恐ろしい混乱を起したりしようとなさるのは間違いですと。われわれは、今なおクマルビの忠実な臣下だ。彼のために、宴会の準備がしてある。楽人も揃っている。ここへ、お連れしてくれ」

クマルビは、海の神の家に行って、宴席につらなりました。やがて、酒がまわるほどに一同が浮き立って来たところで、彼は、大胆になって、頼みごとを切り出しました。

「わたしは、いま非常な苦境にあるので、ぜひとも君の助けをかりたいのだ。風の精めが、わたしを王位から追って、あのいまいましいアヌを、ふたたび据えた。神々は、みな向う側についてしまって、もうわたしの命令に従わぬ。どうやってあれを倒したらよいか、わからないのだ」

海の神は、ひげをしごき、頭をたれて考え込みました。しばらくして顔を上げると、その目をずるそうに輝かして言いました。

「クマルビさま、わたしに考えがあります。すぐに山においで下さい。山の上に寝て、あなたの精子を、山の中へ注ぎ込むのです。幾月もたたぬうちに、山は、石でできた赤子を生むでしょう。生まれたらすぐ、その子をこっそり海の深みの底に連れて行き、ウペルリの右肩にのせるのです。ウペルリは、海の底に住んで、天地の重みを支えている巨人です。赤ん坊は、一日ごとに背がのびて、ついに天国の床を破って頭を出しますよ。そうしたら、神々はみんな玉座からころがり落ち、びっくり仰天して逃げ出しますよ。そこで、あなたは、主権を回復できるのです」

海の神の話が終ると、クマルビは、ただちにムキシュアヌを呼びにやり、彼を使者にたてて、波たちに、主人の海の神の計画を忠実になし遂げよと命じました。

次の朝、日が昇ると同時に、彼は山へと出発しました。そして、山の上に寝て、精子を注ぎ入れたのです。

二、三ヵ月たつと、山は苦悶に震動しはじめました。看護の天使たちが、このありさまを知って、出産の手助けをしようとかけつけました。運命の女神たちも、新たに生まれる赤子の運命を告げるために、いっしょにやって来ました。

山がながいことひどく苦しんだすえにやっと生まれ出たのは、人間の赤子そっくりの形をした石でした。女神たちが進み出てこの子を受け取り、大事にクマルビのところへ連れて行って、その膝にのせました。クマルビは、われを忘れて喜びました。赤ん坊を腕に抱いて、高くさしあげたり、膝にのせてあやしたりしながら、小声で歌いました。

赤ん坊よ、赤ん坊よ、大きくおなり、
肩がお空にとどくまで。
雲をゆすぶり、風の神と、
その仲間とを追い落せ。
揺れる巣から逃げようと
きりきり舞いする鳥のように。

こう歌っているうちに、赤子は手近なテーブルの上にあったかめに手をのばして、床に払い落しました。かめは、みじんに砕けました。

クマルビは少しも動じません。これは吉兆だぞと思って、休まずに歌い続けました。

　　またその後はクンミに行き、
　　町をすっかり打ちこわせ。
　　いあわす神を、地をめがけ、
　　みじんに砕け、かめのように。

ついには彼も歌をやめて、赤ん坊をしっかり抱きしめ、石づくりの、にこりともしないその顔をじっと見ていましたが、

「名前をつけてやらなくては、赤ん坊よ。ウルリクンミとしよう。まもなく、人間どもは、その名を聞くたびに、風の神の地上の領土だったクンミの町を思い出し、おまえがどうやって町を破壊したかを、思い出すことになるだろう」

それから、クマルビは、イムパルリを呼んで、赤子を連れて行く仙女たちを来させるように命じました。仙女たちがやって来ると、

「この子を、海の深みの底へ連れて行き、ウペルリの右肩にのせておくれ。どうか、空に届くまで、ぐんぐん、大柱のように伸びるように」

ところが、仙女たちは赤子を見て、石でできているのを知って驚き、まずニップルの神エン

リルに見せて、意見をきくことにしました。エンリルも、この子をひと目見るなり、驚いてあとに退きました。

「あたりまえの子供ではない。女神もひとりとして、この子の誕生を祝福しはしなかった。いかなる運命も、この子のために子守唄を歌いはしなかった。これは赤ん坊ではなくて、化け物だ。風の神と戦わせるために、クマルビがこしらえた化け物だ」

それでも、仙女たちは、クマルビの命令に従わねばならないと思い、海の底へ降りて行って、天と地とを支えている巨人ウペルリの右肩にこの子をのせました。

さて、赤ん坊は、どんどん大きくなりました。それは、的を射る矢のような勢いでした。十五日たつと、海の波は腰のあたりまでしか届かなくなり、たちまち膝までしか届かなくなりました。

ある日のこと、太陽はいつもの習慣どおり、シリアで一番高いハッジ山(1)の頂上の岩まで昇った時、一休みして海の方を見下ろしました。そのとたんに、彼は驚くべき光景を目にしました。水面から大きな柱が突き出ていて、見るまにも伸び、今にもその先が、天の床にふれようとしているのです。

太陽神は歩をはやめて、自分の見たことを風の神に告げようとかけつけました。風の神のもとに着くと、彼は長旅に疲れ果てていました。風の神は、召使に命じて、食物や飲物で太陽神をもてなそうとしましたが、太陽神はたいそう興奮していたので、それらを味わってはいられませんでした。とぎれとぎれに、乱れた話し方で、彼は不思議な化け物のことを語りました。風の神は、わが耳を疑いながらも、すぐに召使を呼び、太陽神の案内するところへ出発しようとしました。姉妹にあたるイシュタルも、このくわだてを知ると、部屋を出て来て、一行に加わりました。

道は遠く、難儀でした。やっと島の頂上の岩までたどりついて海面を見下すと、一同は、海面から立ち上っている大きな柱を目にしました。それは、見るまにも高くなって、頭はほとんど天の床に届きそうでした。

この怪物を見ると、風の神は恐怖におそわれて言いました。

「ああ、どうしよう。わしたちは破滅だ。あのようなものを、だれが相手にできよう」

彼は泣き出し、涙が頬を流れました。

けれども、イシュタルは取り乱しませんでした。

「恐れることはありません」

と彼女はやさしく言いました。

「あれは、腕力ばかりで、知恵はあまりありませんわ。力は十人力でも、育ちはいやしいに違いありません。わたしたちは学校へ行って、先生のエアに古い詩を教わったではありませんか。

たとい、岩が子を産んだとて、
種子はただ、石にすぎぬ。
名をあげてみよ、石よりも
愚かなるものが、あるならば。

あれを打ち負かすのは、造作もないこと。あなたは男、そしてわたしは女ですから、わたしがやりますわ」

そう言うなり、彼女は衣服をぬぎすて、小鼓とシンバルとを手にして、海辺へ降り立ち、美しい音楽を奏し、歌を歌いました。

彼女の楽の音と歌とを聞くと、海は荒れ模様になり、波がさわぎ立ちました。たちまち、はるかな深みから巨大な波がもり上りました。そして、波が逆巻いては唸りを立てて砕ける時、泡立つ水音にまじって、くり返しくり返し、あざけるような言葉が聞えるようにイシュタルに思えました。

石は、愚かな上につんぼだから、
甘い調べも聞えはしない。

なおその上に、めくらだから、
美しいあなたも、見えはしない。

イシュタルは、彼女の努力がすべて無益だったこと、歌の魔力も、美しさの誘惑も、怪物には少しもききめがなかったことを知って、しょんぼりと山頂の岩にいる兄弟のもとに戻りました。そして、三人は心も重く、天上の宮廷へと帰って行きました。

帰り着くと、風の神はすぐに、七十人の神々を呼び集め、戦いの準備を命じました。

「天地のうちに、いまだかつてなかった海の戦いが起るのだ。風も嵐もすべてとき放て。神の家畜を放ってある聖なる山に行き、二頭の雄牛、〈あかつき〉と〈たそがれ〉とを引いて来て、わが戦車を駆り、火のごとく、あれなる身のほど知らずに襲いかかるのだ！」

神々が、彼の命ずるとおり、すっかり準備を整えると、風の神は戦車にとび乗り、戦場へとかけ出しました。

さて、彼の妻ヒバットは、侍女たちにかこまれ、宮廷にあって戦いの結果を待ちわびていますと、不意に足もとの地面がゆれ動き、まるでだれかが床下をなぐりつけているような物音がつづけざまにひびいて来ました。それで彼女には、怪物がせき止められるどころか、もうこの住いの土台をおびやかすまで伸びたのがわかりました。

身をふるわしながら一ばん高い塔の上へ逃げのびた女神は、召使のタキチを呼び、戦場へ行って風の神の軍勢がどうなったか、その知らせを持ち帰れと命じました。

しかし、タキチが出発した時には、怪物の巨大な体が、すでにその行手に立ちはだかって道をふさぎ、視界を閉ざしておりました。

激しい戦いが長く続きました。そして、しまいに風という風、嵐という嵐、天上側の武器がすべて使い果たされてしまっても、怪物はびくともしませんでした。風の神は、仲間のタスミスに向い、高い塔に上って、天上全体に聞えるように、すべては終った、残るは降服のみだと告げてくれと頼みました。そこでタスミスは塔にのぼり、声を張りあげて呼ばわったのです。

「われらは敗れた！」

この声がヒバットの耳に届くや、彼女はがっくり力を失って気絶しました。召使が腕をさしのべて抱きとめなかったら、疑いもなく城壁からころがり落ちていたことでしょう。

日の出前の、真の闇でした。

死が間近に迫っていると思えた時、タスミスは、かたわらの風の神を振返って、落着いた口調で申しました。

「このまま滅びる前に、アブズワ[2]の町に行こうではないか。そして、知恵と策略の神エアに相談しよう。きっと、彼は古書をひもといて、われわれを救う方法をみつけてくれるだろう」

そこで、風の神は戦場を引きあげ、二人は大急ぎでアブズワの町へ行って、知恵の神の助言を求めました。

心やさしく恵み深いエアは、二人の訴えを聞くと、ただちにエンリルの住むニップルの町に行き、エンリルに助力を頼みました。エンリルの前にひれ伏して、

「ごらんなさい、エンリルよ。クマルビが怪物をこしらえて、風の神を襲い、天上の主権を力ずくでとり返そうとしています。彼が水中においたこの怪物は、見る見る高くのびて、今では天の土台を揺り動かすほどになりました。あなたに助けていただかねばなりません。おわかりでしょう。クマルビは、今わたしたちにしているようなことを、やがて、あなたに対してもするに違いありません。あなたを、ニップルの住いから追い払うに違いありません」

エンリルは、しばらく前に仙女たちが、彼の膝にのせたあの奇怪な赤ん坊を思い出しました。エアの言う怪物は、あれに違いないようです。ですから、彼は戦いに加わろうとはしませんでした。

「いや、そのような怪物にかなう者は、ひとりもあるまい」

それで、エアはみずから海の底、空を支えている巨人ウペルリのところへおりて行きました。

「おまえは知らないのか、だれもおまえに話さなかったか、ウペルリよ。クマルビが、神々の王に対して謀反を企て、海の中に、石でできた怪物を植えたことを。怪物はみるみる伸びて、ヒバット妃を宮殿から追うほどになったことを。遠くはなれているから、他の世界にどんなことが起ろうと知らないと言うのか」

巨人は、頭を振るだけでした。

「わたしにおっしゃっても無駄です。わたしが馬鹿だってことが、はっきりするだけです。天地がわたしの上に積み重ねられた時だって、べつだんなんとも思いませんでした。それから後に、天地が魔法の力で二つに分けられた時も、なにが起ったのか、考えてもみませんでしたよ。今わたしにわかるのは、右の肩が痛むってことだけです。あなたのおっしゃる怪物なんて、まだ話を聞いたこともありません」

「愚かな老いぼれめ」

と思ったエアは、手あらく巨人に摑みかかって、右の肩をねじまげ、その上に柱のように立っている怪物を、見せてやりました。

ところがその時、エアの胸に、ある暗示がすばやくひらめきました。

「そうだ、魔法の短剣だ」

繰返し繰返し、彼はつぶやきました。

「魔法の短剣、魔法の短剣」

そして、彼の脚にかなう限りの速さで天上の宮廷にかけ戻り、年長の神々を呼び集めました。

空が地と切りはなされた時に、いあわせた神々です。

「尊き神々よ。救われる方法が見つかりました。すぐに天の宝庫の前に行き、扉を開く呪文を唱えて下さい。その呪文は、あなた方だけがご存知なのですから」

神々が天の宝庫の前に立って、いにしえの呪文を唱えると、大扉はすぐに揺れて開きました。

その先は、語るにも多くの時を要しません。

エアは、秘密の部屋に入って行き、まもなく、天地のはじめに天と地とを切りはなした、あの魔法の短剣を手にして出て来ました。そして、すぐにウペルリのところへとって返し、巨人の背後から短剣をふるって、怪物の足を切り放ったので、怪物は巨人の肩からころげ落ちて、すさまじい水しぶきをあげ、深い海の底へ沈んでしまいました。

そして、風の神と、その軍勢の神々とは、かちどきをあげて怪物をとりかこみ、焼きもののつぼかなんぞのように、粉みじんにこれをこわしました。

こうして、クマルビの復讐の望みはくじかれ、風の神は、天上の長として君臨しました。この時以来、天地の間には、次のようなことが、知れわたったのです。

〈速い者が競走に勝つとは限らないし、強い者が戦いに勝つとは限らない〉。

(1)　古典古代のカシウス山、今のジェベル・アル・アクラー（ハッジはフルリ語）。
(2)　シュメール語でアブズ abzu は「大海」を意味し、そこにエア神が住んでいると信じられていた。しかしハッティ人はこれを町の名と考えた。それはあたかも「アトランチック（大西洋）のエア」を「アトランチック・シティのエア」と言っているようなものである。

解説

この物語は、フルリ人――『旧約聖書』のホリ人――の主神クマルビの手柄を扱った多数のうちの一つである。これはハッティ人がこの民族を席巻した時にとり入れられ、われわれの手に残されたのはハッティ訳文によるものにほかならない。もっともフルリ人自身も、これを、バビロニア最古の住民として知られているシュメール人から借用したものらしい。原初の神々にアラルとアヌがいて最初に登場し、後者は主役を演ずるのであるが、それらはシュメールの神であってフルリ人の神ではないからであり、一方、出来事の主要部分がニップルのシュメールの町で展開するが、これはエンリル神の御座所であり、この神自身も顔ぶれの中に姿を見せている。フルリ人も、もちろんこの古伝の物語を彼ら自身の文化にとり入れたわけであるが、それは伝説やその土地特有の地口までを隣人たちから借りる、すべての民族らのするのと同じ仕方であった。

この物語の主題は、クマルビによる巨大な石の怪物ウルリクンミの創造にある。生きものが石や岩から産出できうるというのは、世界のいくつかの地方にある民間伝承に共通のものである。[1] 例えば、この主題に基づく一群の北カフカス民話があり、[2] 一方、モアブのベニ・サフルなるアラビア種族は、その名を彼らの最古の祖先がサフル（sahr＝岩）から出たとの信仰から勝手にひき出したものである。[3] またマット・グロッソのパレッシ・インディアンたちは、最初の人間のダルカヴァイテレなる者はマイソなる石の母から生まれ、石でできていたと主張する。古典文学の読者ならば、直ちにデウカリオンとピュラの神話を想起することだろう。それは大洪水ののちに、これら二人の生存者が肩ごしに投げた石からいかにして世界がふたたび人をふやしていったかを物語っている。そしてまさにこれと同じ物語が、ギアナのマクシ族のあいだにも見つかっているのである。『オデュッセイア』(一九・一六三)の有名な句節にも、興味深いこの信仰の残影があり、ここではペネロペがオデュッセウスに言っている。

　さらば妾(わらわ)に語り給え、御身いずこより来れるかを
　伝説のかしの木や石より出でたるに非ずば。

またその木(こ)だまは預言者エレミア(二・二七)の有名な言葉のうちにもききとれる。「イスラエルの家は恥ずかしめられ……木株に汝はわが父と言い、また石に、汝はわれを生みたりという……」。

しかし当面の物語に出る石の怪物は、チャペックの戯曲の人物や、周知のユダヤ伝説中のゴーレムのような単なるロボットではなかった。彼は、一見そうとられるような、単に彼の父のための見えざる戦士とされるために創られたのではない。彼の第一の機能は、柱のように伸び育ち、絶えず背丈を増し、遂には天の基盤を揺り動かして、彼の父の敵たちを王座から追い払い、逃げ出させることにあった。後になってからの考え方として、彼は、結局戦士の役割をあてがわれ追い払われた神々に地上の都城でもり返す機会をあたえようとする者とされる。彼の本性および機能にとって本質的であり、単に詩的想像のすさびでもないのは、あらゆる風と嵐が彼に向ってはなたれても負けはしないという点である。ただ彼を支持していた巨人から見放された時にのみ、彼は——原義どおりにいえば——失

墜に逢着するのである。

本書の他の物語すべてと同じように、この話も民間伝承の数篇をとり入れており、元来の聴き手たちにはなじみ深いものであったに違いないが、現代の読者には説明の必要がある。これらを順序を追って取りあげることにしよう。

さてその第一に、原初の神々は九年ずつ統治をおこなうという考え方がある。これは、八年か九年を期として一単位の〈寿命〉が構成されていて、その末期に事物が更新されるとの古代の観念に基づいている。例えば、ホメロスは次のように語っている。ミノスの化身、クレータの〈永久(とわ)〉なる王はそれぞれ九年間統治し、二人の巨人、天によじ登ろうとして死に処せられたオトスとエプヒアルテスの生きた年月も九年であったと。『オデュッセイア』の中でも、キルケーに魔力で変身させられた者たちは〈九歳の老いぼれ豚〉の姿をしたし、詩人ヘシオドスも老いた牛を「九つの歳月を生きたもののごとく」と述べている。[4]スパルタの王たちは八年間ずつ在位して第九年目に交代した。またもっと新しい文化圏においても、例えばインドのマラバル沿岸のカリカット〔現コジコーデ〕では、類似の十二年式が行なわれている。聖書に出てくるパロの夢の「肥沃な七年」と「不作の七年」〔「創世記」第四一章〕も、もちろん同じ思考領域に属するものであり、古代ヘブライ人のもとにおける「休息の第七年」、すなわちこの年には土地を休閑させ、奴隷らを解放するという制度もやはりそうである。同じように、古代の一週は九日よりなっていることもよくあった。これは『イーリアス』と『オデュッセイア』にたびたび言及されており、ローマでは慣例となっていたもので、[5]カトリックにはノヴェナ〔九日間の勤行〕として残存しており、「九日間のびっくり a nine days' wonder〔=束の間の人気〕」という慣用語にも残されている。

次に興味深い点は、男性であるクマルビのたわむれの妊娠ということである。彼が呑みこんだ神の精子の一部は、結局は排出され、カンズラ山に落ちる。それにおいては、この出来事が神々のあいだに驚きを惹き起すことになる。残りの方は二人の子供になり、そのうちの一人は遂には彼の腰から生まれた。これときわめて似たものが、おなじみのギリシアの神話中にあって、いかにディオニソスはゼウスの股から生まれたかを述べている。また古代インドの伝説は、英雄ユヴァナースヴァが妻の分であった薬を飲んでしまい、脇腹から息子を生んだことを語っている。この主題は、ヨーロッパやアフリカの多数の民話にも現われるものである。

　出産の場面は類い稀なユーモアをもって述べられている。この話を形式ばった堅苦しい「神統記」として読もうとすると、この面白さをとり逃す。閉じこめられた胎児は出生してくる自然な方法がないので、神々は六回か七回も、クマルビの体のあちこちの器官から出てこいと説得しようとする。そのたびに胎児はそれは「不自然」で傷つけるかもしれぬとして皮肉に抗議する。最後に彼は、原始の帝王切開ともいうべきものを受けるはめになり、知恵と科学の神エアが彼の脇腹に「窓」を切り開くが、怪物の一匹がとび出してくるだけである。がっかりした「妊娠せる」父親は、次には薬を飲んで堕胎を計る――この主題はギリシア神話のメティスの話に繰返されている――が、薬は彼に歯痛をあたえるにすぎない。後に他の怪物が「彼の腰より」ひそやかにとり出される。

　子供がとり出されるとすぐに、多数の客が呪（まじな）いを誦（とな）えたりいけにえや饗宴を行なうために集ってくる。まさに同じことが、さまざまの古代バビロニアのテキストに述べられており、出産の時エアがどのように、種々の儀式をとり行なうためあらゆる階層の人々を呼び集めたかを伝えているが、それらの儀式は、子供を盗む悪女ラマシュトゥに襲われないようにとの意図のものである。[6] 近似のことが近代アラビア人の慣習中にもみられる。出産の七日後、母親の女友達が種々の呪いの儀式を行なうためにその家にやって来る。悪魔たちを追い払うために、真鍮の乳鉢が乳棒でもってたたかれる。幼児はふるいの中でゆすられ、女たちの部屋部屋をまわされる一方、その前にともし火が燃やされる。夕方になると、父親はその友人達を宴席に招く。[7] また同じように、これはイラクのマンデ人、アビシニアのボゴス族、同じく西アフリカのトーゴランドでも、母親の友達や土地の祭司達にとって、悪魔を祓うために出産の時に振鈴を鳴らすことが慣例とされている。

これよりも劇的なのは、石の母の出産にともなう出来事だ。

第一に、子供は父親の膝の上におかれる。古代においては、これが父たることを認める普通の方法であって、膝は精子のありかと考えられていたのである。事実、〈knee＝膝〉という言葉（ラテン語genu）は語源的にも〈genus＝類〉と〈generation＝生殖、世代〉なる言葉と関係があり、〈genuine＝純血の〉は元来、父親の膝の上で認められた者を指す用語であった。[8]

第二に、子供にはウルリクンミなる名がつけられるが、これは父親が断言したように、彼はクンミの都城を荒廃せしめる宿命を背負っていたからである。父親や母親の運命的な発声に従って子供に名をつけるこの方法は、『旧約聖書』でおなじみのものである。例えば、ヤコブの息子たちは、皆この原則に従って命名されている。[9] 同じように、古代エジプトの一物語は、第五王朝のはじめの三王の名を、誕生の時の父親の発声から勝手気ままに引き出している。[10] 一方ラブレーはわれわれにガルガンチュアの名のいわれを語っているが、それによると、この子は生まれ出るやいなや飲みものを欲しがったので、父親が「ク・グラン・チュ・ア」“Que grand tu as (le gousier)” すなわち「なんて大きなのど持ってるだ」とどなったからだという。

最後に、怪物がウペルリの右肩におかれているが、後者は地下の大海に住み、地と天の合せられた重みを支えている。巨人であるこのような姿は、多くの民族の民間伝承に知られている。その最もおなじみの例は、言うまでもなくギリシアのアトラスで、これについてホメロスは、彼は大海の真中に住んで天ばかりでなく地をも支えていたと述べている。同じように、コロンビア州のチチバ・インディアンは、チブチャチュムという名の巨人の肩に世界がのっていると信じており、一方トリンギット族やアサパスカン諸族は、ハイカナコ――われらの下にある老女――によって世界は保持されていると主張する。

クマルビが妖精の小間使たちに、怪物を巨人の右肩におくように言いつけたという事実は、一見したところより意味深いことである。「子供を肩にのせて連れ歩く風習は、私の信ずるところでは、西洋には知られていないものであるが、東洋では一般化している」と現代のあるシリア・アメリカ作家は述べている(11)。「ごく幼い頃は両腕にかかえて運ばれる……。だが子供が独りで立てるくらいのとしになると、子供は肩にのせて運ばれる。母親は子供をかかえ上げ、右肩にまたぐようにおき、子供は本能的に彼女の頭にしがみつく」。まちがいなく、当面の物語における子供は実際上巨人の肩に立っているのである。なぜならこの子は両足を切られると、結局そこから離されてしまうからである。だが普通の考え方は同じであるように思われる。妖精の処女たち(12)というのは、地上の乳母たちにあたるものにほかならず、クマルビの計画というのは、彼女たちをして幼児をウペルリの右肩におかせることであって、それは単に幼児を「世話」してもらうために渡すのだとの俗信からのことであったのだ(父親がその子はついには空に達するほど生長すると語る時、みんなはその言葉を子供の元気な生育に対する心からの望みととったことは言うまでもない)。

不思議な生まれの子供の目ざましい生長というのも、やはり民間伝承の共有点である。同様な伝説が、バビロニア人により彼らの民族神マルドゥークについて語られている。ギリシア人はヘラクレスとディオニソスについてこのことを語り、ユダヤ人にはモーセについて語っている。またこれは中国人、フィリッピン人、北アメリカ諸族のあいだにも見出されている。

女神のイシュタルが怪物を静めるのに音楽や歌によるという挿話は、近東物語作者の好んだ主題を示している。別のハッティの神話は事実上同じ物語を述べているが、これはヘダムムなる名の勇猛な竜を女神がどのようになだめようとしたかを描いており、また第十八あるいは第十九王朝（紀元前一五五〇―一二〇〇年）に属するエジプトのパピルスの一つ[13]は、天の神々を圧迫する海の主に対し、ある時同じ才略を試みたことを語っている。だがこうした考えには、単に快い音で官能を満たすという以上のものがある。原始人にとっては、きわめて真なる意味で「音楽は魅力をもつ」のであって、それ故いたるところでこれは魔力を破るために益ある方法とみなされている。そして世界中の民間伝承が山を動かしたりすべての自然が踊り出す魔法の歌や調べの話に満ちている。その最も著しい例がオルフェウスにまつわるギリシア伝説であることは言うまでもない。

オルフェウス琵琶をとり歌えば、
凍れる山の頂も、はた樹木も、
首うなだれて聴きほれるよ。

その調べにつれて、草々も花々も
もえ出るよ、太陽と雨水が

そこに常春(とこはる)をかもし出すごとく。

その演奏を聴く限りのものは、
大海の高濤であろうとも、
頭(かしら)をたれて、鎮まってしまうよ。(14)

同じように、ロシア民話の一つは、イルメン湖の岸辺でハープを奏したセドコなる名の商人のことを語っているが、彼はこうして水を感動させたあげく、三日目に湖の王が生まれ出て、彼に莫大な富を贈ったという。またフィン人のカレワラでは、神ウェイネメイネンがあまりにも美しくハープを奏したので、すべての自然と海の王までも魅せられて聴きほれたのだった。

アットー、すべての大濤の王、
草のひげせる水の辺(へ)の翁(おきな)
水のうわべまで登り行き
水草の上によじ上りて
調(しら)べに楽しく耳傾けたり。
して彼は次の言葉を語りぬ、
「今迄ここな楽の音(ね)を聴かず」
わが生涯のすべてを通じて、

　ウェイネメイネンの奏するごときを、
　心楽しくまた元祖たる吟遊楽人よ。[15]

そしてウィプーネンの歌の調べに、水はじっと静まるのであった。

最後に、物語の大詰めに到達する。ここには、注意を要する三点の民間伝承がひそんでいる。

第一は、巨人というものは当然阿呆だという暗黙のとりきめである。ウペルリは自分の肩に石の怪物を乗せていることさえ知らず、しかも彼は天と地の結合した重みを支えていたのであるが、原初に一方が他方から裂き分かたれた時にも、彼は「何も感じなかった」のである。この愚鈍な巨人とか鬼という概念は世界中にある。古代北欧語を例にとれば、ドゥムブル（dumbr）という単語は本来は「石頭（いしあたま）」を意味しているが、しばしば「巨人たち」の同義語として用いられており、後代のゲルマン民間伝承では、巨人たちは普通ドゥムメ・ルッテン（dumme Lutten）とかルッベ（Lubbe）、すなわち「鈍くら者」[16]と呼ばれている。同様に、巨人の猟者オリオンに対するヘブライ名は本当は「馬鹿」を意味する。一方、策略にひっかかった愚鈍な鬼の話は、すべての民族における民間説話のおきまりの型をなしており、これまでにこの主題に関して二百を下らぬ類型が記録されてきている。[17]

第二に、天の宝庫を開ける力を託された魔力あるルーン〔ルーネ文字とも言うがここでは単に語句の意〕の要素がある。これは、もちろん、おなじみの「開けゴマ」主題の一類型であって、世界に広まっているものである。原テキストは、定めの文句を誦えるため呼び出されたのは「古き神々」であったとことさらに述べている。一見したところでは、これは「年を経た、崇めるべき神々」という以上の意味をもってはいないように思えるかもしれない。しかしながら、この語句には特別な点がまさにあるのだ。ただずっと古い頃の神々のみが、原初の時代にすでに生きていた神々のみが、魔力あるルーンに通じているに違いないということがそれである。

第三には、原初のころ天を地から切離した魔法のナイフというものがある。他のところにはこのナイフについて少しも直接の言及がないけれども、天と地は無理に切り離されたのだという考えは、決して珍しいものではない。例えば、マオリ族のある話は、原初の頃に酷い森の神トゥテンガナハウが、結びつき横たわっていた両親、天の神ランギと地の女神パパを荒々しく引離したことを語っており、これに類したものは、アステカ族やインドネシア族やサモア族の文化のようなさまざまな文化の中にも見出される。『旧約聖書』の巻頭（「始めに神は天と地を創造した」）はこの観念の名残りを留めているということもほのめかされている。「創造した」と訳されるヘブライ語の単語は、元来「分けはなした」を意味したらしくもあるからである。

この物語のはじめの部分（クマルビの敗退まで）は一九三六年にエミール・フォルレルにより刊行された。その残りは、その後H・G・ギュテルボック、H・オッテン、E・ラロッシュにより、四十個以上の粘土板からつぎ合わされてできた。フルリ（ホリ）語の部分の断片がボアズキョイで見つかったことが報じられているが、それらはまだ刊行されていない。

粘土書板の貧弱な保存状態からして、幾つかの章句は全く想像による根拠から再構成され、あるいは手を加えられたものである。例えば、アヌと風の若い精霊との出会い、クマルビと海の主との石の怪物創造に関する対話は、二つとも物語の主要素ではあるが、これらは話の続き具合から自由に採り入れられたものである。また、子供が手を伸ばして壺を割ってしまう出来事は、クマルビのそのあとの叫び声を意味あらしめるために推測されたものにほかならぬ。最後に、イシュタルが太陽神とタスミスをはげますための発言の要旨は、少しばかりの断片的語句から再構成されている。

(1) Cf. Max Semper, Rassen und Religionen im alten Vorderasien (Heidelberg: C. Winter, 1930), pp. 179-86; William Francis Jackson Knight, Cumaean Gates (Oxford: B. Blackwell, 1936), pp. 9 ff.; J. Layard, Stone Men of Malekula (London: Chatto & Windus, 1942).

(2) Cf. A. von Löwis of Menar, Archiv für Religionswissenschaft, vol. xiii (1910), pp. 509-24; xiv (1911), pp. 641 ff.; xv (1912), p. 305.

(3) Joseph A. Jaussen, Coutumes des arabes au pays de Moab (Paris: V. Lecoffre, 1908), p. 107.

(4) Cf. Gilbert Murray, The Rise of the Greek Epic (London: H. Milford, 1907), p. 127.

(5) Cf. T. W. Allen, W. R. Halliday & E. E. Sikes, The Homeric Hymns, second edition (Oxford: Clarendon Press, 1936), p. 125.

(6) Cf. Bruno Meissner, Babylonien und Assyrien (Heidelberg: C. Winter, 1925), vol. ii, pp. 224 f.

(7) Cf. E. W. Lane, An Account of the Manners and Customs of the Modern Egyptians (London: C. Knight & Co., 1846), Chapter xxvii.

(8) Cf. A. Meillet, Bulletin de la Société de Linguistique, vol. xxvii (1926), pp. 54 ff.; W. Déorna, Revue archéologique, vol. i (1939), pp. 224-35; R. B. Onians, The Origins of European Thoght about the Body, the Mind, etc., second edition (1951), pp. 174 ff.; J. Grimm, Deutsche Reichsaltertümer (Göttingen: In der Dieterichschen Buchhandlung, 1899), p. 598.

(9) 「創世記」二九―三〇章参照。

(10) G. Lefebvre, Romans et contes égyptiens de l'époque pharaonique (1949), pp. 87 ff.

(11) Abraham Mitrio Rihbany, The Syrian Christ (Boston: Houghton Miflin Co., 1916), pp. 389 ff.

（12）原文でこれらはイルシルラ（Irshirra）女神たちと呼ばれているが、これについてはそれ以上未詳。「妖精の処女たち」というのは近似の呼称にすぎない。

（13）このパピルスとは本書の最後に収められた「バアルの物語」の解説（三〇四頁）に述べられているアスタルテ・パピルスのことで、イシュタルとアスタルテは同じ女神の二様の呼称である（このテーマは二七四頁にあらわれる）。なおアスタルテ・パピルスは本章の註解（10）にあげられているルフェーヴルの著書に訳文と解説が収められている。それによるとこのパピルスは元は立派なものだったらしいが、今ではひどく損じていて行文も切れぎれにしか残っていない。しかしヤム（＝海）やアスタルテの名をあげている重要な資料である。（訳註）

（14）シェイクスピア『ヘンリー八世』、第三幕第一場（坪内逍遥訳を改訳）。

（15）Rune XLI.

（16）ヘブライ語 qesîl 例えば、「箴言」一・三二の〈愚かな者〉と「ヨブ記」九・九の〈オリオン〉は同じ語。（訳註）

（17）Cf. A. Aarne and S. Thompson, The Types of the Folk-Tale (Helsinki: Suomalainen tiedeakatemia, Academia scientiarum fennica, 1928), Nos. 1000—1199; cf. also G 501 in Thompson's Motif-Index.

計略で捕えた竜

I

ある時、風の神と大海の竜とがお互いに自分の方が強いと言い張って、はげしく争いました。最後にはなぐり合いになりましたが、竜の方が優勢になって、風の神を黒や青の打身ができるほど、いためつけました。

体は痛み、誇りはふみにじられた風の神は、計りごとによって勢いをとり戻そうと思いたちました。竜を宴会に招いて酔わせれば、やすやすと打ち負かすことができるというものです。そこで彼は女神イナラスを呼び、神々とともにあの怪物をも招く、盛大な宴会の準備を命じました。

イナラスは、命じられたとおりにしました。まもなく食卓には、あらゆる種類のおいしそうな食物や、酒をなみなみと注がれた盃がととのえられました。

この時、女神は一存で風の神の計りごとを助け、その成就をいっそう確実にしようと心に決めていました。

「もし竜が酔わないようなことがあったら」

と女神は考えました。

「すべての神々があいつの自由にされ、あいつめに打ち勝とうとすれば、いたずらに災難を招くばかりだろう。神々のだれかが災難にあうより、人間のだれかが危険をおかした方がよい」

彼女は人間の住む町へ行き、名をフパシヤスと呼ぶ男に会って、神々の宴会につらなり竜と戦うように頼みました。

しかし、フパシヤスとて竜を恐れることは女神に劣りませんし、人間の力以上のものをあたえられない限り、神々の中でも最も強い神が失敗したことを、たかが人間がやれる望みはないこともよくわかっていました。

古代の人々の信ずるところでは、人力以上の力を得られる道はただ一つ、それは女神を抱擁することでした。女神はその愛とともに、神の力の幾分かをあたえてくれるのです。そこでフパシヤスは、イナラスが彼にこの恩恵を許してくれるならと、条件を出しました。女神は、こころよく承知しました。

約束を果すと、女神は彼を宴会場に連れて行き、ものかげに隠しました。

ルヤンカス竜の斬殺（マラティアの岩壁彫刻、紀元前1500年頃）

こうして、すっかり準備がととのったので、彼女は一ばん美しい衣を着け、みずから竜を招きに出かけました。

竜を説き伏せるのは、わけもないことでした。竜は意地のきたない生きもので、食事を断ることなどとうていできないのです。手下どもを引き連れて巣から出て来ると、神々とともに席に着いて、片はしからご馳走の皿をからにし、ぶどう酒の盃をのみほしました。ところで、大いに食べ、大いに飲むにつれて、彼の体はだんだんふくれ上り、しまいには、皮がはちきれんばかりになりました。もうこれ以上飲み食いできなくなると、のろのろと立ち上って食卓をはなれ、わが家へと体をひきずって行きましたが、帰りつくと、あまり太ってしまったものですから、いかに身をよじっても向きをかえても、自分の穴へはい込むことができないのです。

風の神とイナラスの二人が待ちかまえていたのは、まさにこの時でした。あっという間に、フパシヤスはかくれ場所から躍り出て、すばやく竜になわをうちました。こうなれば、風の神にとって、とどめをさすのはわけのないことです。

しかし竜の死は、イナラスにとって心配の始まる時でした。不意に、恐るべき懸念が女神の心をよぎりました。フパシャスは家に帰れば、疑いもなく彼の妻に自分が受けた神の力を伝えるでしょう。次に、妻は子供たちにそれを伝えるに違いありません。そして何年かたつうちに、神々と肩を並べ得る人間の家族ができ上るでしょう。なんとしても、これは阻止しなければならないとイナラスは思いました。そこで彼女は、容易に近寄れない高い岩の上に家を建て、フパシャスを住まわせました。人間の手は、とてもおよばぬと思えました。

ある日、女神は、家をあけて使いに出なければならなくなりました。フパシャスが淋しさから故郷を恋しがり、逃げ出しはしないかと案じられたので、女神は、決して窓の外を見てはいけないと、よく言いきかせました。

「奥さんや子供たちが見えたら、おまえは恋しくてたまらなくなるだろうからね」

二十日の間は、フパシャスもこのいいつけに従っていました。けれども女神が帰って来ないので、彼は落着かぬ気分になると同時に、大胆にもなりました。ついに我慢しきれなくなって、彼は窓を押しひらき、外を見ました。まさに、彼の妻と子供が下方の谷間にいるのです。その姿を見たとたんに彼はなつかしさを抑えきれなくなりました。

やがて、イナラスが使いを終えて戻って来ましたが、一歩家に入るか入らぬかに、フパシャスはさまざまに言葉をつくして、家へ帰らせてくれるように嘆願しはじめました。

女神は、窓があいているのに目をとめ、すぐに、何が起ったかを理解しました。きびしく彼を叱りつけ、二度とふたたび窓をあけてはならぬと言いましたけれど、そう言ううちにも自分の言葉が無駄であるのがわかりました。フパシヤスは、今はすっかり家恋しさのとりこになっているので、これ以上彼を手もとにおく望みはもうなかったのです。こんど彼女が家を留守にしたなら、彼がすぐさま逃げ出すことは明らかでした。

神の力を人間の手から遠ざけておこうとするならば、なすべきことはただ一つしかありません。命令に背いた彼を声高に責めながら、女神はこの人間を殺し、家に火を放ちました。あけ放った窓から、嵐の神の風が入って来て、焔をあおり立てました。

II

嵐の神と大海の竜とは、古くからかたき同士でした。お互いに、自分は相手より権力も強いのだと信じていたからです。

嵐の神が風をあつめて吹きつければ、竜は波を唸らせて対抗しました。嵐の神が雷や雨を送れば、竜は怒濤をまき起しました。

ある日、二人の争いはひときわはげしくなって、とうとう互いに打ったりけったりしはじめましたが、最後に、竜が相手の心臓と両方の目玉とをつかみ取ることに成功しました。もちろん嵐の神は、死にはしません。人間とちがって、神様は心臓がなくても生きていられるのです。

けれども、やはり嵐の神にとってはたいへんな打撃で、すっかり衰弱してしまいました。長いあいだ、嵐の神は傷の手当をしながら、竜を負かして彼が奪い去ったものをとり戻す計画を練っていました。ついに機会が訪れました。

彼は地上に降りて、一人の貧しい百姓の娘をめとりました。まもなく、妻は男の子を生みました。

この子が成長した時、彼が恋したのは、あの竜の娘でなくてだれだったでしょう。乙女にとって、若者はむろん一人の人間にすぎませんでした。彼女も、その家族も、だれの息子であるかを疑ってもみなかったのです。しかし、嵐の神にとっては、これこそ絶好の機会でした。ことの次第を聞くや、すぐに、これを利用する決心をしました。

「わが子よ。すぐ乙女の家に行き、彼女の手を乞うて、求婚なさい。彼女の父が引出物には何が欲しいかと尋ねたら、嵐の神の心臓と両方の目玉をと答えるのだよ」

若者は父の命に従いました。乙女に求婚し、引出物には何を望むかと尋ねられた彼は、まず心臓を、次に両方の目玉を求めました。二つながら、こころよくあたえられましたので、彼は家に帰って、それを父親に渡しました。

またたくうちに、嵐の神はまったく力を回復し、竜と戦おうと海に入って行きました。煙を吐き、火を吹き、暴れ廻り、今度こそ嵐の神は、竜をおさえつけるのに成功したのです。

しかし、この戦いがおこなわれている時、嵐の神の息子は未来の義父の家で、もてなしを受けておりました。騒ぎを聞き、そして竜が負けるのを見た時、彼は自分がだまされていたこと、しかも自分の父にあざむかれて、この家の主人を破滅させる重い罪に陥れられたことを知って、がくぜんとなりました。

名誉と古来の風習とが、彼に罪のつぐないを求めます。彼は、天上高くに在る父に向って呼びかけました。

「父上、わたしもともに滅ぼして下さい。けっして容赦なさいますな!」

嵐の神は、わが子の願いをもっともに思いました。そして、かいざおと閃光とをもって降り、竜とともに、息子をも殺したのでした。

他人をだまそうとする者は、
さいごに自らをもってこれを償う。

解説

毎年、雨季がやって来て河が洪水の危険にさらされる頃、古代ハッティ人はプールーリと呼ばれる祭儀をとり行なった。この祭儀の一部分に、計略で捕えた竜の話の読誦があった。この場合にひそんでいる目的というのは、その昔ふくれ上った河の恐るべき竜がどのように制御されたかを語ることだったが、広く行なわれている俗信として、もし物語が滞りなく語られ、さらには演ぜられるならば、同じ効果がふたたび生ずるとも考えられていた。

このような読誦や演技は世界中にある。例えば一九〇三年に到るまで、英国サフォークのアッフォードでは、ロゲイション〔キリスト昇天祭直前の三日間で、豊作祈願の日である〕のあいだ打負かされた竜の像をもって練り歩く慣習があった。またシチリア島のラグーサブでは、四月二十三日の聖ジョルジォの日に、動く尾と眼を揃えた巨大な竜が同じように行列をなしてかつがれた。英国レスター市出の、十六世紀のある年代記家は、「竜を調達」するために市の基金を毎年支出することを記録している。またケントとダービーシャ各地方では、聖ジョージ祭はこの英国の守護神による竜退治を扱った無言劇の上演を今もって特徴としている。バヴァリアのヒュルトでは、毎年の聖体節に続く日曜に竜退治を演じているし、ルーアンでは、昇天祭の日に竜のガルグーイユから聖ロマヌスが市を救ったと伝えられている。

河を竜あるいは蛇のように考えることも、もちろん世界中にある。本書でもカナアンの「バアルの物語」のなかでふたたびお目にかかることになる。一方、ギリシア神話に出てくるカリュドンのディアネイラ〔ヘラクレスの妻〕は、蛇の姿をしたアケルース河に言い寄られたといわれている。アラビア人のあいだでは竜巻は竜と考えられており、スイスでは渓谷の滝をドラッハ（drach 蛇）と呼んでいる〔漢字でもこの二つが文字上竜と関係あるのは興味深い〕。同様にシナの民間伝承でも、出水した河が治められた時には、「竜を閉じこめた」と言われる。

この季節にまつわる神話は、後にその特定の書割を失い、文学の領域に入って、秩序とカオスの原初の争いを述べた物語、また現在の支配が終る時に神によって戦われるべき大いなる闘いの前兆のごときものとされた。例えば聖書はたびたび（「イザヤ書」五一・九、「詩篇」七四・一四、「詩篇」八九・一〇、「ヨブ記」二六・一二等）エホヴァと竜のレヴィアタンあるいはラハブ（劫掠者）との間の原始の闘争にふれているし、「イザヤ書」（二七・一）と「ヨハネ黙示録」（一二章）の双方とも、この闘いを世界終末の日にふたたび起るべきことの見本とみなしている。同様にバビロニア神話は、上天の神とラップという名の竜との闘争を語っており、インド神話はインドラとヴリトラの、ギリシア神話はゼウスとテュフォンの争いを語っている。

ハッティ人は、この物語を二つの仕方で語っている。一つの原文における中心題目は、竜の貪欲と間抜けさであったが、これらはあらゆる民族の民間伝承に出てくる怪物に共通の性質である。他におけるそれは、主人に対する客の義務ということだった。

第一の原文が示している主題は、説明を要するものである。死すべき者フパシヤスが竜と交戦するまえに、彼は女神イナラスが彼と歓を共にすることによって彼女の神性をいくらか彼にわけあたえるよう迫る。のちに、怪物が退治された時、今度は女神の方が、フパシヤスが誰もとどかぬ高みにつれ去られ、妻や身内の者とふたたび会わないよう迫る。ここにひそめられた思想は、キッスとか抱擁とかその他の親密な接触を通して、ある人から他の人に性質というものが移されうるということである。このようにして移されたと考えられていた性質は、弱さとか欠点であることがしばしばある。オデュッセウスは、その精力が減ずるという理由から、キルケーの言い寄りをはねつけたことが思い出されよう。また現今のズールー族は、男が戦いに倒れるのは〈妻の膝が不運〉だからと述べたてる。同じように南アフリカのある地方では、男は寝床において妻を右手で触れてはならないそうで、もしそうすると戦いの時力を失い、きっと切り倒されるという。実際、女を見ただけで男は弱くなりうるというのは、民間伝承において珍しくない主題である。しかしながら時折りこの考えに別様に作用し、得られた性質が特別な体力や勢力であったりする。[*] それが今の物語の場合にあたるのだ。フパシャスは竜との戦いを引受けるまえに、神力を得ようと迫るが、いったんこの力が与えられると、女神も同じように、彼が妻と別れるように迫る。それは、彼が次には彼女にその力を移し、ついには人類の持物となるようなことがないようにとのためであった。

これと同じ考えが、「創世記」第六章のおなじみの話のうちにも現われている。「神の子たち」は人の娘たちと添い合ったが、主なる神は人の命を切りちぢめた。それは「わが霊はながく人の中にとどまることなかるべし」という理由にもとづいている。これを言いかえれば、主は人間の肉がこれによって神性を得るという考えを許容することができないのである。

＊　著者の Thespis (New York: 1950), pp. 327 ff. に各例が示されている。

狩人のケッシ

その昔、ケッシという名の狩人がおりました。父親は死んでしまい、彼はただひとり、心から愛する母親とともに住んでおりました。毎朝、彼は早起きして山にでかけ、夕方、極上の鹿の肉をぶらさげて帰ってきます。そのうえ、彼は狩の名人でしたから、神々すら日々の食事には彼をあてにするようになっていました。彼は家に帰ってくると、毎夜自分のえものの一部を神々の祭壇に捧げていたからです。

しかしある日、すべてが変ってしまいました。彼がある美しい娘と恋におちたからです。それはシンタリメニといって、七人姉妹の末の娘でした。彼女を花嫁として迎えてからというもの、彼の頭から狩のことはすっかりお留守になってしまいました。日がな一日、彼は家に坐って彼女の眼をみつめたり、彼女の唇からこぼれる玉をころがすような調べに聞き入ったりしていました。

ことの次第を知ると、彼の母はたいそう腹を立てて、彼を叱りつけました。「ケッシ、おまえはこれまでこの国きっての狩人だったじゃないか――おまえほど大胆で、勇敢なものはいなかった。それが今のおまえをみてごらん。自分がわなにかかってしまっている！　神々はひもじい思いをし、お母さんは飢えているというのに、おまえのしていることといったら、家に坐ってきれいな女にうつつをぬかしているだけじゃないか！」

この言葉は、ケッシの急所をつきました。聞くより早く、彼は槍をつかみ、猟犬たちを呼びあつめ、ふたたび狩にでかけました。

しかし人間が神々のことを忘れると、神々も人間を忘れるものです。そのためケッシが山につくと、動物たちはみな巣にかくれてしまって、どんなに狩をし、どんなに歩き廻っても、骨折損のくたびれもうけでした。三ヵ月のあいだ、彼は空手で帰ることを恥じて、運のめぐってくることを望みながら、さまよい歩きました。ついに、足は棒のようになり、疲れはて、とある木蔭にたおれこんで、眠りにおちました。

さてたまたま彼が横になったこの場所は、精霊たちのお気に入りの集会所でした――人を悩まし苦しめることを主な楽しみにしている、あのいたずらな山の生きものです。ケッシをみつけて、彼が自分たちの領地に侵入しているのを知ると、精霊たちはケッシのまわりにむらがってきて、跳んだりはねたり踊ったりしながら、彼をがつがつ食べてしまおうとしました。

しかし山に住んでいるのは精霊ばかりではありません。死者の魂もそこにいます。そしてケッシの父は、精霊たちが彼の息子のまわりに集ってきているのをずっと山の頂から見守っていて、どうしたら彼を救えるだろうかと考えていました。とつぜん、ある考えがうかびました。「精霊たちよ」と彼は叫びました――そして彼の声は雷鳴のようにとどろきわたりました。――「なぜ彼を食ってしまう必要があるんだ？　おまえたちがやつの外套を盗んだだけでも、そいつはやっぱりいやというほど思い知るだろうよ。そうなればやつは寒さにふるえあがって、体をぬくめるためにあわてて家に逃げかえるだろうからな！」

ところで精霊というのは、泥棒の仲間です。盗むことほど彼らを喜ばせるものはないことをケッシの父は知っていたのです。「そうだ、そうだ」彼らはその嬉しさをほとんどおさえることができずに、夢中になって叫びました。「やつの外套を盗んでやろう！」すぐさま彼らはケッシを食うことをすっかり忘れて、ケッシの外套をあちこち引っぱりはじめ、とうとうそれを引きはがし、勝ちほこって彼らのすみかに運んで行ってしまいました。

ケッシが目をさますと、太陽は沈み、風が変って、しめっぽい夜霧が地面から立ちのぼっていました。彼はおもわず手をのばし、外套を引き寄せようとしましたが、なんと、なくなっているのです！　気がかりになったケッシは、しめった草の中を手探りでさがしましたが、その間にも風は冷たくなるばかり、彼のまわりで鋭くびゅうびゅうと音をたて、背中をむちのように打ちました。猟犬たちは、冷たくにこりともしないで月に向って吠えつづけています。

ついに迫りくる嵐に頭を下げながら、彼はきびすをめぐらし、下の谷間にただ一つまたたく灯りをめざして、山を下りてゆきました。……

それから二、三日たって、ケッシは一連の不思議な夢を見ました。彼は巨大な扉の前に立ち、必死になってそれを開けようとしているようでした。しかしどんなに努力しても、扉は閉じたままでした。つぎに彼は、ある家の裏庭にいました。そこでは女中たちが忙しく家事に立ちはたらいていました。そのとき突然、一羽の巨大な鳥が空からまいおりてきて、女中のひとりをさらってゆきました。さらに、彼は広々とひらけた野原を見下ろしていました。遠くの方に人々の小さな群がいて、ぶらぶら歩きながら野原を横切ってゆくようでした。突然、目のくらむような閃光がひらめき、天から火の矢がまっしぐらに彼らの上に落ちてきました。また場面が変って、一群のケッシの先祖たちが示されましたが、彼らは火のまわりに立ってそれを吹きおこしていました。

夢に現われて彼の心をかきみだした幻はこれだけではありません。また別の夢のなかで、ケッシは自分の手がしばられ、足には、女の人が装身具としてつけるように、鎖がまかれているのを見ました。それから彼は狩にでかけるのですが、家を出ると、扉の一方にはうずくまった竜が、他方には見るもおそろしい鳥身女面の怪物ハーピたちがいるので驚きました。

夜が明けて目をさますと、すぐケッシは母に夢のことを話しました。「お母さん」と彼は言いました。「これらの夢はどれもただ一つのことを暗示しています。わたしが今後また山に行けば、精霊たちがきてわたしを食べてしまうでしょう！　わたしはどうすればよいでしょう？」

「おそれてはいけない」と彼の母はしずかに答えました。「古い歌を思い出してごらん。

丈高い燈心草は雨風ふけば頭を下げる
けれどもそれは束の間で、ふたたび頭をもちあげる
河が氾濫をおこすとき、流れは陸をおし流し
大きな都市もゆらぐけれど、やっぱり都市は立っている
ろうばいして人々はよく叫ぶ、「ああ、おれたちは死んじまう！」
かれらは前にも叫んだが――今でも生きて叫んでる！

つまらない夢を重んじてはなりません。もういちど山へお行き、何も起りはしないから！」

それから彼女は着物のひだをさぐって、最後に青い羊毛のたばをとり出しました。「これを持ってお行き」と彼女はケッシの頬にくちづけしながら言いました。「これを身につけて行きなさい。これには強い魔法がかかっているから、おまえを危害から守ってくれるだろうよ」。

そこでケッシはもういちど山に狩にでかけてゆきました。

この物語のうち私たちに伝わっているのはこれで終りです。以下は再構成したものですが、その根拠は物語の後につけた解説で説明されています。

＊

＊

しかし神々は、ケッシが彼らをないがしろにしたというのでまだ怒っていました。そして獣たちをぜんぶ巣に追いこんでしまいました。

長いあいだケッシは、運のめぐってくることを望みながらさまよい歩きました。ついで彼が力つきて絶望のうちにあきらめようとした時、不思議なことがおこりました。ふいに彼は巨大な扉の前にいるのに気がつきました。扉の一方の側には竜がうずくまり、他方には見るもおそろしい鳥身女面の怪物ハーピが立っています。

数秒間、ケッシはおどろきのあまり立ちすくんでいました。それからこわごわ忍び足で近づいて扉をあけようとしました。が、扉には鍵がかかっています。好奇心にかられてケッシは扉をどんどん叩いてみました。しかし返事はありません。とうとうくたびれてしまって、ケッシは坐って待つことにしました。「そのうちにだれかがやってきて、内に入れてくれるにちがいない」と彼は考えました。

待つ間は長く、次第次第に疲れがでてきて、彼は眠りこんでしまいました。目がさめた時あたりは暗くなりかけていて、長い影が山一面にひろがりはじめていました。ケッシは立ちあがって身ぶるいをし、帰り支度をしました。しかし突然、遠くの方に小さな光がまたたいて、一歩一歩彼の方に向ってくるのが見えました。それは近づくにつれてだんだん強く輝き、ついにケッシはその輝きに目がくらんで、両手で目をおおってしまいました。彼が手をのけてみると、彼の前には光の着物をまとった、背の高い輝く人影が立っていて、その手にはピカピカした鍵を持っていました。

「見知らぬ方よ」ケッシは彼にあいさつをして申しました。「わたしはこの扉の前で長いあいだ待っていて身も心も疲れています。どうか内に入れて下さい」

しかしその見知らぬ人は首をふって言いました。「いや、それはできない相談じゃ。というのは、これは日没の扉で、この向うは死者の国だからじゃ。この扉を通った人間は二度ともどることができぬのだ」

これを聞いて、ケッシはものも言えないほどおどろいてしまいました。

「ではどうして……」と彼は見知らぬ人が手に持っている鍵をみつめながら、口ごもって言いました。「どうして、あなたは扉を通ることができるのですか?」

見知らぬ人は微笑して言いました。「わたしは太陽だ」そして鍵をまわすと、中に入ってしまいました。

ところで扉の向う側では、夜ごとおとずれる太陽神の到着を出迎えるために、亡者の霊たちがみな集っていました。そのなかには、ケッシの美しい花嫁の父であるウディプシャルリもいました。

彼は自分の義理の息子の声をきくと、小おどりして喜びました。「これまで生きた人間が死者をたずねてきたためしはたえてなかったが、これでやっと、愛する家族の消息をきくことができそうだわい」と考えたのです。

ですから、扉がひらかれるやいなや、彼はみなを押しのけて一ばん前に出ると、太陽神の足もとにひれ伏して嘆願しはじめました。

「ご主人さま」彼は目にいっぱい涙をうかべて叫びました。「身内のものの消息をきけますようにケッシが扉を通ることをおゆるし下さい」

「だめじゃ」と太陽神はそっけなく答えました。「死んだ人間でなければ、だれにもそれはゆるされぬ。扉を通れるのは神々だけじゃ」

しかしウディプシャルリはそれには耳をかそうともせず、かきくどきつづけました。

「よろしい」と太陽神はとうとう申しました。「ケッシを内に入れて、暗い道をわしのあとについてこさせるがよい。しかし一度この国の中に入ったら、二度と生者の国にはもどれまい。おまえは彼を見はっていて、見失わないようにせよ。彼の手をしばり足をゆわえて、逃げもどったりしないようにそばについて歩け。彼がすべてのものを見、道のおしまいまできたら、彼をわしに引きわたせ。その時わしは彼に死をあたえよう」

こう言うか言わないうちに、大きな扉はふたたびギーッとひらき、ケッシは長くせまいトンネルの入口に立っていました。数歩先には、太陽神の姿がぼんやり見分けられ、ゆっくり遠のいてゆきます。その輝く光はだんだん小さくなって、ついには一つの点のようになってしまいました。

ただちにウディプシャルリがすすみでて、ケッシの手をしばり、足に鎖をつけました。そして彼の横について、遠ざかる微光のあとに従ってゆくようにうながしました。

彼らは先へ先へと歩いてゆきました。そしてケッシが鎖の重さのために足をひきずっている間に、ウディプシャルリは生者の世界の愛する家族の運命について、ケッシはケッシを質問ぜめにしていました。彼らがトンネルの一つの曲り角をまわった時、突然、ケッシはちょっとのあいだ立ちどまりました。そこの少しひらけた場所に、彼が夢でみたそのままの光景があったからです。真赤な炎に影をうつして、何百という亡者たちの霊が火のまわりに立ち、巨大なふいごで火を吹きおこしていました。

「あの人たちはだれですか?」と彼は連れのウディプシャルリにささやきました。

「あの人たちは大神のかじ屋なのだ。大神が地上に投げつける雷といなずまを鍛えているのだよ」とウディプシャルリは答えました。

もう少し先で、ケッシはふたたび足を止めました。今度はまるで千羽もの鳥が彼のそばを飛びまわっているような、高い絶えまない羽ばたきの音が、闇を通してこだましていました。まもなくケッシはなにかやわらかな、冷たい、しめったものが、彼の頬を刷毛(はけ)のようにかすめるのを感じました。彼は連れの方にふり向きました。

問うまでもなく、ウディプシャルリは彼の考えを察していました。「これらは、死の鳥たちだ」と彼は言いました。「死んだ人の魂を、下の世界に運ぶのだよ」

そして彼がこう語るうちにも、ケッシは、暗がりをすかして、彼が夢の中でみた巨鳥の姿を見わけることができるように思いました。

突然、それまで前を進んでいた光が動かなくなり、彼らが近づくにつれて、目をうばうばかりの輝きが彼らを照らし出したので、ケッシはトンネルの終りに来たことをさとりました。そこには太陽神が、どっしりした扉の前に不思議な微笑をうかべながら立っていました。

「ケッシよ」と彼は言いました。「おまえは日の出の門についたのじゃ。これ以上すすむわけにはいかない。おまえの死ぬときが来た。この先は生者の国で、おまえがそこにもどることはできないのじゃ」

この言葉を聞くと、ケッシは全身がふるえだしました。そして地面にひれ伏すと、太陽神の衣のすそをしっかりとつかみました。

「主なる神よ」と彼は叫びました。彼の声は涙でとぎれました。「どうか人生の半ばでわたしに死をたまわらないで下さい。生きている間に、もういちど愛する家族に会わせて下さい！」

太陽神はその時あわれをもよおしました。そしてケッシが以前どんなに彼に忠実であったか、彼の生命をささえるために毎日食物を捧げてくれたかを思いおこしました。彼はやさしくケッシを自分の足もとに立たせてやりました。
「ケッシよ」とそう言った彼の声の中には、天上のあらゆる慈悲がこもっていました。「死のことがらを見たものは、二度と生者の国にはもどれないのじゃ。しかしながら、わしはおまえを光の世界に移してやろう。おまえの花嫁もいっしょにな。わしはおまえたちを永久に星たちの間においてやろうぞ」

晴れた夜に、あなたがたは天にかかっている「狩人座」を見ることができましょう。そしてそのそばに輝く七つの星は、シンタリメニとその六人の姉妹です。しかし狩人の手はしばられ、足には女が装身具としてつけるように、鎖がついています。

解説

この物語はこみ入ったパズルである。われわれの手にあるものはわずかにハッティ語原文の初頭の部分と、五十年以上まえにエジプトのテル・エル・アマルナで発見されたアッカド語版の小さく把え難い断片にすぎない。問題は残りを再構成することだ。これを試みるにあたって、わたしは残存する部分により得られたいくつかの手掛りを根拠とした。それらの手掛りとは、次のようなことである。

1　ケッシは一連の夢をみるが、そのそれぞれが、死とか冥界に関する民間伝承に共通に結びついたいくつかを含んでいる。

（a）《開かずの扉というものがある》　ハッティ語版にはなにも述べられていないが、アッカド語断片には、ふたたび扉への言及があり、これはどういうものか太陽神と関連がある。そしてこの物語は明らかに、人間どもは扉を入ることができないが、神はできることを言っている。したがって、問題の扉とは、毎夜太陽が死者界へと入っていくと信じられた地下のトンネルの扉であることには、ほぼ疑いない。われわれはすでに「ギルガメシュの冒険」のなかでこれに出会っている。この扉は、結局はハデスの門と同一のものであることは言うまでもなく、これは地下界への降下に関するあらゆる描写に共通のものである（例えば、ヴェルギリウスの『アエネイス』第六歌一二七）。これはしばしば山の塚のようなところに位置せしめられたので、ケッシが丘に帰ろうとした時容易に帰着することができたのだ。

（b）《一羽の鳥が空からまいおりて、仕事をしている女中を連れ去る》　鳥はふつう死者を地下界に連れ去るものとみなされていた。「ギルガメシュの冒険」のなかにこの思想の反映があり、イランおよびフィン・ウグリアンの神話にもみえる。[1]

（c）《ケッシの「神なる父祖たち」は火を吹き起しているのがみられる》　「神なる父祖たち」とは死んだ祖先のことにすぎない。王や貴族が死んだ時、ハッティ人は「神になられた」と言ったのである。ここで直面しているのは、おなじみの地獄の火の図像であるか、あるいはもっとはっきりかみなりの炉の火をさすものであろう。後者はふつう山に位置せしめられ、小人やそれに類する生き物たちが取巻いていると考えられていた（エトナ山上のキュクロプスの炉にまつわる神話と較べよ。これは同じ主題の同工異曲にほかならない）。

(d)《ケッシは家の扉のところに竜とダムナッサラ女神という女形が立っている夢をみる》後者は他のハッティ文にも言及されており、それらの一つでは、この両者はゴルゴンと同じ性質を備えているように述べられているらしい[2]。それ故これは、地下界の入口は怪物たちにより守られているという俗信の、夢による表現である。これはギルガメシュ物語のうちにもあり、ヴェルギリウス(『アエネイス』第六歌二八五―八九)も、ゴルゴンやハルペーや類似の醜悪な怪物たちがハデスの門口に立っていたことをさらに言っている。

(e)《ケッシは、火の矢がまっしぐらに落ちてきて、多数の人々にぶつかった夢をみる》ギルガメシュ物語においても、エンキドゥは同じような夢をみるが、それは近づいた死を予告するものである。

さて、民間説話をきいたことのある人ならばだれでも、夢について述べられていたならば、その物語の残りはいかにしてその夢が実現したかを扱っていること、また次に続く出来事とまえに予見されたこととの間にはつねに密接な対応があるに違いないことを知っていよう。したがって、ケッシの見たものはすべて地下界でそっくり再現されうるものだったのであるから、この物語の残りは彼の冥界の旅を描いたものに違いないことは、相当程度明白と考えられる。これは、彼がもういちど山へと向って行ったことを意味する。ハデスへの戸口を見つけえたのは、山の中にほかならないからである。そして筆者の第二の鍵はここにある。

2　ケッシが母親にその夢のことを話すと、彼女は彼に、勇気をたもつこと、またふたたび山に狩に行くように言いつける。その次に、青色の毛糸を巻いたカセ〔ツムにとった糸を巻く道具〕に言及しているが、明らかに彼女はこれを彼に手渡したのだ。さて事実は次のようである。近東においては、世界のいくたの地方と同じように、青はお気に入りの魔除けの色であった。言いかえれば、この色は悪魔や類似の有害な生きものをそらしてしまうと考えられた。[3] 例えばイスラエル人は、衣服のすそに青いふさをつけるよう命ぜられたが（「民数記」一五・三八）、これは元来お守りであったことが現今学者間において、一般に認められている。ここから、他には説明のつかぬ——不必要とはいわぬまでも——この出来事が、ケッシが実際に携らなければならなかった新しい冒険から受ける危険に対し、ケッシは保護されるべきであったということなのだ。そしてこれはさらに、問題の冒険は有害な生きものとの出会いを意味しており、後者はそれにより害のないものにされてしまうのである。それ故青い羊毛の準備は、山神たちの攻撃に対する用心であったか、あるいは、アイネイアスが自身につけねばならなかった金の枝のように、地下界の悪霊たち（すなわち番人の怪物たち）に対する保身の手段であったのだ。

3　アッカド語断片は、かんぬきされた戸への到着と関連して、ケッシの義父ウディプシャルリを登場せしめている。自然の帰結として出ることは、ウディプシャルリは、生ける者が近づくとき地下界の入口のまわりに群がっている精霊たちのひとりだったということだ。明瞭な同工異曲が、オデュッセウスの母との出会い、あるいはアイネイアスの父アンキセスとの出会いにみられ、いずれも類似の事情のもとにおいてであった。ダンテのベアトリーチェとの出会いも、同じ一般的な観念領域に属することは言うまでもない。さらに、太陽神の語る言葉のなかにウディプシャルリへの言及が行なわれているらしいことから、義父がケッシに接近する許しをあたえるために、この神と交渉をもつと推定するのが正しいと思われる。このことから次には、ケッシは危険な旅のあいだウディプシャルリの世話に委ねられ、ウディプシャルリは付添いとしてふるまったこと、ちょうどアイネイアスに対してキュメのシビュラが、あるいはダンテに対してヴェルギリウスがなした役割を演じていたと想像することは難くない。

これらの鍵を基にして、わたしは以下に述べるような推測をした。ケッシの夢は、母の助言に基づいて山に帰ることにより満たされ、そこで地下界の戸口に到達し、それから、そこに入ることを許されたのち、暗黒の世界を歩いて進み、予想外の脈絡において、すでに夢でみていた幾つかのものを発見したのである。

しかし人間がハデス（冥界）に行って戻ることは、事実・信仰および民間風習のすべての定めに対立するものであるから、この物語のうちには、それに代るべき主人公の運命が予定されていたにちがいない。こうしてわたしが何がそれだったろうと模索しはじめた時、次の二つの鍵が助けになってきた。

第一に、ケッシは狩人だということ。第二に、彼の夢の一つは、彼が鎖につながれ足かせをつけられたというもので、これは他の夢と同様、彼を待っていることの予言である。第三は、彼の嫁の名がシンタリメニ（Shintalimeni）[4]であって、この名の属するフルリ（ホリ）語では、シント（shint-）が「七」を意味する。これらのヒントをつなげると、ケッシはまさにオリオンに他ならなかったのだという申し分のない可能性が生ずる。その理由は（a）オリオンは狩人だった。（b）彼は天空に鎖でつながれていた。（c）彼は七人の姉妹——特に一ばん若い娘——を追っているものとして表わされており、彼女たちはのちにプレイアデスとなった。

もしこの合致が正しければ、この物語に求められている結末は、ただちにあたえられる。人間界に帰れなくなったこの狩人は、星々によって姿をうつされ、また彼は妻を焦れ求めたので彼女も姉妹たちとならんで彼とともに天空にうつされたから、それらは澄んで雲のない夜になると、だれでも自分の眼でみることができるというのである。

この物語も民間俗習のいくつかの細部を含んでいて、この物語が完全に理解されるためには、それらが説明されなければならない。

この点からみてたぶん最も興味深い特徴は、山に住みケッシの最初の遠征以後彼を悩ませる山の精への言及であろう。これはすべての文献のうち、このような生き物についての最も初期の記載だからである。原文は彼らのことを単に「若い神々」とか「神々の子たち」としか述べていないが、意味されたものが典型的な山の精霊の集合であることは疑いなく、さらに、魔物や類似の有害なものはバビロニア人とアッシリア人により普通「神の子たち（あるいは子孫）」と呼びならわされていたということがある。そのうえ、この合致をいやが上にも申し分ないものとするのは、ケッシの上衣を持ち去るという、後に続く言及（確かに断片的で謎にみちてはいるが）である。これは、山の精は主として盗みをやるのだという通念と調和するものだろう。トーマス・ケイトリの有名な『妖精神話学』を開くと、この主題をめぐる多数のおもしろい話がみられる。

これにも劣らず興味深いのは、祖先の死者は山地に住んでいるという考えへの明瞭な暗示である。原文で実際に言われていることは、単にケッシの「神なる父」は山の頂から山の精たちに言葉をかけたというだけであるが、この流布した俗信がこの物語の語り手の間にもひろまっていたと仮定するだけで、この出来事は明瞭になる。この話のもともとの聴き手たちにとって、これは先刻承知の共通の知識だったにちがいないのだ。

最後に、夢がでてくる。ケッシの七つの夢は、昔の語り手が語る話がそんな出来事を必要とする時に引用する予兆の漂準的な目録とみなされていたようである。それらのあるものは、ペルシアの『カリーラとディムナ』のなかのセナチの十二の夢、およびシリアの『ベラールの門』――すなわちサンスクリットの物語大集成『パンチャタントラ』の有名な改作――のそれぞれに非常に類似している。たとえばセナチの第八の夢は天から落ちてくる火。第十一番目は数珠か帯をつけた人たち、第十二番目は怖ろしい目ともつれた毛髪と長い足と、はげたかの爪のような爪をもった異形の半人間に関するものだった。[5]

原文の述べているところによれば、ケッシは目覚めた時「その夜の夢を母に語りはじめた」。彼女の返事は不完全にしか残されていない数行のうちに含まれている。第一に、伸びる草への言及がある。つぎに、「町」が述べられ、続いて「そのうえ川が流れ下っている」との言葉がある。つぎには林地または森についての暗示があって、それからなにか「恐怖」があり、また「われわれは死んでいく」という誰かの言葉である。さいごに、「みよ……青い〔羊〕毛」という意味深い言葉が現われている。さて、ケッシの母はケッシが夢でみたのと同じ品物を挙げていないから、一見考えられるところに反して、それらの夢判じをしているのではないことは明白である。彼女がやっていることは、彼を安全たらしめることであって、それゆえ彼はふたたび山地へ出て行くことを引止められたわけではない。そして事実、彼をこの冒険から護るために、彼女は最後に青い羊毛のカセを手渡している。そこで全体の意味はおよそ次のようなものであったろう。「草は高く伸びる。風はそれに吹きつけ、たおす。だが風がやめば、それはまたも直立する。町が川のそばにある。川があふれ、町は破壊されんばかりである。だが洪水は退き、町は相変らずある。暴風が一日中森を吹きまくる。だが森は存続する。突然の恐れが人間を苦しめ、人々は言う「われわれは死んでいく」。だが彼らは生存する。そこでおまえの夢についてだ。それらはしばらくおまえを悩ますかもしれない。しかしそれらに負けてはいけない。ふたたび狩に出かけよ、そしてこの青羊毛のカセをお守りとして身につけよ」。彼女の話はこのように格言じみた言葉をならべていることから、彼女はおなじみの小唄を歌ったのではないかとわたしは推定し、それゆえ詩形に訳したのである。

（1）A. J. Carnoy, Mythology of All Races, vol. vi, Iranian Mythology (Boston: M. Jones & Co., 1917), p. 144; U. Holmberg, Finno-Ugric Mythology (Boston: Archaeological Institute of America, Marschall Jones Co., 1927), pp. 10–11.

（2）E. Forrer, in Palestine Exploration Quarterly (1937), pp. 109 f.

（3）Hugo Gressmann, Palästinas Erdgeruch (Berlin: K. Curtius, 1909), pp. 8 f.; Ellen C. Sykes, Persia and Its People (London: Methuen & Co., Ltd., 1910), p. 336; Handwörterbuch des deutschen Aberglaubens, vol. i, pp. 1376 ff. 参照。

（4）一つの異文にはシンタミニ（Shintamini）。

（5）第一の夢の記述は、粘土板上で破砕してしまった。

〈善〉さんと〈悪〉さん

くさったリンゴはそばのリンゴを損うという古い諺があります。これは人間についても言えることで、悪人は善人に害をおよぼします。
以下の物語はこのことをあつかったものです。

ずっと昔、ルルワの国のはるか遠方にあるシュドゥルの町でおこった話です。その町にアップという男が住んでいました。彼は金持で、彼の財産である牛馬や羊は、その地方にみちみちていました。彼は富やこの世の幸には恵まれていましたが、子供がなく、これが彼をたいそう不幸にしてきました。時おり町の有力者連中が宴会に集る時には、それぞれ自分の息子をかたわらにしていっしょに坐るのでしたが、哀れなアップはたったひとりで坐らなければなりませんでした。

ながいあいだ、彼は悲しみを胸ふかく秘めて自分だけで味っていたので、だれも彼の悲しみに気づいた者はありませんでした。しかしとうとう、彼はもはや我慢できなくなりました。そこである朝、日がのぼるとすぐに起きて神々の神殿におもむき、悩みをさらけだして神々の恵みを祈願しました。

「家にもどって妻とともに寝るがよい」と神々は答えました。「そうすればまちがいなく息子をうるであろう」

ところでアップは単純な魂の持ち主でしたから、この言葉をきくやいなや、宙をとんで家に走り帰り、長靴を脱ぐいとまもあらばこそ、寝台にとびこんで彼の妻を呼びました。

アップ夫人はこの奇妙なふるまいを見ると仰天してしまいました。しかし彼女は賢い女でしたから、すぐに侍女たちを呼びあつめ、ひとりひとりにたずねました。

「言っておくれ、あの人はこれまでおまえにこんなことをしたことがあるかい？」と彼女はたずねました。

「とんでもございません」と彼女たちはそれぞれ答えましたが、ほとんどしのび笑いをこらえることができませんでした。

そこで彼女は、それ以上することも思いつかず、アップのところに行って、着物を全部きたまま、そばに横になりました。

「何がおこったというのですか？」彼女はたずねました。「一体これはどういう意味です？」

しかしアップは質問などに耳をかそうとはしません。「黙って！」と彼はつっけんどんに答えました。「言われたとおりにするんだ。女たちはこのようなことはなにも知らんのだ！」こう言うと彼は彼女に背をむけて眠ってしまいました。

さて、朝が来ました。単純な心のアップは勢いこんで目をさますと、あたりを見まわし、目をパチパチさせ、もういちど見まわしました。しかし子供はいません。

「どこかまちがってたんだ」と彼は独りごとを言いました。「神々の約束されたのは、こんなことじゃなかった」

そこで彼はおき上ると、雪のように白い子羊をつれ、不平をうったえて助言をこうために、太陽神の神殿にでかけて行きました。

しかし彼が目的地まで達しないうちに、すでに太陽神は天から見下していて、彼がふくれ面をし、ひとりとぼとぼ歩いてくるのをごらんになりました。そこで神はふいに美しい若者に姿を変え、ただちに大通りのアップの前に立ちました。

「お早う」と彼はアップが近づいてくるとやさしく言いました。「こんなに早く何を神殿にたずさえて行くのですか？　あなたの悩みを話してごらんなさい。わたしに解決できるかもしれませんよ」

アップは力なく微笑しました。「友よ」と彼は答えました。「わたしの悩みは人間には解決できないのです。神々がわたしをあざむかれたのですからな。ついきのうのこと、神々は妻といっしょに寝れば息子がえられると、はっきりわたしに言われたのです。もちろんそうしました。

しかし、けさ起きてみても、息子など影も形も見えないのです」

これを聞くと、太陽神はちょっとくすくす笑いをしました。陽気な輝きがその目に浮びました。「いや、あなた」と彼は言いました。「それはすぐ解決できるでしょうよ。もういちど家に帰り、今夜奥さんといっしょに寝て、彼女を抱いて楽しんでごらんなさい。きっと息子がえられますよ」

そこでアップは引き返して行きましたが、一方、太陽神は天にもどると、不運でとんまな人間のとりなしを大神に願いにでかけました。

しかし大神は彼が近づいてくるのを見て驚き、すぐに大臣を呼びよせました。

「見よ」と彼は叫びました。「太陽神がこちらに走ってくる。あんなに急いで何があったのだろう？　地上に何かまずいことがあったにちがいない――何か災難が人間どもの町々にふりかかったか、戦争が始まったかだ！」

しかしながら彼は不安をおしかくして、客人に食べ物や飲み物を振舞うように命じ、彼の前に迎え入れました。そこで太陽神は、大神にふかくおじぎをし、アップについてのいきさつを説明しました。

「よろしい」と大神は、ことの次第を聞きおわると言いました。「アップにまちがいなく息子をえさせてやろう」

一方、話は変って、アップは家に着きました。道すがら、彼は見知らぬ人が告げた言葉を何度も心のなかで繰返していました。「おそらく」と彼は考えました。「あの男はこうしたことについて、神々よりもよく知っているのかもしれないぞ」

そこで夜がくると、彼は自分の寝床にひきこもり、妻のかたわらに横になって、彼女を抱いて楽しみました。

さて、もちろん、ふたたび同じ季節がめぐってくる前に、アップは元気な男の子の父になりました。ただちに産婆が彼のところにきて、子供を彼のひざの上においてて言いました。

「だんなさま、名前をおつけにならなければなりません」

アップは赤ん坊をだき上げ、ゆすったり、あやしたり、愛撫したりしましたが、その間じゅう、名前を考えだそうと頭をしぼっていました。とうとう彼は破顔一笑しました。

「みつけたぞ!」と彼はわめきました。

「非のうちどころのない名前だ!　この子を〈悪〉と呼ぶことにしよう」

「なぜ〈悪〉なのですか?」と産婆はたずねました。

「簡単なことさ」とこのとんまな男は気持よさそうに答えました。「この子をうる前に、神々が悪いいたずらをわたしにしたからだ!」

さて、幸運は単独ではこないものです。どうでしょう、数分とたたないうちに、その子のふたごの弟が生まれました。もういちど産婆がきて、アップのひざの上に子供をおくと言いました。「だんなさま、名前をおつけにならなければなりません」

そこでもういちど、アップは赤ん坊をだき上げ、ゆすったり、あやしたり、愛撫したりしながら、名前を考えだそうと頭をしぼりました。とうとう彼は破顔一笑しました。

「みつけたぞ！」と彼はわめきました。

「非のうちどころのない名前だ！　この子を〈善〉と呼ぶことにしよう」

「なぜ〈善〉なのですか？」と産婆はたずねました。

「簡単なことさ」とこのとんまな男は気持よさそうに答えました。「今度は神々が善いふるまいをわたしになさったからだ！」

さて、若者たちが成長して一人前になると、父も母も息子たちに財産を残して死にました。

ある日、〈悪〉さんは弟のところへ来て、一つの提案をしました。「弟よ」と彼は言いました。「なぜおれたちは、これ以上いっしょにいる必要があろう？　それぞれ別の道を歩いて、好きなことをしようじゃないか！」〈善〉さんはびっくりしてしまいました。「なぜそんなことをしなければならないのかね？」と彼はほとんど自分の耳を疑ってたずねました。

「なぜかと言えば」彼の兄弟はおちつきはらって答えました。「それが世のしきたりだからさ。古い歌を思い出してみろよ。

山々は鎖のようにつらなっている、
しかし多くの谷がそれをひき裂き、

川はすべて海に流れこむが、
それぞれ別の進路をとって流れる
神々はみな一つの血縁、だが彼らは
めいめい自分の城に住む！」

この耳なれた歌の文句をきくと、〈善〉さんはすぐさま納得して、すぐに二人の兄弟は忙しく財産の分配にとりかかりました。まもなく彼らは牛を分けることになりました。そしてこの時こそ、〈悪〉さんが待ちに待った瞬間でした。

「これはおれのだ」と〈悪〉さんは一ばん色つやのよい雌牛に手をかけて、きっぱりと言いました。「そしてあれがおまえのだ」。こう言って彼は一ばんやせた牛を指さすと、愉快そうに手をふって、別れをつげようとしました。

「そう急ぐなよ！」と彼の弟は怒りにふるえながら叫びました。「分けまえは平等のはずだ！　おれたちはふたごじゃないか？」

「早いもの勝ちさ！」と〈悪〉さんはやりかえしました。「おれの方が兄貴じゃなかったかい？　法律はなんといってる？　〈長男は多く、他のものは少なく〉さ」

〈善〉さんは怒りにわれを忘れました。「ペテン師、悪漢！」と彼は怒鳴りました。「思い知らせてやるぞ！　正義の法廷に出て、太陽神に黒白をつけていただこうじゃないか！」

「ご勝手に」と彼の兄はこうぜんと答えました。「だがそうしてもなんにもなるまいぜ。法律は法律だからな」

そこで彼らは正義の法廷にでかけ、太陽神の前に事件をもちだしました。

太陽神は重々しく彼らの言い分をきき、それからひげをなでました。「わしの意見では」と彼は最後に宣言しました。「弟の〈善〉がだまされたのじゃな。埋めあわせをしなければなるまい」

「だまされたんですって？」と〈悪〉さんは金切声をあげました。「法律にはなんとあります？　法律ははっきりと長男が最も多くとるべきだと言っています。牛をあきらめるのはお断わりします。もし弟の〈善〉がそれに不満なら、高等法廷に事件をもちだして、天の女王に訴えればいいでしょう！」こう言うと彼は荒々しく法廷をとび出してしまいました。

太陽神は一言も発しませんでしたが、なにもかも知りつくした意地悪い微笑を口のはたに浮べていました。

さて、すでにお話ししたとおり、〈善〉さんが手に入れた雌牛は、やせてがつがつしていました。ある日、太陽神が下界を見下してみると、おどろいたことには、雌牛が牧場じゅうの草をほとんど全部食べつくしているではありませんか！

「雌牛よ」と彼は言いました。「なぜいいかげんに食うのを止めないのか？　じきになにもなくなってしまうぞ！」

「わが君さま」と雌牛はあわれっぽく答えました。「みればおわかりのとおり、わたしは骨と皮ばかりです。どうにかして肥って、わたしの主人のお役に立ちたいと思っているのです」

これを聞くと太陽神はあわれをもよおしました。「心配しなくてもよい」と彼はやさしく言いました。「おどろくべきことがこれから起るからな。そしておまえは、おまえの同族の顔色を失わせることだろうよ」。この言葉とともに、彼は一切の力を身にまとったまま下りてきて、雌牛は輝く光を浴び、突然——身ごもってしまいました。

九ヵ月の後、月満ちて雌牛が分娩すると、生まれたのは仔牛ではなくて、ひとりの人間の子供でした。

雌牛はこの子に目をやるやいなや、おそれおののき、すぐに大気も裂けよと苦悩の叫びをあげました。「ああ！　ああ！」悲しみとおどろきとで狂わんばかりに雌牛は吼えたてました。「何という化物をうんでしまったのだろう！　どうだろう、この子は脚が二本しかない！」雌牛は荒狂う波のように頭をふりたて、子供を食ってしまおうとライオンのように突進してきました。

しかしその時、太陽神が天から下りてきて、その光輝が目をくらましたので、雌牛はそれ以上前を見ることができなくなり、とうとううろたえて逃げ去ってしまいました。そこで太陽神は、草の芽を食物として子供にあたえ、小川の流れがその子をきれいに洗いました。

何日かたって、太陽神がふたたび天から見下してみると、子供は世話するものもないままに牧場に横たわっていました。彼はただちに召使いを呼び、地上に下りて、子供を一つの岩のふちに置くように命じました。

「あの子になんの害もふりかからないようにせよ」と彼は言いつけました。「鷲やハゲタカがまい下りてきたら、嵐をおこして翼を折ってしまえ。またどんな蛇にも彼をおそうようなまねをさせるな!」

そこで太陽神の召使いは地上に下り、子供を抱いて一つの岩のふちに置きました。

ところがたまたまこの岩のそばには川があり、そこで一人の男が釣をしていました。彼は朝早くそこに来て、岩のふちにかごを残したまま、水の中に入っていたのです。とうとう夕方になって影が長くのび、帰り支度をしていた時、彼はふと目をあげて岩の方を見ました。そこにはなにか見なれない奇妙なものが、沈んでゆく太陽の光に照らしだされ、どうやら動いているようです。彼は大急ぎでその場所に走ってゆきました。するとどうでしょう、彼がかごを置いたと思ったところに、男の赤ん坊がねていて、かたい岩の上でもがきながらすすり泣いています。

すぐさまこの親切な男は、腕の中に子供を抱きあげました。「何度わたしはいつかこういう奇蹟がおこって、太陽神がわたしのかごを跡つぎの息子と交換してくれるのを心の中で祈ったことだろう。やっと今、わたしの祈りをきいてくれたのだ!」彼はひざの上で子供をあやしながら、独りごとを言いました。そして、子供を胸に抱きしめると、彼はもうかごのことなどかまっていませんでした。「食べ物を心配することはない」と彼はため息をつきました。「主は、彼が創りたもうたものに最善の食物をあたえてくださるだろう！」

やさしく、一歩一歩足もとに気をつけながら、彼はウルマの町の自分の家に子供をつれ帰りました。着いた時には、死ぬほど疲れていました。彼は椅子にぐったり腰をおろすと、彼の妻をよんで子供を見せました。

「よく聞くんだよ」と彼は言いました。「この子をつれて、奥の部屋に行くんだ。そして寝台に横になって悲鳴をあげはじめなさい。町中のものがそれを聞き、誰もがすぐに、漁師の奥さんが子供をうんでいると言うことだろう。そして食べ物や衣類をもって急いでやってくるだろう。さあ、どんなにおかしいふるまいだと思っても、わたしの言ったとおりにしなさい。女の知恵は実に抜目ないものだが、しかし時には指図の必要なこともある。神々が女に利巧な頭をあたえてくれた時でも、やはり夫の忠告が役に立つことがあるのだ！」

そこで女は言われたとおりに、子供をつれて奥の部屋に行き、寝台に横になって悲鳴をあげはじめました。すると案のじょう町中のものがそれを聞きつけ、誰もがすぐに言いました。「漁師の奥さんが子供をうんでいる」。そして食物や衣類を贈物として持ち、彼の家にかけつけて来ました。

＊

物語のこの後は伝わっていません。しかし、このような不思議な経路で世に現われた子供が、成長して民衆の指導者や英雄になり、多くの冒険の後に、結局は悪い欲ばりの兄さんに対する〈善〉さんのあだを報いるために帰ってくることは、だれにも疑いのないところでしょう。

解説

この物語は、喜劇と冒険の組合せである。アップは典型的な「文字通りのとんま」で、世界中で民話のお気に入りの主題とされ、笑い草とされる。神々が彼に、妻と寝れば息子ができるだろうと告げると、彼は家に走って帰り、最も文字どおりの最も妙な風にそうする。そして妻君が彼のふるまいの理由を尋ねると、彼はもったいぶって答える。「女らはこのようなことを知らんのだ」。翌朝、彼は息子が現われないのでびっくりする。のちになって彼はある若僧――実は変装した親切な太陽神だったことは言うまでもない――によって「生命の真相」の手ほどきを受けた。そして双子のひとり目が生まれると、彼の最初の反応はその子に〈悪〉という名をつけることであった。それは「わたしがこの子を得るまえに、神々はわたしに悪いいたずらをした」という理由に基づく。ふたり目の子供の誕生は、このおろか者をして、彼の運が変ったことを悟らせた。

「とんまな婿殿」が年上の者たちからあたえられた忠告や助言をあまりにも文字どおり行なう話はかなり流布しており、あらゆる時代に諸国民のお笑い草に寄与している。例えば、スープのなかにきっとパセリを入れよと言われると、彼はさっそくその名の犬をほうり込む。花嫁が到着するから「部屋を片づけよ」と言われると、彼はさっそく家具からかまどまで外へ投げ出す。彼女に「羊の眼を投げかけよ」と言われると、彼は肉屋でいくつか買ってきて、彼女の顔にほうりつける。

この物語の第一の部分はシュドゥルでの出来事で、原文では「海にのぞむ」ルルワの土地の都市とされている。他の資料からそんな都市は知られていないが、ルルワはルルの国にほかならず、これはアルメニアの高地、ウルミア湖辺に住んでいた化外の民である。「海」への言及は文字どおり取られるべきものではない。これは湖の呼び名であったし、今でもそうではあるが、ここではもっと漠然として遠国の意にとるべきものと考えた方がよい。それはちょうど中世ヘブライの物語で、「海のそばの地方」は単に遠方の国を意味したにすぎなかったと同じである。地上のこのいやはては、とりわけ単純で粗野な民族の故郷だったと信じられていたのも当然である。われわれの言葉「化外 outlandish」はこの考えをよく表わしている。これとまったく同様に、ギリシア人はキンメリア人とモッシュノイ人について空想的な物語を述べているが、これらの人はやはり遠方の、隔絶した地に住んでいたものである。また法外な話が、遥かインドとエチオピアの住民に関しても流布されていた。それゆえおよその意味は「雲のかなた」とか「世界の果」というようなもので、アップのようなとんまにうってつけの魔法の地ということである。

双子はおたがいに敵意をもつという考えも、民間信仰にはありふれている。ヤコブとエサウ、セトとオシリス、ロムルスとレムス、バルドルとヘードルを考えるだけでよい。悪君と善君のあいだの議論の正確な内容は原文に述べられてなく、前者はよい（肥った）牛をとり、やせた牛を後者のために残したと言っているだけである。しかしながら彼らは二人ともそのあとで議論を正義の神の手に委ねているから、法律のある点が関連していることは明白である。ここから私は、物語の論理的および劇的な要求が合致するものとして、これは継承者が双子の場合に財産はどう分けられるべきかという問題になり、論議の方向は原書板の今は失われた部分に述べられていたのであろうと推定した。これはもちろん全くの推測である。残念なことに、ハッティ法典の残存する部分には、継承についての記載がない。一方、フルリ法典は——もしこの物語が結局はフルリ人から伝えられたとすれば、これが含まれていたに違いないが——今までのところわれわれにごくわずかしか知られていない。

この物語の後半は、二つのおなじみの主題をめぐって展開される。その第一は、救いの英雄は動物から生まれるというもので、動物の方は不思議な具合に形づくられたものである。さらに細かくみると、エジプトのホルスはしばしば雌牛神ハトホルから生まれたものとして描かれ、エジプトのファラオは雌牛の乳房を吸っているものとして表わされる。ラス・シャムラ出土のカナアン神話の一つに、バアルは雌牛と連れ添うと語られる。それゆえその意味は、善君の手に入ったやせこけて魅力のない牛が、結局はどの動物にもあたえられない最高の誉れを獲得するということである。

妊娠の奇蹟的形体——太陽による受胎——についていえば、これは古代エジプトの聖牛アピスに関する信仰のうちに立派な対比を見出す。ヘロドトスは述べている。「このアピス牛というのは、決して二度と仔を孕むことのできない雌牛の生んだ仔牛である。エジプト人は陽光が天から落ちてこれにあたり、孕ませたのであるという」。同じようなものに、黄金の雨となってダナエに求愛したゼウスについてのギリシア神話がある——これはシベリアのキルギス族のあいだでもだいたい同じに語られている話なのだ。また同じような力が、シナ人、サモア人、アステカ人の民話においても、太陽に付与されている。また世界の多くの地方で、青春期になるまで、あるいは時によると三十歳の誕生日までの女をして、太陽を見させるのは軽率だと考えられている。

第二の主題は、捨て子に関するもので、モーセ、アガデのサルゴン、ペルセウス、エディプス、パリスおよびロムルスとレムスに関する伝説からとりわけなじみ深いものである。ラグラン卿は次のように指摘している[1]。捨てられたり誘拐されて、のち幸運により助けられる子供の話は、すべての文明における主だった神々とか国民英雄にまつわる説話の主要素であって、少しばかり例をあげるならば、ギリシア人のあいだには、ゼウス、アスクレピオス、アポロ、ディオニソスおよびヤソンの神話があり、ブリテンおよびウェールズ人のあいだには、それぞれアーサーおよびレゥ・ロウジャイフの伝説がある。子供がよく〈水のそば〉に捨てられるといわれることに特に注意。モーセはナイルの、サルゴンはユーフラテスの、ロムルスとレムスはティベルの河岸にというように。

この物語は断片的に残る文によって始まるが、それは、悪い人が善い人に密接になると、後者をそこない、駄目にしがちだといっているらしい。この文面は明らかに物語の〈教訓〉であって、特にそこに用いられている動詞から判断すると、「くさったリンゴが良いのをそこなうように、悪い人がよい人と交わると、後者に損害をもたらす」というのが全体の形であると推測できよう。こうしてわれわれは、周知の中世の格言 Pomum compunctum corrupuit sibi junctum（くさったリンゴは傍のものをそこなう）のハッティ祖形を知ったのである。初期のイギリス形は「インウィトのアゲンバイト」（一三四〇）にみられる。他にチョーサーの「料理人の話」の中にもあり、アァニー・ハーストの「ハレルヤ」の中にも「籠の中のくさったリンゴは、いずれも他のリンゴの敵」とある。

この物語はギュテルボックにより[2]、二つの別の楔形文字文書から合わせられた。前半は、二人の兄弟が父親の遺産を分け、悪君がそのよい方を自分にとるところまでである。後半は第二の書板からとられたが、これは他の事柄をも含んでいる。しかしながら、これら二つはうまくはまり合い、続く形をとってはいるけれども、実際は物語の二つの違った流布本（あるいは校訂本）に属するものであることに留意する必要がある。事実、ある学者たち[3]（ギュテルボックも今は明らかにこれに入る）は、これら二つの文書が、見かけは続いているようであるけれども、確かに一つの同じ物語を形成するものかどうかに疑問を発しているからだ。

（1） FitzRoy Richard Somerset, Lord Raglan, The Hero (London: Methuen & Co., Ltd., 1936).
（2） H. G. Güterbock, Kumarbi (1946), pp. 119–22.
（3） J. Friedrich in Zeitschrift für Assyriologie, Neue Folge, vol. xv (1950), pp. 214–33, 242–53 の刊行本をみよ。ここでは二つの部分が別の物語に属するものとして区別されている。しかしフリードリヒはこれらのあいだに関係がある可能性を認めている。

カナアンの物語

天の弓

昔、ハラナムの町にダニエルという王様がおりました。徳のあるよい王様で、寡婦をまもり、みなし児を保護し、正しく国民を治めていました。彼には一人の娘がありましたが、彼のあとを継ぎ、孝行息子が父のためにするような、千と一つあるこまごました仕事を彼のためにしてくれる息子がありませんでした。彼はこれをたいそう悲しみ、ある日、彼の切望する賜物をあたえてくださるように神々に祈願しようと決心しました。そこで彼は、りっぱな衣を脱ぎすてて粗末な腰布を身につけ、神殿におもむいて七日のあいだ台所の下働きとして仕えました。夜ごと彼は屋上の片隅をさがして星空の下で横になり、神々のだれかが夢に現われて、彼の祈りにこたえてくれることを望みながら眠りにつくのでした。

七日目の夜、彼の信心は報われました。大神バアルが闇のなかで彼の溜息とすすり泣きをお聞きになり、彼の祈りを、灰色のひげをもつ天の星たちの父エルにとどけてやりました。

彼は言いました。「ダニエルは七日のあいだ台所の下働きにまで身をおとし、衣を腰布にかえ、わたしたちに食べ物や飲み物を運び、あらゆる世話をしてわたしたちに仕えています。しかも彼の心は、息子がいないために重く悲しんでいます。彼がわたしたちのためにしてくれたようなことを、彼のためにしてやる者はだれもいないのです――だれひとり彼の家庭をまもる者もなく、彼の客たちを保護する者もなく、彼の名誉を防いでやる者もいません。彼の衣服を洗ったり、こわれた屋根をぬりかえたりする者もいないし、彼が宴会をもよおしても、だれひとり彼と食卓をともにする者もなく、陽気に酔っぱらっても、彼のそばで腕をかしてやる者もいません。彼が死ぬ時にはあとつぎを持たずに死に、彼の名をつぐ者も彼の墓をととのえてやる者もないことでしょう。そして彼の家は絶えてしまうことでしょう。ですから彼を祝福しておやりなさい、全人類の父よ。そして彼の祈りをききとどけてやって下さい！」

そこで、どんな時にも慈悲ぶかく親切なエルは、天から下りて彼のしもべの手をとり、家に帰って彼の妻を抱くように言いつけました。「ほどなく」と彼は言いました。「おまえには息子ができることだろう」

これを聞くと、ダニエルは大喜びでした。胸は高鳴り、頰を紅潮させて神殿をはなれ、家路につきました。そして屋敷のしきいをまたぐやいなや、彼は大臣と舞姫たちを召しよせました。七日間というもの飲めや歌えの大騒ぎで、そのあいだ音楽と歌は、のきにむらがる雀の声のように鳴りどおしでした。

はやる心をじりじりさせながら、ダニエルは月のたつのを待ちました。一ヵ月、二ヵ月、三ヵ月がすぎ、とうとう月満ちてダニエルの妻は男の子をうみました。彼らはその子にアクハトという名前をつけました。

それから数年たったある日、ダニエルは脱穀場とともに法廷としても使われている木のない広場に坐っていましたが、目をあげてみると、遠くに土けむりのあがっているのが見えました。まもなく視界がはっきりしてくると、ひとりの男が弓と矢をたずさえ、彼の方に進んでくるのがおぼろに見わけられました。その姿が近づいてくるにつれ、ダニエルはやってくるのが実は人間ではなく、神々の鍛冶屋であり職人として名高い〈器用抜目なし〉氏にほかならないことをみとめました。彼はエジプトの自分の仕事場から、〈北方の山〉の天の宮殿にむかう途中だったのです。

それは長い長い旅路で、ダニエルは旅人が疲れはてているのを見ると、ただちに彼を自分の屋敷に招じ入れました。

「急いで」と彼は妻を呼びました。「客人に仔羊の肉を準備しなさい。この方ははるかエジプトから来られたのだ！」

そこで言いつけどおり仔羊の肉が食卓に並べられ、ぶどう酒がつがれました。ほどなく主人と客は宴会のご馳走に舌つづみをうち、愉快に語りあって、十年来の知合いのように互いの健康を乾杯しあいました。

とうとう出発の時がきて、客は立ちあがり、別れをつげました。しかし彼が戸口に立って心からの別れの挨拶をした時、弓と矢のことはすっかり忘れてしまって、それを持たずに出立してしまいました。

ダニエルがことの次第に気づいたのは、彼がもうはるか遠くに行ってしまってからでした。そこで彼は弓をとりあげ、冗談ともなくそれを彼の小さな息子にわたしながら、自分のものとして持っておくがよかろうと申しました。

「だがおぼえておけよ」と彼は言いました。「おまえがこの弓で殺す最初の獲物は、神々のものだぞ」

何年かたちました。アクハトはたくましい美青年に成長しました。ある日、彼が狩をしていると、美しい娘がとつぜん彼の前にあらわれて、狩の追跡を止めさせました。

「わたしは女神のアナトです」と彼女は言いました。「わたしはおまえの弓と矢がほしいのです。おまえがそれをわたしにくれれば、かわりに金と銀をあげましょう」

ところでアナトというのは戦争と狩の女神で、アクハトにあたえられた弓と矢は、本当は彼女のものだったのです。彼女はそれを神の鍛冶屋に命じてつくらせたのですが、彼がそれを彼女に引渡しに行く途中、ダニエルの屋敷に置きわすれられたというわけでした。しかしながらアクハトは、そんなことは露しらず、彼の前に立っているこの愛らしい生きものが、本当に女神であるとさえ信じませんでした。彼にとって、彼女は単にぺてんにかけようとしている欲深な少女にしか見えませんでした。

「もしあなたが弓を欲しいのなら」と彼はつっけんどんに言いました。「レバノンには弓をつくる材料がいくらでもありますよ。弓の柄には木が、弦には雄牛たちが、角笛には野のヤギがね。それにもし欲しがっているのが本当にアナトなら、なぜわたしのところに来るのです？〈器用抜目なし〉氏のところに行けばいいのじゃありませんか。神々に武器をさしあげるのは彼の仕事で、わたしの仕事ではありませんからね！」

しかしこれを聞くと、女神はますます夢中になって欲しがるばかりでした。「もしおまえが弓をくれれば」と彼女は言いました。「わたしはつきない生命をおまえにあげよう。おまえは神々のように、けっして死ななくなるでしょうよ！　おまえは毎日バアルの食卓でご馳走をたべ、耳には天の音楽が鳴りひびくことでしょう」

しかし若者はなおも譲ろうとしませんでした。「若いご婦人よ」と彼は言いました。「でたらめを言わないで下さい。そんな話は子供にむかってするものです。一人前の男にとって、それはたわごとにしかすぎません。地上にいる者はだれも死をまぬかれることができません。人間は土でつくった器のようなものです。定められた時に、陶工がそれにうわ薬をかけ、年をとれば、こまかな白いほこりがそれにまき散らされます。わたしも自分もまた死ななければならないことをよく知っていますよ。それに」と彼は捨てぜりふのようにつけ加えました。「なぜあなたは弓を欲しがらなければならないのですか？　これは男のもち物です。ご婦人が狩をなさるのですか？」

　こうさかねじを喰わされて、女神は思わず笑ってしまいました。しかしながら彼女はすでに、ずるい計画を思いついていました。「気をつけるがよい」と彼女は陰気に答えました。「おまえがあくまでわたしの言葉に従わないつもりなら、わたしはおまえの行く手に待ちぶせることにしよう。そしておまえがごうまんに歩くつもりなら、わたしはおまえを倒してやろう。おまえが〈若いご婦人〉とわたしを呼ぶのなら、わたしは〈みめよい王子さま〉とおまえを呼んでもよい。だがそれはなんのたしにもなるまいよ。いつか、かならずみめよい王子さまが、わたしの足もとにひれふす時がくるだろうからね！」

　こう言うと彼女は立ち去りました。彼女は大急ぎで神々の父、エルのところにかけつけると、若者のごうまん無礼を訴え、彼を罰してくれと頼みました。しかしエルは、おだやかなやさしい神でしたから、この全事件をつまらないいさかいにすぎないと考え、あいだに入るのを断りました。

　アナトはこれを見ると烈火のように怒りました。彼女はもはや身を低くして父に頼む従順な娘ではなく、一瞬のうちにおそろしい戦いの女神になって、尊大に反抗し、脅迫しました。

「ふざけないで下さい」と彼女は叫びました。「弓がなくっても、わたしに武器がないわけではありませんよ。わたしには遠くまでとどく腕があります。わたしはあなたに手向って、頭蓋骨をくだき、あなたの灰色の髪を血で染めることもできるのですよ。その時あなたはアクハトのところに金切声をあげて逃げて行って、彼がその弓矢や自慢の力で、はたして戦いの女神の腕からあなたを救い出すことができるかどうかを知ることでしょうよ——戦いの女神が単なる乙女にすぎなくてもね！」

さてエルは年老いて弱く、疲れていましたから、こう脅かされるとすっかりびくついてしまいました。娘の激しいけんまくにおどろいて、彼はすぐさま彼女をなだめにかかりました。「娘よ」と彼は言いました。「わしはいつでもおまえをやさしいやつだと思っていた。それに女神たちは、ふつうこんなようには振舞わないものじゃ。要するに、おまえの方が正しいのじゃろう。弓はたしかにおまえのもので、その若い男がおまえからだまし取ったのだからな。それだけでも、その男はひねり殺されても仕方がないわけじゃ。どうなりと彼を好きなようにするがよい」

父の承諾に勇気づけられて、アナトは急いで計略の実行にかかりました。アクハトのところに戻ると、彼女は今度は家をぬけ出してきたおてんば娘のように装いました。

「もしもあなたがわたしのお兄さんになって下さったら」と彼女は言いました。「わたしはあなたの妹になりましょう。そうすればいっしょに狩に行くことができますわ。アベリムの町の近くにすてきなところがあるのです。そこでお会いしましょう。たぶん二つ三つ狩の新しいてくだをお教えできると思いますわ！」

アクハトは、迫りくる危険を感づかず、すぐに同意しました。そこで女神はいそいでその計画をなしとげました。

アベリムの町からほど遠からぬところに、ヤプタンという名の悪者が住んでいて、悪事をはたらこうとする人にやとわれることを生計の道としていました。アナトは彼に目をつけ、彼女の手先に使おうとしたのです。ヤプタンは喜んでこの仕事をひき受け、すぐさま恐ろしい攻撃策をほのめかしました。

「狩ののちに」と彼は言いました。「アクハトが腹を空かせるのはまちがいのないところです。そこで野原に坐って、鹿の肉か何かを料理しようとするでしょう。その火の輝きで、彼の居場所がわかります。それを手掛りとして、わたしは彼につかみかかってやりましょう」

この計画は簡単で申し分のないものに見えましたが、しかしアナトは、悪者が話をしているうちにもなにか胸さわぎを感じ、ふいに自分が美しい王子に恋していて、けっしてその死を望んではいないことをさとりました。今や彼女の望むことは、ひとえに弓をとりかえすことだけでした。

そこで彼女は、手先の粗野な提案をしりぞけ、もっとおだやかな計画をさだめました。若者が食事に坐れば、と彼女は言いました。ただちにハゲタカやその他の猛鳥がその匂いにひかれて、あたりを飛びまわるにちがいない。ヤプタンを袋の中にかくして、自分も鳥たちにまじって飛ぼう。そして鳥たちが直接アクハトの頭の上までできた最後の瞬間をみはからい、袋をひらいてヤプタンを放そう。そのとき彼は、あたりのどさくさにまぎれ、気づかれないように若者の息をとめるようにする。そして彼を気絶させたまま弓をかっさらい、彼女が彼をひきあげて飛び去るのを待つ、というのでした。

やがて予定どおり、アクハトは本当に空腹をおぼえ、食事の支度をしようと野原に坐りました。すぐさまハゲタカの群が頭上を飛びかい、えものの上を次第次第に低く輪をえがきました。そのなかに、手先をかくした袋をたずさえて、女神も飛んでいました。

ほどなく大きな羽ばたきの音とともに空は暗くなり、耳をつんざくような風がおこりました。そして鳥たちがついに一団となって襲いかかろうとするうちに、袋はひらかれ、ヤプタンは不運な若者の上にとびおりました。最後の瞬間がきました。大切な弓はつい目前にあります。

しかしここで、ヤプタンはへまをしました。彼がアクハトに対してすることは、女神がくわしく教えてありました。彼女が彼のえじきの息をとめよと言ったのは、ただ彼を気絶させるという意味でした。ところが彼女が用いた言葉は、致命的な意味にもとれるもので、ヤプタンはその意味にとってしまったのです。この血にうえた悪者にとっては、それは若い王子の息の根をとめる——いいかえれば彼を打ち殺せという命令だと思われたのです。はげしく無慈悲に彼はおそいかかりました。そして何秒もたたないうちに、美しい若者は命を失って足もとに倒れ、弓は無事ヤプタンの手ににぎられていました。

ことの次第を見ると、アナトはわっと泣きだしました。「わたしは、なんということをしてしまったんだろう！」と彼女は叫びました。「おおアクハトよ、たかが弓一つのことで、わたしはおまえを殺してしまった！　おまえの命をとどめるすべはないものか！　おまえを生きかえらせるすべはないものか！」

しかし女神の災難はまだ終りませんでした。もういちどヤプタンはまずい失敗をしました。そして今度は結果がさらに重大でした。アナトが彼をつれて殺人の現場から飛び去ったとき、大切な弓が彼の手からすべって海に落ち、とりかえしがつかなくなってしまったのです。

今や恋も労苦も、二つながらまったく失われてしまいました。愛する若者が殺されたばかりでなく、殺害者の手に何も残らなかったのです。そしてもっと悪いことが待ちうけていました。神々には古いおきてがあって、無実の血が流された場合には、なにものも成長しなくなることになっていたからです。そのため今や大地はおとろえ、作物は不出来となり、穀物はさやのなかでしなびてしまうことになりました。

一方、ダニエル王はその時いつものように、町はずれの広場にすわって、人々の訴訟を裁いたり、国事にたずさわったりしていました。

突然、彼の娘のパグハトが、野原の方からかけつけてきました。「ごらんなさい」と彼女は叫びました。「屋敷の上にハゲタカの群がいます。そして野ではあらゆるものが枯れてしまいました」

これがなにを示すものかを彼女はよく知っていました。殺人がおこなわれ、野原に死骸が横たわっているにちがいありません。

彼女の言葉をきくと、ダニエルは度を失って悲しみのあまり衣をひき裂きました。「それでは」と彼は叫びました。「バアルが彼の恵みを取消そうとしているに相違ない。これから七年の長いあいだ、夏の夕立もなく、冬の雨も降らなくなるだろう。そして恵みの雷雨がこげつく暑さをやわらげることもあるまい！　ぶどうは枝の上で枯れ、川は乾上ってしまうことじゃろう！」

そのとおり、穀物はすべて枯れ、野には二、三本しょぼしょぼした草や芽があるだけで、なにも残らなくなりました。

突然ダニエルの家来が二人、髪をふりみだし涙を頬にして牧場をかけぬけてくるのが見えました。「アクハトさまが死んでいます！」と彼らは叫びました。「女神のアナトがあの方を殺したのです！」

（この言葉は奇妙な皮肉でした。この人たちは攻撃を見たわけではなく、アナトがそれをたくらんだことは知らなかったのです。彼らにしてみれば、ただ若者が明らかに狩の途中でたおれ、狩の女神がこのようにしてまたひとり、いけにえを求めたと言おうとしただけなのです。）

この知らせをきいたダニエルは、ろうばいの極に達しました。今や彼は、頭上に輪をえがいて鳴きたてている鳥たちが、彼の息子の死骸をえじきにしたにちがいないこと、また何とかしてその遺骸をとりかえすことができなければ、アクハトを埋葬することができなくなるだろうということをさとったからです。天に目をあげて彼はバアルに祈りました。

「バアルよ」と彼は叫びました。「ハゲタカがわたしの足もとに落ちるように、あなたの風を送って彼らの翼を折って下さい。もしも彼らのなかに肉や骨があれば、それはアクハトの遺骸だとわかるでしょう。わたしはそれを集めて、大地ふかく埋めましょう」

こう言い終るか終らぬうちに、強い風が吹きはじめ、ハゲタカたちはまっさかさまに空から落ちてきました。二度ほど彼はハゲタカの胃袋を裂いてみましたが、肉も骨も見つかりません。しかしながら三度目に、子をはらんだ母ハゲタカで、群のなかで最もどうもうなやつが足もとに落ちてきました。そして今度こそはまちがいなく、人間の肉の切れはしが見つかりました。

ダニエルはうやうやしく殺された彼の息子の遺骸を埋葬しました。

ついで彼は犯人を探しにかかりました。近くの町々を一つ一つたずね、もし罪人をかくまっていたら、おそろしい呪いがふりかかるであろうと宣告しました。しかし彼は、犯罪の現場から最も近いアベリムの町に行ったのですが、どこにも殺害者を見つけることができませんでした。

そこでダニエルは家に帰って、アクハトのために七年間の喪を命じました。そして七年もの長いあいだ、宮廷には悲しみと葬いの歌が鳴りつづけ、嘆きの声は雀たちの悲痛な叫びのようにひびきました。

とうとう喪の期間があけると、アクハトの姉のパグハトは、意を決して一つの誓いをたてました。彼女は言いました。「アクハトには仇を討ってくれる兄弟がいない。しかし、もし星たちが優しくしてくれ、神々がわたしに祝福をあたえてくださるなら、わたしは自分で殺害者を探しにでかけよう。そして見つけたらその男を殺そう！」

そこで彼女は剣と短刀で武装し、残りの戦士の用具をマントの下にしのばせて、仇討ちの旅にでかけました。

夕ぐれ、太陽がしずむころ、彼女は一夜の宿をもとめて、一ばん近い野営地に立ち寄りました。ところが彼女の足を向けたのが、なんとほかならぬヤプタン自身のところだったのです――彼女が探しもとめていた（彼女はまだそうとは知りませんでしたが）当の男です！

ヤプタンは彼女の美しさに心をうばわれ、それに、彼女を仕事を頼みにきた有望なお客だと思ったものですから、いそいそと迎え入れ、すぐさまいっしょに酒を飲もうとすすめました。

ほどなく彼はぐでんぐでんになると、酔っぱらいの常で、自慢話をはじめました。

「どうです」と彼は胸を叩いて叫びました。「アクハトを殺したこの腕は、何千人の敵でも殺すことができるんですぜ！」

今や秘密が明らかになりました。しかしパグハトは抜目なく油断しませんでした。彼女の心はライオンのように強くとも、その頭は蛇のように機敏でさとかったのです。ころあいをはかりながら、彼女はしきりに杯をすすめ、ついに彼はぐったりと睡くなって椅子に倒れこんでしまいました。

電光石火、目にもとまらぬ早さで、勇敢な王女は剣を抜きました。そして一瞬のうちに、悪者は生命を失って彼女の前に横たわっていました。

＊

物語の残りは伝わっていません。しかしながらわれわれは、正義が勝つやいなや、地上から呪いがとり除かれ、ふたたび雨が降り、緑の草木が芽をふきかえしたと想像してもよいでしょう。

われわれはまた、ダニエル王が遺骸を鄭重に葬った殺されたアクハトは、新しい生命が世界に来たとき、結局また生き返ったと信じてもよいと思います。なぜなら古代の人々の考えでは、なにものも永久に死ぬことがなく、埋葬は復活の前奏曲にすぎないからです。またさらに空想をたくましくすれば、われわれは彼が最後には星たちのあいだに移され、晴れた夜空に「天の狩人」の姿で今も見られると推測することができましょう。

貴重な弓については、これも海の底からとりかえされ、天高くはこばれたかもしれません。なぜなら、今日われわれはもはやそれを認めることはありませんが、東方の賢者たちは、一団の星のなかに実際に巨大な弓のかたちを見たからです。

解説

古代諸民族は神や英雄や神話的動物など、彼らが神話や物語によりなじんでいるものの姿を天に描くことを好んだ。それはあたかも月の表面にクリス・クリングル〔サンタクロース〕、あるいは天の川に沿ってとびはねるバンビの姿をみるようなものである。天自体がイシュタルの外衣、あるいはオーディンの外套であり、さもなければ創造の型にあわせ神により縁どりをされたつづれ織であった。太陽は金髪のアポロ、あるいはすべてを見ぬく厳しい正義の神だった。月はアルテミス、夜の女王であった。また雨はライマの腰帯、アリの剣、オルムズドの小環だった。プレイアデスのおなじみの星群は、オリオンに追われたアルテミスの処女なる伴侶たちだった。また天空には、エジプトの王妃ベレニケの麗わしい捲髪さえも認められた。

さて、天のすべての星のうち、今日オリオンの姿を形づくっているものほど目立ち、輝かしいものはない。それゆえわれわれの遠い祖先がそれらのうちに、特別ひいでた親しみ深い人物の横顔をみようと試みたとしても、ごく自然なことだった。しかし彼らは、それを誰にすべきかに意見が一致せず、二つの別個の物語がつくり上げられた。

その一つによると、狩の女神を立腹させた結果、死に処せられたのは、人間のなかでも最も背が高く、最も強く、最も見目のよい人、巨人の狩人であった。立腹させた説明はいろいろ言われる。あるものは、彼が狩において彼女をしのぐことを求めたからだという。他のものは、彼が彼女の貞操にいどみかかろうとした、あるいは彼女の小間使いの一人と親しくなって彼女にうとまれたという。しかし彼がなにをしたにせよ、それが出過ぎた行為であったことはいずれもが一致する点で、それゆえに女神は死の宣告を下したのである。ここでまたも物語がいろいろに異なっている。あるものによると、彼女は彼をかませるためにサソリをつかわしたという。他のものによると、彼女は彼を空にしばりつけたという。だが最も人口に流布した話は、彼女は猟犬群により彼を追わせたというのである。そしてよく注視するならば、実際彼のかかとの辺にサソリがあり[1]、彼の巨人の形は星群の帯にまかれ、彼のかたわらに吠える猟犬がいることに気がつくであろう。

また別の物語はその根拠として、狩人についての伝承的な話と合致しない奇妙な事実をもってくる。すなわち、一年のうちまる二ヵ月間この独自な星群が見えなくなるというのがそれである。四月の後半にそれは夕方の空から消え去り、七月にならないと朝の地平線からふたたび現われない。そのうえ、東方においてそれが消え去るのは、あたかも夏のひでりがはじまろうとする頃である。実際のところ、それが視野から失せるやいなや、ただちに雨は止み、川は乾き、大地は生気を失い、草木は生育を止める。古代の大多数の魂にとって、これは次に述べる唯一の結論に導くものであった。それらの星群の描く姿は、豊饒の大神――バビロニアのタンムーズやシリアのアドニスのような神――にほかならず、それは毎年夏のはじめに死ぬか消え去り、日でりが弱まると再生あるいは再帰すると信じられていたのである。

だんだんとこれらの二つの物語がまざり合わされ、一方の特徴と主題が他に大胆ではあるが巧みに接合されたので、ついには新しい合成的な話が花と咲くことになった。

こうしてできたのがカナアンの「天の弓」の話である。修飾や手入れをはぎとってみると、この物語はいかにして見目よく若い狩人が、狩の女神のために造られた不思議な弓を手に入れるにいたったか、いかにして彼はけんもほろろにそれを手放すことを拒んだか、それゆえいかに彼は死に処せられたかを述べている。これはすべて、オリオン神話の一表現にほかならない。しかし次にこの話は、いかに主人公の死は地上に害気をもたらしたか、いかに彼は結局報復されて生き返らされたかを述べている。この部分にわれわれは、弱められた形においてではあるが、〈死し再生する神〉の神話をみてもよいのではないか。結合された物語の目的は、乾季のあいだ〈天と地の双方に〉生じていた条件を説明するためのものであったわけだ。

だが弓をどう考えるか。このカナアンの物語は弓をめぐって繰りひろげられるのに、古典神話のうちにはそれが現われないのはなぜだろうか。また他方では、古典古代の話であれほど重要な役割を演ずる猟犬について、ここでは言及されないのはなぜか。この答えは、簡単であるとともに混み入っている。事実は、古代近東の人々は天に大猟犬の姿を認めなかったということだ。そのかわり彼らは別様に星群を分別し、オリオンのとなりに巨大な弓をみつけ出したが、彼らはこれを狩の女神の標章とみなしたのである。したがって、彼らの〈天の狩人〉の話において主役を演ずべきであったのは、猟犬よりも弓であったわけだ。しかもいかに巧妙に仕上げたかに留意せよ。猟犬が殺されてのち、女神は弓をとり戻せない。〈それは海の中に落ちた〉のである。これを星の言葉に訳せば、要点はすぐさま明らかとなろう——弓が天に現われているかぎり、地上ではすべてがうまくいっているが、〈狩人〉が〈落ち〉、弓も落ちた時には、日でりの季節に入るのである。これら両者が元に戻ったとき、豊饒も戻ってくる。

もっと初期に、より原始的な形において、この物語は神聖なパントマイムに語りそえられ、これを説明するために用いられたことがなかったとはいえない。後者は夏の祭りにあたり、空に狩人と弓がふたたび現われ、新年が始まったと考えられた時に行なわれた。このような祭りは世界の各地方でみられるもので、儀式上の黙劇はそれらに共通の特色である。このばあい、物語の起伏のあるものは、その時の祭儀によって思いつかれたり影響を受けたのだ。たとえば、アクハトの念入りな葬儀、それに続く彼に対するながながしい哀悼は、小像でもって死し再生する豊饒の霊を表現し、今も昔も同じ葬い、悲しみ、時としては〈よみがえり〉を反映しているにちがいない。このようなふうにエジプト人はオシリスの像を埋葬する習慣があって、結局はこれを墓外に出すようになったし、小アジアでは、アッティスのまねの葬儀が舞台で行なわれた。ルーマニアでは、聖母被昇天祭のまえの月曜日に、少女たちは村から出て行くが、その時彼女たちは小型の棺をもっていく。このなかにはカロヤン（きれいなジョン）と呼ばれる土製の人形がおかれている。[2] 彼は儀式的に悲しまれ、埋葬され、数日のうちに、ふたたび掘り出される。同じような儀式がアブルッチ〔中央イタリア、アペニン山脈の一地方〕でも行なわれるが、ここでは人像がピエトロ・ピコ（小さなピーター）として知られている。[3] この物語がこのような背景のもとに読誦されたとすると、それにより加えられた劇的効果は想像するに難くない。他方、一般に、文学形式に対する祭儀的範型の影響は、いまでは確立したものとみなされてよかろう（このことはいうまでもなく、現状におけるこの物語が単に黙劇の台本だったということを意味するのではない。その意味することは、その原型と起伏のあるものの荒筋が、それが読誦された時のふんい気と、その演出が企図された時の俳優たちによって条件づけられただろうという点である）。

この物語を現実に語る場面には、註釈を要する民間伝承や慣習が多数おりこまれている。

1　ダニエルが子供のお授けを祈願するため七日間お寺にこもるとき、彼はいわゆる「参籠（さんろう）の儀式」を行なっているのである。古代において神々の恩寵を祈念し、あるいは病気治癒を願う人々は、神殿に通ってその境内において眠ることがあった。たいてい祈願者は巡礼や召使いのそまつな衣服を身につけていたが、これはダニエル王がそのような身なりだったとの明白な叙述のうちに意味されているものである。

2　神の鍛冶屋である〈器用抜目なし〉氏がエジプトから来たといわれているのは、彼が民間でエジプトの神プタハと同一視されていたためである。この神の御座所および仕事場はメンフィスの町のなかにあった。この同一視は、この物語が書かれたころ、大量のエジプト製品がパレスチナとシリアに流れ込んでいたという事実から思いつかれた。それゆえ神の鍛冶仕事の本源はこの地におくのが適当と思われた。それはあたかも現代の小説家が〈パリ風に〉その女主人公を飾りつけるようなものだ。当時、陶製品輸入の他の源はクレータ島だったが、このため別のカナアンの物語は神の職人の仕事場をこの島においている。

3　無実の人間の流血は地を汚し、これを不毛とするとの考えは、旧約のカインの物語のうちにも現われている。「いまや汝はのろわれて土地を去るべし、土地は口をひらき、汝の手より弟の血を受けたるによる。汝は土地を耕すも、土地は汝のためにその力を貸さざるべし」（「創世記」四・一一―一二）。また「民数記」三五・三三の言葉をも比べよ。「また汝、汝のいる土地を汚すなかれ。流血は土地を汚すゆえに。そこに流された血は流した者の血によらざれば、あがなわれえず」。モーセの歌の最後でも、主はしもべの民の仇をかえし、その民の血に汚れた大地を清めると語られている（「申命記」三二・四三）。同じような考え方がソフォクレスの『オイディプス王』二五以下にも出てくる。

この物語の舞台を正確に定めることはできない。どこにハラナムの町があったかはっきりいえる人はいない。この名の土地は、エジプトの文献に、北シリアに位置するものとして二度あげられている。同様に、アクハトが斬り殺された場所、アベリムの所在もわかっていない。

（1）星座のサソリはオリオンが没するやいなや上る——すなわちそのかかとに接して続いている。
（2）Marck Beza, Paganism in Rumanian Folklore (London: J. M. Dent & Sons Ltd., 1928), p. 30.
（3）E. Canziani, in Folk-Lore, vol. xxxix (1928), p. 213.

誓いを忘れた王様

ずっと昔、フブルの町にケレトという強いすぐれた王様が君臨しておりました。彼の王国は広く、富は莫大でしたが、彼は悲しみに満たされていました。それは彼に妻も子供も兄弟もなく、彼が死んだとき遺産をのこすものがいなかったからです。苦しみは七重にかさなって彼におそいかかりました。彼が選んだ花嫁は、結婚式の前夜になって逃げだしてしまいましたし、彼の兄弟はぜんぶ早死しました――あるものは丈夫でぴんぴんしているうちに、あるものは病気で、あるものは傷がもとで、あるものは災難で、またあるものは剣によって倒されました。

ケレトは、これらのことを考えれば考えるほど、悲しくなりました。そしてある日、もはや自分をおさえることができなくなり、奥の部屋に入り、寝台に身を投げて泣きました。声をあげ身もだえして泣くうちに、彼の寝床はまもなく涙ですっかりぬれました。とうとう彼はすすり泣きと嘆息のなかで眠りに落ちてしまいました。

とつぜん夢のなかで、部屋全体が光で照らされ、寝台の傍に、天の王であり人々の父である大神ご自身が立ち、限りないやさしさと愛にみちたまなざしで彼の顔を見下しているのでした。「なにを嘆いているのか、ケレトよ」と彼はやさしくたずねました。「わしの愛するしもべがなぜそんなに涙にくれているのか？　望みのものはなんじゃ？　おまえの国では満足できず、神の王国ほどの広さの国を持ちたいのかな？　それとも、天上に匹敵するほどの広い支配権を望むのかな？　もしもおまえの切望するのが富だとしたら、なにが足りないというのじゃ？　おまえのうまやには馬や四輪馬車が山ほどおり、家来たちもあり余っているではないか」

「そうではありません」とケレトは答えました。「わたしが泣いていたのは、そんなことのためではありません。わたしの望む富は銀や金の富ではなく、あとつぎとなる子孫なのです。わたしの切望するのは、わたしの死んだときわたしの玉座にすわるひとりの息子です」

「ではそれをあたえてやろう」と神は答えました。「立ちあがって涙を乾かすがよい。そしておまえの身を洗いきよめるのだ。仔羊と仔ヤギと一つがいの鳩をとれ。ぶどう酒を銀の器に、蜂蜜を金の盆に注げ。それから塔にのぼって塁壁をまたげ。手を天にあげよ。わしに食物をそなえ、バアルも下りて食事をともにするように招くのだ。

これをすませたら、穀物倉から穀物を、公共の納屋から小麦をとりだすように命令せよ、少なくもまる六ヵ月分のパンを焼くことができるようにな。ついで人々を軍隊に召集せよ。だれひとり除外してはならぬ。無数の農民、数えきれぬほどの貴族をあつめて、おまえの軍隊を三百万人の兵力にするのだ。そして彼らを降る雨つぶ、川の魚の卵ほどにも数かぎりなく、陸続な！

と行進させよ。独り者は家に鍵をかけて参加させ、一家の主人は家族をみすてて加わるようにさせねばならぬ。寡婦たちは外へでて自分の力で生計をたてさせよ。病人には自分で身の始末をさせ、盲人には運を天にまかせるように言え。まだ結婚したばかりの男であろうとも、家畜をすてるように花嫁からわかれさせよ。それが見知らぬ他人のもちものになろうとかまわずにな！

軍隊を召集し終ったら、六日のあいだ行進せよ。七日目の夜明けに、おまえはユデュムの国につくじゃろう。そこを治めているのは強いパビル王だ。だがおまえは町や村々をひとなめにしてしまえ。田畑を掠奪せよ。木こりや麦打ちや水汲みの人々を、おまえの前に引立て、あらゆる生活を止めてしまえ。だがおまえがその国の首都まできたら、音をたてずこっそりと近づけ。六日間は矢を放ってもならず、投石機で攻めてもいけない。七日目の夜明け、星かげがうすれ、ロバが鳴きはじめ、番犬のほえだすころ、パビル王は寝台から起きでてふいにおまえの軍隊が城壁をかこんでいるのを見ることじゃろう。そのとき彼は使者をよこして言うことだろう。「銀でも輝く金でも、家来でも台所の下働きでも、うまやから馬でも四輪馬車でも、好きなだけお取り下さい。平和の代償としてそれらをもって、ケレトよ、わたしの宮廷から立去って下さい！　ユデュムを攻めて下さいますな、この国は大神からわたしにあたえられたのですから！」とな。

この言葉をきいたら、おまえはこう言い返してやれ。「銀や輝く金がわたしにとってなんだというのか？　家来や下働きや、馬や四輪馬車がわたしになんの必要があろう。そんなものはあり余っているではないか？　わたしの家にないものをくれ。おまえの部族のうち最もうるわしい、娘のホラヤをわたしにくれ。彼女の美しさはアナトの美しさにもおとらず、その徳はアスタルテの徳にもおとらず、彼女の眼はルビーをまわりにちりばめたルリ石のように輝いている。彼女のまなざしに浴する幸福をわたしにあたえよ。なぜなら人類の父である大神がわたしの夢枕にたって、彼女を名指されたのだからな。そして彼女がわたしの子孫とあとつぎを生むであろうと言われたのだ」と」

ケレトは目をさますやいなや、ただちに神の命じたとおりにしました。彼は身を洗いきよめ、仔羊と仔ヤギと一つがいの鳩をとり、ぶどう酒を銀の器に蜂蜜を金の盆に注ぎ、塔にのぼって塁壁をまたぎ、手を天にあげ、大神とバアルに食物をそなえました。ついで彼はパンを焼き、まる六ヵ月分の糧食をたくわえるように命じ、軍隊を召集して出発しました。

彼らは二日のあいだ行進しましたが、まるで平野をおおうイナゴの大群のように見えました。三日目の夜明け、彼らはティロスの貴婦人でありシドンの女神であるアシェラトの神殿のまえにいるのを知りました。玉座にすわっている輝く女神の像をみたとき、ケレトは一つの誓いをたてる気になりました。

「ティロスのアシェラトが生き、シドンの女神がいますならば」と彼は叫びました。「もし花嫁としてホラヤを手に入れたならば、わたしは乙女の重さの二倍の銀と、三倍の金をこの女神に奉納しよう！」

それから彼はさらに三日間、行進をつづけました。四日目の夜明け、軍隊は本当にユデュムの国につきました。大神の命令どおり、彼らは町々や村々をひとなめにし、田畑を掠奪し、あらゆる生活をとめてしまいました。木こりや麦打ちや水汲みの人々は、無慈悲に引立てられました。とうとう彼らは首都に達しました。六日のあいだ彼らは城壁の外にとどまって、矢も放たず投石機も使いませんでした。七日目の夜明け、星かげがうすれ、ロバが鳴きはじめ、番犬がほえだしたころ、パビル王は寝床から起きて外をながめました。するとケレトの軍隊が城壁にむかって整列していました。

ただちに彼は王妃を呼びよせました。「われわれは知らないうちに包囲されている」と彼は叫びました。「和議をこうほか仕方がない！」

ついで彼はケレトの陣営に使者をはしらせ、包囲をといて出発するよう頼みました。「ケレトにこう告げるがよい」と彼は言いました。「銀と輝く金と、一生のあいだ彼の屋敷にとどまる家来と下働きたちのほか、わたしのうまやからさらに三頭の馬と、いくつかの四輪馬車をさしあげますとな」。しかし使者がきて、銀と金と財宝をさしだすという彼らの主人の言葉を復唱したとき、ケレトはそれをつっぱねました。

「銀がわたしにとってなにになる？」と彼は言い返しました。「輝く金がなんだというのか？　家来や下働きや馬や馬車が、わたしになんの必要があろう。そんなものはあり余っているではないか？　わたしの家にないものをくれ！　おまえの部族のうち最もうるわしい、娘のホラヤをわたしにくれ。その美しさはアナトの美しさにもおとらず、その徳はアスタルテの徳にもおとらず、その眼はルビーをまわりにちりばめたルリ石のように輝いているあの娘だ！」

そこで使者はパビル王のもとに帰って、この言葉を復唱しました。

パビルは彼の頼みがすべて無駄だったと知ると、娘をひきわたす用意をさせました。そして彼女が侵略者の陣営につれていかれるあいだ、ユデュムの全国民は彼女のあとにつづき、子を失った雌牛か母親をとられた仔羊のように泣き悲しみました。「ホラヤさまは美しいと同様にやさしいかただった」と彼らは泣き叫びました。「ひもじい者があれば必ず救いの手をさしのべ、のどのかわいた者があれば必ず助けてくださったのに！」

勝利に酔ってケレトは意気揚々と帰りました。ふたたび彼の宮殿に入るやいなや、ケレトはアシェラトに対して、この結婚から生まれた男の子孫を彼女に捧げて奉仕させるという誓いをたてました。それから彼は、美しい王女との結婚を祝うために、豪華な宴会をひらくよう命じました。屋敷はあらゆる人々に開けはなたれ、王宮の周囲に近づくものはすべて迎え入れられました。招かれたのは人間ばかりではありません。神々の一族もすべて来て楽しみをわかちました。大地からはバアルが来ましたし、天空からは月の王子が、地下の世界からは死者たちの主であるラシャフが、はるかエジプトからは神の職人であり鍛冶屋である〈器用抜目なし〉氏が、その仕事場からやって来ました。

祝宴がたけなわとなり、ぶどう酒が滝のようにながれるころ、天のお客たちは彼らすべての統率者である大神に提案して、花嫁花婿のために立ちあがって乾杯するようにすすめました。そこで大神は席をたって杯を手にし、つぎのように歌いました。

みよ、やがてこの乙女には
七、八人の男子生まるべし。
末の子も最初の子も輝かん
なかば人間、なかば神として。

みよ、やがてこの乙女には
七、八人の女子生まるべし。
末の娘も気高く輝かん。
最初の娘におとることなく。

この花婿も高くのぼるべし、

天下のあらゆる王にまさり、
統治するすべての人に君臨し
その誉れとわに語りつがれん。

ついで神々もこの乾杯に加わり、彼らは腹いっぱいに食べたり飲んだりしたあと、それぞれの住いに帰ってゆきました。

まもなくホラヤは身ごもり、本当に息子や娘たちをうみました。しかし幸福と繁栄がもどってくるやいなや、ケレトはアシェラトに対してたてた誓いを忘れてしまい、しだいに飲めや歌えの生活におぼれるようになりました。

七年のあいだ女神はしんぼうづよく待っていました。それから彼女はたいそう腹をたて、独りごとを言いました。「もしケレトがわたしを忘れることができるのなら、わたしも彼を忘れることができる。わたしはこれ以上彼を健康のままでおくまい。彼の兄弟におこったとおりのことを、彼の身にふりかからせてやろう！」

そこで彼女は自分の子供たちをみな呼びあつめ、自分の心をうちあけて、不敬な王を助けようとするなと命じました。神々はそろって、彼らの母の命じたとおりにすると約束しました。

ある日ケレトは、彼の国の領主や貴族たちをまねいて宴会をひらこうと決心しました。そこで彼はホラヤをよびにやり、ふとったなかでも最もふとった家畜を料理し、大きな酒びんにぶどう酒を注ぎ、領主たちを招待するようにと告げました。

　しかし宴もたけなわになって客たちが主人のために陽気に乾杯しているとき、宴会にあてられた広間の大きな青銅の扉が突然ひろくひらき、そこには侍従や小姓たちを先導として、ホラヤ王妃自身が輝くばかりの美しさで立っていました。おごそかにしずしずと、この小さな行列は部屋の中央にすすみ出ました。ついで、ホラヤは手をあげて沈黙を命じました。不安と期待に、客たちは一瞬のうちに静まりかえりました。

「みなさま」と彼女は話しだしましたが、その声は鈴をふるわすようでした。「わたしが参りましたのはごあいさつのためではなく、悪報をお伝えするためです。昨夜わたしは夢のなかで、わが君ケレトさまが数日のうちに死の病にかかられるという天啓をうけました。ですから、あなたがたは喜ぶよりもむしろ悲しみ、笑うよりも泣いたほうがよいのです！」

　貴族たちは驚き、ぼうぜんとしてしまいました。それから、音をたてないように席をたって出てゆきました。

　彼らが声を聞かれないところまで去ってしまうと、ホラヤは一ばん年上の息子にそばに来るように頼みました。「わが子よ」と彼女は言いました。「あなたの父上は病に弱っておられます。あなたが王となり、あなたの花嫁が王妃となるよう、父君のところへ行って王笏をいただきなさい」

　そのとおり、数日ならずしてケレト王は重病にかかりました。死がせまったと思われたとき、彼の息子たちは宮殿に集って彼に最後の別れを告げました。しかしほかの者がみな、口には出さずとも財産の分配のときがくるのをひそかに待っていたのに、末の子のエルハウは彼の父の寝台のそばに立ち、悲しみにうちひしがれて馬鹿のようになっていました。

「お父さん」と彼は叫びました。「どうしてあなたが死ぬのですか？　王というものは大神と同じ種族ではありませんか。でもごらんなさい。天にも地にも嘆きの吐息がみちています。わたしの歌はみな悲歌とかわり、わたしの音楽は涙で音がぬれています」

ついで彼はケレトのひたいの上にやさしく手をおきました。「お父さん」と彼はささやきました。「わたしはあなたの死を望んでいるようなやつらとは違います。あなたが永久に生きていて決して死ぬことがなければ、どんなにいいでしょう！」

「わが子よ」とケレトはゆっくりと答えました。「涙を流してはいけない。泣くのは生長した男子にとってふさわしくないからだ。おまえの一ばん末の妹のシェトマネトを呼びなさい。あの子がわたしの死んだあと、わたしのために泣いてくれるだろう。しかし、今すぐわたしが病気だと話してはいけない。彼女の涙の川が時いたらぬうちに涸れ、心が悲しみで疲れはててしまわぬようにな。陽の沈むのを待ちなさい。それから彼女に、お父さんが宴会をひらこうとしていて、小鼓を持って楽人のなかに加わってほしいと言っているとだけ告げなさい」

そこでエルハウは槍を手にして、大急ぎででかけました。

彼がシェトマネトの住いについたときには、すでに暗くなり、妹は夜の灯をともしているところでした。彼が戸口に近づくと、槍のほさきがきらりと光って、彼の所在をあかしました。

シェトマネトは彼を目にしたとき、不安におそわれました。「災難の知らせのためでなければ、こんな時刻にだれも来るはずがない」と考えたのです。そこで彼女は頭をたれて泣きました。

「王に何かあったのですか？」と彼女はあえぎながら言いました。声がふるえました。「わが君さまはご病気ですか？」

「いや」とエルハウは答えました。「王はご病気ではない。宴会をひらこうとされていて、あなたも出席してほしいとのことだ」

しかしシェトマネトはその言葉をほとんど信じることができず、彼を内にまねき入れると、酒をすすめて口をひらかせようとしました。

とうとう彼はつつみきれずに言いました。「そうだ。本当だ。ケレト王はこの三、四ヵ月来、病気なのだ」

これを聞くと、娘は声をあげて嘆き悲しみました。ついで気をとりなおして、兄とともに王のもとに急ぎました。

彼女が宮殿に入ると、楽人や歌手のかわりに、泣き女に出会いました。そして宴会の席につらなるかわりに、通夜に列席しにきたかのように思われました。

さて、国土の生命は王の健康と結びついていました。そして王が弱ったとき国土もまたおとろえました。農夫たちは不安と期待にたえまなく天を見上げ、作物をうるおす恵みの雨を待ちました。しかし雨は降らず、ほどなくすべての食料がつきてしまいました。穀物箱は空になり、油壺の油はなくなりました。全国土が滅亡のせとぎわでした……。

しかし常に恵みぶかい大神は、彼のしもべを滅ぼそうとはなさいませんでした。そこで彼は彼の子供たちをみな呼びあつめ、その苦しみを和らげるよう頼みました。

まず彼はバアルの屋敷の執事によびかけました。「なぜ地上に雨を降らせないか?」と彼は叫びました。「窓をひらいて大雨を降らせろ!」

しかし神々は彼の言葉にしたがいませんでした。神々は、彼らの母、アシェラトとの約束を破りたくなかったからです。

ついで大神は、病気の王を生きかえらせるよう子供たちに頼みました。「おまえたちのうち」と彼は叫びました。「だれか病気を追いだし、病を追いはらってやろうとするものはいないか?」

しかしふたたび、神々は彼の言葉にしたがいませんでした。神々は彼らの母アシェラトとの約束を破りたくなかったからです。

七たび、彼は叫びました。しかしなお、なんの答えもありません。

「よろしい」と大神は彼らにきびしい、さげすむようなまなざしを注ぎながら言いました。「いやならいやでもよい。わしがみずから治してやろう! おまえたちがわしを助けようとしないのなら、わしは魔術を使うことにする」

そう言いながら、彼はずっしりとした粘土を手にとり、それをこねて竜のかたちをつくりました。ついで彼は天の魔女シャッタカター――病気なおしの女――を召しだして、つくった像を手わたし、都市やいなかの上を飛んで病気のケレトのところまで行くように告げました。そして彼女を送りだすとき、つぎの呪文をとなえました。

死ね。汝みずから病にかかりおとろえて。しかし汝、天の魔女よ、その力をふるえ！

そこで魔女は町々やいなかの上を飛んでゆきました。そしてとうとう病の床に横たわるケレト王のところに着くと、彼女のつえでケレトの頭にふれ、病気がケレトから追いだされて竜の像のなかに入るようにはからいました。それから彼女は滝のようにふきでる彼の汗を洗いきよめ、彼の食欲を回復させました。

ケレトはすぐにホラヤを召しだして、鹿の肉の食事を準備するよう命じました。三日たつと、彼はすっかり回復して元気になりました。

さて、ケレトの息子たちはこういうことを露知らず、三日目に長男のヤッシブが、彼の父はもう死んだだろうと考えて宮殿にやってきました。ところがどうでしょう。彼が拝謁の間に入ってみると、王は玉座の上にすわっていました。

ヤッシブは驚きに自分の目を疑いました。「こんなことがあろうはずはない」と彼は考えました。「ケレトは実は死にかけているのだが、王位を守るために最後の必死の努力をふりしぼって、玉座に身をささえているのだ。今こそ母上の言ったように、彼の手から王笏を要求すべき時だ」

彼は大胆にすすみ出ました。「陛下」と彼は叫びました。「あなたは年老いて弱っておられ、政権はあなたの手から落ちかかっています。もはやあなたは貧乏人を保護し、しいたげられた者を守ってやることができません。もはやあなたは寡婦をやしない、みなし児たちを救ってやることができません。あなたの身内や友人たちにとって、あなたはもう死んだも同然なのです。今では病魔があなたの唯一の身内であり、死の影があなたの唯一の友です。ですから玉座をおりて、わたしを王にしなさい。王笏をわたしにゆだね、あなたのかわりにわたしに治めさせなさい！」

ケレトはこの言葉をきくと、玉座から身をおこし、威厳にみち力にあふれて彼の息子の前に立ちました。そしてどうでしょう、彼は戦いの日の若者のようでした。

「この悪者め！」と彼は叫びました。その眼は怒りに燃えていました。「今より以後、おまえはわしの子ではない！　地獄の王に頭をひき裂かれ、戦いの女神に頭蓋骨をくだかれるがよい！　頭からさかさまに崖から落ちて、こぶしのなかに歯をめりこませてしまえ！」

＊

この物語のうち、粘土板に保存されている部分はこれで終りです。以下は推測によって補ったものです。

＊

そこでヤッシブは、大神が事実ケレトの味方だと知って、顔をおおって逃去ってしまいました。

入れかわり立ちかわり、ヤッシブの弟たちが王笏を要求しに父のところに入ってきました。しかし彼らがそれぞれ、年老いて弱った王の姿を見るものと期待しながら到着すると、ケレトは玉座から立ち上り、威厳にみち力にあふれて息子の前にたち、あからさまに呪いの言葉を投げつけて彼らを勘当しました。また兄弟たちがかわるがわる王の前に出ているあいだ、彼らの姉妹たちは外に立って、彼女らの父が死に、その財産を分配する時がくるのをじりじりしながら待っていました。

ただエルハウとシェトマネトだけが、嘆きと悲しみにうちひしがれて、自分たちの家にとどまっていました。ケレトは彼らが王国を要求しに来ないのをみると、使いをやって急いで宮殿にくるように命じました。

「エルハウとシェトマネトよ」彼は手を彼らの頭におき、やさしく口づけをしながら言いました。「おまえたちはわしの息子や娘たちのうち一ばん年下ではあるが、わしの王国と財産はおまえたちにやろう。なぜならおまえたちだけがわしを愛し、わしのために悲しんでくれたし、またおまえたちの心だけが貪欲でも欲ばりでもなかったからじゃ。だから安心して行くがよい。そしてわしが死ねば、王笏と継承権はおまえたちのものになると知るがよい」

そのとおりになりました。何年もののち、ケレトは死んで先祖たちのもとに召されました。王位はエルハウに伝えられ、娘の取り分の第一はシェトマネトにあたえられました。

その結果、だれも予想しなかった形で、大神の約束が果されたのでした。息子たちの最後の者が最初の者のようになり、最も年下の娘が長女の取り分を相続したのです。この結果また、大神の意図をさまたげようと望んだものは、彼の正義が完全無欠で、彼の意志は天におけると同様に、地にもなされるということを思い知らされたのでした。

解説

この物語は紀元前一八〇〇年と一三七五年[1]の間の頃につくられたもので、アレクサンドロス大王やシャルルマーニュやアーサー王やシッドの伝説、あるいは中世の武勲詩（chanson de geste）と同じ類型の古譚とみなされるべきものである。ただこの場合、次のような違いがあることははっきりしている。すなわち他の資料から知られる人物が一人もいないこと、また言及された地名で確実に比定できるもののないことがそれだ。それゆえこの話がどんな事実の根拠に基づいているかを決めることは不可能である。しかし歴史の専門家に対する以外には、これはさして重要なことではない。その根拠がどうあろうとも、その扱い方は典型的に小説風で、細部の大多数は民話の共通の話し種から直接にとられたものである。

一つの例をとると、慣習的な七という数の規則立った使用に注意したい。物語の出だしでは、主人公ケレトが七重の苦しみを受けたとある。彼はパビル王の国に向って七日間進み、さらに七日間その首都をとり囲む。女神アシェラトはケレトが彼の誓願を満すかどうかをみるために七年間待つ。また専君が最後に病により罰せられたとき、大神は治療のために天人たちに七度頼む。

三という数も、まったく慣習的にいたるところで用いられている。ケレトがアシェラトの神殿に達したのは出発して三日目であり、パビル王は彼に身代品として他のものにとりまぜ三匹の馬を差出す。三ヵ月間ケレトは病気になる。そして彼の奇蹟的な回復ののち三日目に、厚顔の息子ヤッシブが、生きていたことも知らずに、王位を要求しに乗り込んでくる。

作者は物語を上手に語る手ぎわと手腕、また彼の才能に誇りをもっていたに違いない。というものの、いずれの真の芸術家とも同じく、彼が真先きに話の普遍的な人間価値に関心をもったということに疑問を抱く人もあろう。もしこれを注意深く読み、それらの価値に注目するならば、これには二つの根本的な主題が流れていることに気がつこう。その第一は誠心——もっと細かくいえば相争う誠心を扱うものである。神はケレトに彼が子孫をえて、血統が断絶しないことを約束する。ところでケレトは女神アシェラトに彼の息子たちを奉献することを約束する。ケレトはその誓願をふみにじり、その結果、女神は彼に瀕死の病を送って報復する。それでも、彼の連合いをさげすんでいるにもかかわらず、大神はその言葉に背くことができない。そこで彼は、強情な専君をどうしても治してやらなければならぬ。ここに相争う誠心の第一号がある。別のものは天の一族の態度のうちにうかがわれる。

彼らは母親のアシェラトに、彼らは彼女に味方して、彼女が彼に当然の罰をあたえるときには、ケレトを助けることを差控えると誓う。したがって、彼らの主であり師である大神自身が、彼らに病いを駆逐するよう訴えても、彼らは知らぬ顔を押し通し、結局、彼はあやしげな魔術によって彼らの不服従を出し抜くことを余儀なくされたのである。

神々の誠心と対照的で、しかも同じ根本主題を示すものに、大多数の人物の不実がある。ケレトについて真先きに語られることは、彼の許嫁が結婚式の晩に逃げて彼を裏切ったということである。原文の表現に従うと、「彼のただしき妻を、彼は手に入れざりき。彼の正当なる花嫁さえも。彼は女のために結納金を払いたるに、女は逃げ出したり」。また物語の残存せる部分で彼について語られる最後のことは、長男の彼に対する反逆である。さらに、ケレト自身アシェラトに対する誓願を破り、繁栄が戻るやいなや彼女を忘れる。一方パビル王は自己の娘に対しまったく実がなく、ひどく卑怯であったところから、彼は王国を保ち侵入者との戦いを避けるために、一言の不平もなく降服しようとする。物語全体のうち誠心と献身を示す人物は、ケレトの最年少の息子エルハウと彼の最年少の娘シェトマネトだけである。そして彼らは例外であったればこそ、最後にむくわれる人物なのだ。

この物語をつらぬく第二の主題は「謎の、あるいは、あいまいな予言」である。神々の言葉が無駄に発せられることはなく、彼らの発言はすべて成就する。それは、たとえその意味が誤解されて成就の形が未知の場合でもそうだ。これは幾多の民族の民間伝承におけるお気に入りの主題である。その一例がユダヤの話にあるエルサレムで生を終るだろうといわれた男だ。彼はエルサレム室〔ウエストミンスター寺院にある〕で死んだ。別のものは、先生から「汝のまいたものを刈りとるなかれ」との妙な祝福を受けた学生の話で、実際の意味は、彼の子供達が彼より先に死ぬことのないようにというのである。あいまいな神話についての類似の話がアポロドロスによって、スパルタ人のペロポンネソス侵入に関連して述べられている。神々は、侵入は「第三の播種のとき」に行なわれるべきものといった。英雄たちは、これは第三年を意味するものと思い、遠征隊をくり出す。しかし企ては失敗に帰したが、これは実際の意味が第三の〈世代〉のことだったからである。

この当面の物語において、主神がケレトの婚礼に列席したとき、ケレトの神性をもった友達はケレトに盃を差出すよう促す。東方諸国のこのような会式の特色である多弁をもって、彼は新婚の二人に子供の多いよう祈り、「一ばん年下の子が初子の分前をとるように」とつけ加える。ケレトと客人たちが受取ったのは、これは単に儀礼的な誇張で、「あなたの鵞鳥がみんな白鳥になるように」というごときだと考える。しかしこの言葉はもっと深い意味をもつものとなった。不敬な長男には遺産をあたえられず、忠実な年下の息子と娘は父の財産を継承するからである。もしもっとこの物語が残されていたならば、この種の「意外な成就」が、ケレトがアシェラトに行なった誓願につきまとっていたにちがいない。というのは、他の息子たちも領国から追われ、女神の社に逃げこみ、ついにはその崇拝者となったということがないとはいえないからである。

その普遍的な価値に照らしてみた時、この物語はギリシア劇の特性のあるものをもっている。同じように伝承に基づきつつも——たぶん遠古の歴史事件に基づいていたろう——それは素材を超越し、これを幅広い人間的表現に移しかえている。この意味で、『ギルガメシュ叙事詩』の技巧やバアルの詩の雄大さを欠くかもしれないが、傑作の一つといえるものである。

この物語に現われる民間伝承および慣習の三要素は、一こと説明を要するものであろう。

1　ケレトがパビル王の町を囲むのには夜に、攻撃するのはただ暁にせよと指示されたのは、今も昔もアラビア人の定石とされているところと一致する。夜の突撃は卑怯とされるのである。[2] 同様に聖書の「士師記」（九・三二―三三）には、アビメレクがシケムの町のつかさに町のさし迫った反乱を潰すよう勧告されたときは、次のようにすすめられている。「そこで夜とともに、あなたおよびあなたと共にいる人々と出立し、野原のしげみに身を伏せよ。それから朝となり日が昇るとき、早く起きて町を襲えば、みよ、彼（反乱の首領）および彼と共にいる人々はあなたの手中のものとなろう」。

2　王が病気になったときには産出力が落ちるという考えは、未開文化に最も広く拡まっている観念の一つであって、王は臣民の支配者というより彼らの集団的生活および精神の具現だったのである。この理由から、若干の蛮族においては、王が弱くなってきたきざしがあると、彼は実際に死に処せられ、また民との生命契約が尽きて更新を必要とすると考えられたとき――一年あるいはそれ以上の一定の期限後――には、廃位せしめられたり処刑されたりすることもよくある（この考えはジェームズ・フレーザー卿の『金枝篇』の主題である）。同じように、もし王が神々に従わないと、神々は全地に害虫をおくって報復することもあろう。このよい例は聖書にみられる。「2サムエル」二一・一に曰く「またダビデの時代に、三年間年ごとに飢饉あり。ダビデ主の尋ねるに主いいたもう。サウルと血に染むその家のため、彼がギベオンびとを殺したためなり」。ハッティの王ムルシリス二世（前一三五〇年頃）の祈念文にも、王家の罪悪による二十年の虫害にふれている部分がある。

3　ケルトが治療を受けたやり方は、専門家に呪い（envoûtement）として知られている古代と未開の習俗を反映している。これは病気や不幸を人間から人形に魔力で移すことである。たしかに、この技法は善意の魔法としてと同時に悪意の魔法としても、すなわち災厄を除く手段としてとともにこれを他に移す手段としても用いられてきた。残存しているバビロニアの文書で、魔術的の粘土像の造り方を述べたものが多数ある。次にかかげるのは代表的なものである。

大海の底より粘土をとり来たり
汝の療さんとする人に似せ黒い像を造れ
その頭に白い羊の頭髪を結べ
その像を病者の体の上に置け
名だたるエアの呪文を繰りかえせ
病者の顔を西に向けよ
されば彼を見守る精霊がそばに立ち
彼をとらえし悪霊は消え去るべし。[3]

同じように、エサルハッドン（前六八一―六八年）時代のアッシリアの一書簡は述べている。「疫病とペストが宮殿近くに来ないように……患いと熱病がどの人の家近くにも来ないように。これを避けるためにわれわれは種々の儀式を行なった。アヌの悪魔の娘を形どった粘土像、またはペストのつかさナムタルに似せたもの、ラタラク神に似せたもの、さらに運河の底からとり出した粘土で造り、人に似せたもの……をわれわれは治療の神グラの神像のまえにおいた」。

しかし今の場合に特に興味を惹かれるのは、像が明らかに蛇か竜の形に作られたことである。[4] これはただちに、天罰をうけたイスラエルびとを直すための手段として、モーセにより荒野におかれたもえる蛇を想い起させるからで、後代の記録編者はこれを「火の蛇」にかまれたと述べている（「民数記」二一・六—九)。この像はのちに偶像とされ、それゆえユダヤの信仰篤きヘゼキア王により粉砕されたといわれている(「2列王紀」一八・四)。魔術用の蛇像が、実際にパレスチナ旧址のいくつかで考古学者により見つけられている。

またホラヤ妃が饗宴に入りこんだ出来事と、ヤッシブに父の玉座を要求せよとすすめた出来事は、ある程度推測による修復によって得られたものであることを述べておかなければならない。原文はこの点で破損しているからである。しかしながらこの場面にホラヤが登場していることは明らかに示されている。彼女の貴族たちに対する語りかけも同様である。その他は残存する断片的な文のなかに「幻のうちに」とか「なんじの妻」などの言葉がみえることによっている。

(1)　上限はパビル王により差出された身代品のなかに馬が言及されていることから、下限はこの物語の粘土書板が出土したウガリトの町が紀元前一三七五年頃の火災により破壊されたという事実から決められた。
(2)　G. Jacob, Das Leben der vorislamischen Beduinen (1895), p. 124 参照。
(3)　R. C. Thompson, The Devils and Evil Spirits of Babylonia (1904), vol. ii, p. 103.
(4)　原文は残念ながらここで破損している。しかし神がどのように像を作ったかの説明のすぐあとに、二回「蛇」または「竜」という言葉が現われている。

バアルの物語

渾沌たる時のはじめ、神々の役割がきめられたころ、大地にはまだ主君も支配者もいませんでした。特にふたりの神が、地上の支配者となる名誉を争っていました。ひとりはバアルで大気と雨の主、他はヤムで、河川の水を支配する竜でした。

「大地はわたしのものだ。わたしの雨で生気をあたえられるのだから」とバアルは言いました。「大地はわたしのものだ。わたしの河や泉でうるおされ、よみがえるのだから」とヤムは言いました。

彼らは長いあいだ激しく論じました。とうとう最後に、彼らは大神の前に出て、事件を決着してほしいと願いました。大神はそれぞれの主張を熟考され、ついで心を決めて神々をすべて彼の前に呼びました。

「大地はヤムのものである」と彼は宣言しました。「なぜなら水があらゆるもののはじめだからだ」。そう言って彼は神の職人〈器用抜目なし〉氏を召しだし、ヤムが王であるしるしとして彼のために一つの宮殿を建てるように命じました。

しかしその時、神々の列のうしろでざわめきが起り、小柄な神がみなを押しわけてすすみました。それは神々のうち最も年下のアシュタルで、まだ十代の若さでした。

「大神よ」と彼は玉座の前にひざまずきながら叫びました。「もしできますならば、わたしを王にして下さい。わたしは小川とせせらぎの精ではなかったでしょうか。バアルが雨を収め河川や湖が乾上ってしまおうとする幾月かのあいだ、大地は小川によってうるおされるのです。夏のあいだ、地上がおとろえ死に瀕する時に、大地の生命を支えるのはわたしではありませんか？」

しかし大神はせせら笑っただけでした。「おまえが？」と彼はからかうように目を輝かせて叫びました。「なんということだ。おまえはまだ妻をめとる年齢にも達していないではないか。ましてや、どうして大地を治めることができよう！」そう言って面前からひきさがれと命じました。

しかしながらヤムは、彼の宮殿に落着くやいなや、暴力さながらの振舞いをはじめ、すべての神々や女神たちから法外な貢物を要求しました。天上の婦人たちが飾りとして身につけている首飾りすら、彼の貪欲な要求にあって引渡さなければなりませんでした。とうとう神々はそれ以上我慢できなくなり、対策をきめるために会議をひらきました。彼らは長いあいだ議論し合いましたが、戦いをしかけることは問題外だということでは皆の意見が一致しました。なぜなら竜は彼らよりも強く、彼と太刀うちできるものはだれもいなかったからです。

彼らがみな黙りこんでしまった時、ふいに座の真中から女神のアスタルテが立ちあがって発言しました——そして彼女の声はシンバルのように鳴りひびきました。「兄弟姉妹たちよ。どうかわたしを海に降りさせて下さい。わたしの音楽と美しさで竜の心を和らげれば、わたしたちに対する彼の態度もやさしくなるかもしれません」

神々がうなずいて賛意を示すと、アスタルテは衣を脱ぎすて、髪を編み、全身にふくいくたる香料をふりかけ、小鼓を手にもち、吟遊楽人の乙女のようないでたちで海辺に行きました。ほどなく、彼女の音楽のしらべに誘われ、竜は深みから上ってきて驚いて彼女を見つめました。「歌の娘よ」彼は叫びました。「ひどく用心ぶかくまた楽しそうにしているが、一体なにがあったのかね？」

「わたしはアスタルテです」と彼女は答えました。「わたしの兄弟や姉妹たちに対して、あなたのお慈悲を願うために来たのです。あなたが課した税が非常に重いので、彼らはもう払うことができないのです。おそらくあなたはふびんに思って、彼らの負担を軽くして下さるでしょうね」

しかし彼女が話しているうちに、竜は彼女の美しさを目にし、唇をもれる音楽に心を奪われると、欲望が燃えたちました。「ご婦人よ」彼は言いました。「もしもあなたがご自分を貢物として下されば、わたしは他のものをなにも望みませんよ。帰って神々と女神たちに言いなさい。もし彼らが妹のアスタルテをわたしにわたせば、まちがいなく負担を軽くしてやろうとね！」

そこでアスタルテは天の宮廷に帰って、竜の言ったことを話しました。

彼女の言葉をきくやいなや、バアルは激怒し、ただちに竜のところに行って侮辱の言葉を雨ふらせ、戦いをいどみました。「悪漢め」と彼は叫びました。「天のこん棒で打ち殺されてしまえ！　地獄の王に頭をひき裂かれ、戦いの女神に頭蓋骨をくだかれるがよい！　頭からさかさまに崖から落ちて、こぶしのなかに歯をめりこませてしまえ！」

これを聞くと竜は玉座から起ちあがって二人の使者を召しだし、大神の宮廷に行ってバアルと彼の一族の引渡しを要求するよう命じました。しかし使者たちが着いてみると、バアルがそこにいて、大神のそばに立っており、忠義な大臣のように彼に仕えていました。そして大神はバアルを彼の敵の手に引渡そうとはしませんでした。

「いや」と彼は言いました。「バアルはやさしいやつで、どんなにから威張りしても、悪意はないのじゃ。またもし彼がおまえたちの主人を攻めようとしたところで、おまえたちの主人は彼より強いからなにも怖れることはないではないか」

しかしながらバアルは、実は決して大神が言われたようにやさしくもおとなしくもありませんでした。そして使者が立去ると、ただちに彼の姉妹のアスタルテとアナト――二人の偉大な戦いの女神――に、竜との戦いの手助けをしてくれと頼みました。

「バアルよ」とアスタルテは答えました。「彼に近づいて直接戦っても駄目です。ご存知のとおり、彼に太刀うちできるものはおりませんからね。もしもわたしが槍という槍に磨きをかけ、わたしの武器をぜんぶ持ち出したとしても、なんにもならないでしょうよ。わたしたちがいっしょに全力をふりしぼって格闘したところで、こなごなに踏みつぶされるだけです！　彼をやっつけて王権を奪いとる方法は一つしかありません」

こう言うと、彼女は神の職人〈器用抜目なし〉氏を呼びにやり、的をはずれた場合にはひとりでに持主の手もとに戻ってくる二本の魔法のこん棒をバアルのために作るよう言いつけました。

「この武器を使えば」と彼女は言いました。「あなたは遠くから彼を攻撃することができ、最後には勝利を収めることでしょう。そして王権は永久にあなたのものになるでしょう！」

そこで神の職人は仕事場から二本のこん棒をたずさえてきて、バアルに手渡しました。その棒の名前は一方が〈駆逐者〉で、もう一つの方は〈反撥者〉でした。

バアルは〈駆逐者〉と名づけられているこん棒をとると、次のように叫びながら竜をめがけて投げつけました。「駆逐者よ、駆逐者よ、ヤムを玉座から追いたてよ、海の君主を王の座から追いたてよ！」しかしこん棒は的をはずれ、竜は無傷で水のなかをのたうち続けました。

そこでバアルは〈反撥者〉と名づけられているこん棒をとると、次のように叫びながら竜をめがけて投げつけました。「反撥者よ、反撥者よ、ヤムを玉座からはじき飛ばせ。海の君主を王の座からはじき飛ばせ！」今度はこん棒は的にあたり、竜はがっくり首をたれました。彼の顔色はかわり、力を失って浜辺に長々と身を横たえました。

「見よ」と彼はあえぎながら言いました。「おれはもう死んだも同然だ。バアルが王になるがよい！」

これを聞くとバアルは勝利の喜びに酔いすぎて、彼の兄弟姉妹たちの恨みをはらすことをすっかり忘れてしまい、竜にとどめをさすことさえ気にかけませんでした。しかし彼が立去ろうとしたとき、アスタルテの叱責の声がきびしく響きわたりました。

「恥を知りなさい！」と彼女は叫びました。「あなたはわたしたちすべての恨みもはらさずにすますつもりですか？　ごらんなさい、この怪物はわたしたちを奴隷のようにあつかい、わたしたちの持物をぜんぶ奪いとったのですよ！」

それを聞くとバアルは恥かしさで一ぱいになり、竜の目のあいだと首筋を打ちたたき、竜はついに彼の足もとにのびてピクリともしなくなりました。

しかし、これでヤムの支配は終りをつげたのですが、バアルの悩みが終ったわけではありません。今や彼はまた一つの新しい難題にぶつかりました。彼は王でしたけれども、宮殿がないために、神々はだれも彼の命令に従おうとしませんでした。彼は妹のアナトにむかって、ヤムの場合と同じような屋敷を建てる許可がえられるよう、大神にとりなしてもらいたいと頼みました。

「だが直接彼のところに行ってはいけない」と彼は助言しました。「まず、わたしたちの母である王妃アシェラトのもとに行って、彼女にわたしの願いを取次いでもらってくれ。なぜならあなたも知っているとおり、彼女のお気にめした神には、すぐさま〈器用抜目なし〉氏に命じて屋敷が建てられ、銀や金の調度と豊かな食事がそなえられるのだからな。だから彼女の恩恵を願いに行ってくれ」

しかし彼が話している間じゅう、アナトの考えは足もとに長くなっている竜の方にむけられていました。彼がまだ生きているのを見ると、彼女は糸を編むつむをとって彼をひどく打ちすえました。ついで彼女は長い衣を脱ぎすて、竜を海のなかに押しかえし、自分もそのあとを山のような波を横切って勝ち誇りながらついて行きました。

とうとう岸辺にもどってくると、彼女は贈物として捧げる高価な器をつくり、大神の宮廷さして飛んでゆきました。

王妃のアシェラトはそのとき静かに玉座の上に坐っていましたが、急に地平線の上に雲のような土埃りがたつのを見わけました。そしてまもなく、若い女神がおごそかな態度で彼女の方にむかってくるのを認めました。ところでアナトというのは戦いの女神です。年老いた王妃は彼女が近づいてくるのを見ると恐怖にとらえられて震えだしました。神々の家族のあいだで、なにか争いがおこったのではないかと恐れたからです。

「そんなに急いでなにがあったのですか？」と彼女は叫びました。「天の一族になにか厄介なことでもあったのですか？」

しかし若い女神がもっと近くまでくると、アシェラトは彼女が銀や金のみやげをたずさえているのを見て恐怖はしずまりました。「こちらへおいで」と彼女は言いました。「飲んだり食べたりしてからあなたの願いを話しなさい」

そこでアナトはバアルの不満を母にぶちまけ、神々がすべてどんなに彼に無礼な仕打ちをし、彼の食卓にちりをおいたり、汚物の入った杯をすすめたりしているかを話しました。

「よろしい」と王妃はやさしく答えました。「あなたの望みどおりにしてあげよう。しかしさしあたり、わたしたちは竜が生きかえってまた攻撃をはじめたりしないように防がなければなるまい」。こう言うと彼女は〈器用抜目なし〉氏を召しだし、大きな檻をつくって怪物をなかに押しこめるように命じました。

ついで彼女は従者の〈聖なる浄福〉氏に、大神の特別な境内に旅行できるよう仔馬を正装させよと命じました。従者がそのとおりにして、彼女をきらびやかに飾りたてた馬具の上にすわらせると、彼女は出発し、アナトとバアルは徒歩でそのあとに従いました。

旅は長く退屈でしたが、とうとう彼らは遠い地平線に着きました。そこでは地上の川が地下の川といっしょになって流れていました。そして聖なる〈北方の丘〉の上に神の居住地が横たわっていました。バアルと従者を山の麓にのこして、二人の女神は大神の住居をめざして進んで行きました。しかし彼女たちが内苑までくると、アナトもまた外で待つように命ぜられ、アシェラトがただひとり仔馬に乗って彼女の夫のところに行き、その前にひざまずきました。

「大神よ」彼の歓迎ともてなしがすむと彼女は叫びました。「つきない生命と同じように、知恵はあなたのものです。バアルが今や上に立つもののいない最高の王となり、並ぶもののない主となったのも、知恵にみちびかれてあなたがそれをお許しになったからです。けれども、彼は大地を治め彼の家族を住わせる宮殿を持っておりません。あなたがご自身で自分の屋敷内に彼の子供たちを住わせ、一方、彼の三人の美しい妻はわたしのところに宿を借りなければならないような始末です！　お願いですから彼のために家を建てる許可をおあたえ下さいませ」

　この言葉を聞くと、大神の顔には善意にみちた微笑がこぼれました。「もちろんそうじゃ！」と彼は大声をあげました。「バアルが家を持ってはならないという理由がどこにあろう。しかし家は自分で建てるのだぞ。それとも彼は大神が労働者で、アシェラトを女中だとでも思っておるのかな。バアル陛下のためにわしたちが煉瓦を積み、もっこを運ぶべきだと考えておるわけではあるまいな？」

「いいえ」と女神は答えました。「それは彼が喜んで自分でするでしょう。それに主なる大神よ、あなたはもう一度あなたの知恵をお示しになりました。と言いますのは、バアルがひとたび地上に住めば、彼は大地の移りゆきを直接目にすることができますし、そうなれば必要におうじて大地に贈物ができるからです。今後彼が雨を送る場合は、正しい季節に雨を降らせるでしょうし、適当な時に雪が降るようになるでしょう！」

　それから彼女は急いでアナトのもとに行き、うれしい知らせを彼女にことづけました。「バアルのところにお行き」と彼女は叫びました。「そしてレバノンに使いをやって、最上の杉の木を選ぶように彼に言いなさい。山には銀を、丘にはその最上の金を出させるのです。宮殿を飾るために宝石を運ばせなさい。そして立派な宮殿を建てるのです！」

　そこで今度はアナトがバアルのもとに急ぎ、このうれしい知らせを彼に伝えました。そしてバアルはレバノンに使いをやって最上の杉の木を選びださせ、山には銀を、丘には最上の金をだすように命じ、宮殿を飾るために宝石を運ばせました。

　すっかり準備がととのうと、バアルは神の職人〈器用抜目なし〉氏を彼の前に召しだしました。「材料はここにある」と彼は言いました。「今度は急いでわたしに宮殿を建ててくれ。聖なる〈北方の山〉にそれを築き、一万町の広さを宮殿でみたすのだ！」

　しかし職人は自分の計画を持っていました。「バアルよ」と彼は答えました。「あなたの望みどおりの宮殿を建ててあげましょう。そしてなかに立派な窓をひとつつけましょう」

「いや、いや！」とバアルは叫びました。「わたしの宮殿には窓はいらないのだ！」

「しかしバアルよ」と職人は固執しました。「わたしがそう言うのにはわけがあるのです。そのうちあなたもおわかりになるでしょう！」「かまわぬ」とバアルは熱くなって答えました。

「わしの方にもわけがあるのだ。もし宮殿に窓をつければ、竜がよじのぼってきて、わしの妻たちをさらって行くだろう。そしてわしは皆の物笑いの種になるだろう！」

　職人は肩をすぼめました。「それではご勝手に」と彼は嘆息しました。「けれどいつかお考えを変えることになるでしょうよ」

　そこで建築がはじめられ、七日たつとほとんど出来上りました。ついでバアルは神々や女神たちをすべて呼びあつめ、豪華な宴会に招きました。しかし酒宴の最中に、あるおそろしい考えが心を横ぎりました。

「竜は死んではいない」と彼は独りごとを言いました。「檻から逃げだして宮殿をおそうかもしれないぞ。そして結局わたしは王国を失うことになるだろう！」

　そこで客たちが飲み騒いでいるあいだに、彼は海辺に降りて、竜が檻にとじこめられて横たわっている場所に行きました。そしていなずまの表象である彼の三叉の槍をふりあげると、竜の頭をひどく打ってすっかり息の根をとめてしまいました。それからバアルは町から町へ村から村へと大地の上をくまなく歩きまわり、その一つ一つを彼の所有とし、自分がその王だと宣言しました。

　最後に彼は宴会の席にもどり、客たちの真中に座をしめると、職人をそばに召しだしました。「器用氏よ」と彼は言いました。「危険は去った。もう宮殿に窓をつけてもよい。というのは、一つの用途をみつけたからだ。いつでも窓があけば、それは大地に雨が必要だという合図ということにし、その瞬間に天の窓々も同じようにひらいて雨が降りしきるというようにしよう」

この言葉をきくと、職人は喜びをかくしきれずに答えました。「それがわたしのはじめからの計画でした。わたしはあなたに、そのうち考えをお変えになるだろうとは申しませんでしたか？」こう言うとともに、彼は古い讃歌の一ふしを歌いだしました。そしてこれが彼のうたった歌です。

神聖なバアルの声がひびき
バアルの雷(いかずち)が鳴りわたるとき
大地はふるえ、山々はおののき
高地は揺れどよめく

彼の敵たちは山腹にすがり
また森かげに逃げはしり
東から西へ、あわてふためいて
彼の面前からのがれ去る。

するとバアルも、彼のしもべの吟唱した詩句の向うをはって、自分もまた歌いたいという気持をおさえられなくなりました。そこで彼は声をはりあげ、調子を合わせて、この耳なれた歌の結びの文句を続けて歌いました。

告げよ、バアルの敵ども
なにゆえにかくもふるえる?
彼の目はなにものをものがさず
彼の手は強く打つゆえに。

彼の命令を無視するものは
結局は打ちくだかれる
強き杉の巨木も枯れ倒れる
怒り狂う彼の突風に吹きあおられて。

彼はそこでひと息ついて、まわりに集った神々や女神たちを見まわしました。満足の微笑が唇に浮かびました。「今後」と彼は言いました。「ひとりわたしだけが神々や人間どもを治める。王も民もわたしの主権にとやかく言うことはならぬ。今より以後、大地はわたしの領土であり、だれにもそれに指をふれさせはしないぞ!」
しかしふいに彼の表情が変りました。それは彼の敵モトのことを思いだしたからです。モトは地下界と乾燥した場所に住むおそろしい死とひでりの精で、バアルはわざと彼を宴会に招かなかったのでした。「おそらく今にでも」と彼は思いにふけりました。「モトは反乱を計画し、わたしの領土に踏み込もうともくろんでいるかもしれないぞ」

そこで彼はぶどう園の精と牧場の精の二人の使者を召しだし、はるか世界の果てに旅するように命じました。「そこには二つの頂をもった山があるはずだ」と彼は言いました。「その下は死の王国、モトの領土だ。その山をおまえたちの手で持ち上げて下に降りて行け。墓穴に入る死人のようになって、わしの言葉をモトに伝えろ。だがあまり彼の玉座に近づくな。彼にひっつかまって顎のあいだの仔羊のように食われてしまうといけないからな。彼から離れていて、そこからわしの言うことを叫んでやれ。彼の本来の領土は地下の暗い深みと地上の焼けつく砂漠で、その外に出てはいけないとな!」

この伝言を聞くとモトは激怒しました。「なにを生意気な!」と彼は金切声をあげました。「ではバアルが天の衣にくるまって、ぬくぬくと玉座に坐っているあいだに、わしはこの陰気な暗闇のなかにいて、泥を食べ、汚物を飲んでいろと言うのか? 帰っておまえたちの主人に言え、もし彼がわしを客として招きたくないのなら、わしの方で彼を招待してやるとな! 彼にここまで下りて来させろ。そうすれば喜んでもてなしてやろう! 彼がこれまで味ったことのないようなご馳走を山ほど食わしてやる!」

そこで使者はバアルのもとに戻ってモトの言葉を復唱しました。バアルはそれを聞くと恐怖にみたされました。

「いやいや」と彼は叫びました。「わしは下りては行くまい。モトは大口をあけて待ちかまえていて、まちがいなくわしを取って食おうとするだろうからな。だがもしわしが山海の珍味と、たぐいまれなぶどう酒を送ってやったら、彼の怒りもしずまるかもしれない！」

そこで彼はふたたび使者を召しだし、今度は肉や酒を山ほど贈物としてモトのところに持って行くように命じました。「お世辞を言って彼にとりいるのだ」と彼は言いました。「バアルは彼のしもべで、彼の忠義な奴隷ですと言ってやれ！」

しかしモトは、彼の敵が単に彼を買収しようとしていて、面と向って彼と会うのを恐れているのをみると、前よりもいっそう腹を立て、侮蔑の言葉を雨のようにバアルに浴びせかけはじめました。「じゃ、おまえたちの主人は恐がっているのだな？」と彼は使者が近づくにつれて怒鳴りたてました。「ではバアルはわしを侮辱しようというのだな？　彼に勇気をだして下りてこいと言え。わしは贈物などほしくはない」

それを聞くとバアルは彼のたくらみがすべて無駄だったこと、今や彼の敵と正面から対決しなければならないことをさとりました。そこで彼は戦車を準備させ、彼の雲と彼の風と彼の雨をたずさえ、家来たちと従者をそばによび集め、死の力に対するまじないとして赤土を体にぬりたくり、モトが招いたご馳走にあずかるために、地下の世界に下りて行きました。

しかしバアルは、だれでも死の食物を味ったものは、二度と人間の世界にもどることができないということを忘れてしまっていました。そして彼がパンに口をつけるやいなや、彼はモトの捕虜となり、闇の王国のとりこにされてしまいました。

ただちに大地はおとろえはじめました。なぜなら一粒の雨も降らず、どの草木も生長しなかったからです。そしてまもなく、ふたりの使者が息せききってとり乱した身なりで天上にあらわれ、大神の玉座の前で最敬礼をしました。

「大神よ」と彼らは叫びました。「わたしたちは地上に下り、バアルの好んで行く美しい緑の牧草地にまいりました。しかし、なんとしたことか彼の姿はどこにも見えません！　バアルは地下の世界に沈んでしまったのです！」

　これを聞くと大神は玉座を下りてその足台にすわり、また足台を下りて地面にすわりました。それから彼は頭に灰をふりかけ、王の衣を脱いで喪服を着ました。そして悲しみに身をよじり、大声で「バアルが死んだ！」と叫びながら、丘や谷をさまよい歩きました。

　処女のアナトはこの言葉を聞くと、悲しみにわれを忘れました。仔牛をとられた雌牛のように、また仔羊を失った雌羊のように、彼女は兄の姿を求めて丘や谷をさまよい、悲しみに身をよじり、大声で「バアルが死んだ」と泣き叫びました。ついにたそがれのせまる頃、夜のためにまさに地下の世界に下りようとしている太陽のところに来ました。

「太陽の女神よ」と彼女は叫びました。「すべての神々のうち、ひとりあなただけが地下の世界に下りて、そこから戻って来られるのです。お願いですから次にあなたが帰ってくる時、わたしの兄のバアルを連れてきてわたしの肩の上にのせて下さい。そうすればわたしは彼を〈北方の山〉へ運んで、聖地に正しく埋葬することができるでしょう」

太陽はアナトに同情しました。そして彼女は夜明けに地下の世界から戻ってくるとき、バアルの体を運んできてアナトの肩にのせました。二人の女神はいっしょに〈北方の山〉に行き、声高く泣き悲しみ、バアルの葬いに備えて多くの獣たちを殺しました。

ついでアナトは大神の前に出ました。そこには天の一族がすべて集っていました。彼女は声をはり上げて泣きました。「おお王妃と天の一族よ」と彼女は叫びました。「こんな時によく楽しそうな顔をしていられますね。ごらんなさい、強いバアルが死んだというのに。高貴な大地の王がもはやいないというのに！」

しかし、起ったことを確実に知った今では、大神はどうにもならない悲しみにそれ以上ふけろうとはしませんでした。彼はただちに彼の妻の方にふりむきました。「アシェラトよ」と彼は言いました。「バアルが死んだからには、その後継者を指名せねばならない。だれか別の息子の名をあげてくれ。その子を大地の王にしよう！」

「しかし確かめておきたいのですが」と王妃は答えました。「あまり体が大きくのびて、わたしたちをあなどるおそれのある者は、指名しないことにしましょう！」

「なるほど」と彼女の夫は答えました。「だが弱虫は指名しないことも、同様に確かめておこう。わたしたちが選ぶ者は、少なくともバアルと同じようにすばやく狩をし、バアルと同じように機敏に槍を使い、また彼におとらず見目よい好男子でなければならない！」

ちょっとのあいだアシェラトは思いにふけりました。ついで彼女は顔を上げましたが、その眼には不思議な明るさが浮んでいました。「最善の道は」と彼女は言いました。「結局アシュタルに王位をあたえることかもしれませんよ。彼が勇敢な若者であることは、まちがいありません。アシュタルを王にしましょう！」

そこでアシュタルは大地の王、神々の支配者としての地位を占めるために、バアルの玉座にのぼりました。しかし彼が玉座にすわってみると、彼の頭は椅子の頂上までもとどかず、彼の足は足台にも達しませんでした。なぜなら彼はまだほんの子供だったからです。しかしながら、〈北方の山〉のバアルの玉座にすわるには小さすぎたとはいえ、アシュタルは大地に下りて行き、王として大地を治めました。

一方、アナトは大地をさまよいつづけ、バアルを地下の世界にひきずりこんだ敵を探していました。何ヵ月もの後、彼女はとうとう牧草地のあいだをぶらついているモトに出会いました。「今度はわたしがあいつをわなにかけてやろう」と彼女は考えました。「わたしがすでに闇の領土からわたしの兄を取りかえしたことを、彼は知らないのだから」。そこで彼女は彼の衣のすそをつかんで懇願しはじめました。「モトよ」と彼女は嘆願しました。「わたしの兄を返して下さい！」

しかしモトは肩をそびやかしただけでした。「手を放せ」と彼は答えました。「なぜわしのじやまをするのか？　わしはここで散歩しながら、田園の風景を楽しんでいるところだ。だが——」と彼は陰気につけ加えました。「今おまえたちの兄弟のことを口にしたからついでに注意しておくが、もし今後彼に出くわすことがあれば、彼を食ってしまうことにしよう！」

アナトは一言もいわず、その場を立ち去りました。何日も何ヵ月も、彼女は丘や谷をさまよい歩き、その間じゅう、仔牛をとられた雌牛か、仔羊を失った雌羊のように悲しんでいました。とうとう彼女はふたたび牧草地のあいだをぶらついているモトに出会いました。しかし今度は、もう問答無用でした。彼女は荒々しく彼の肩をつかみ、剣で彼をひき裂き、その肉を火にくべ、切れはしは穀物をふるうみのなかにおき、うすでひき、そして大地のなかにまき散らしました……。

その夜、アナトは不思議な夢を見ました。それは何ヵ月も乾ききった河床が、とつぜん蜜でみたされ、一方天からは、雨ではなく油が降りそそいだというような夢でした。目がさめた時、アナトはこの夢が一つのしるしであることを知り、まっすぐに大神のところに行ってそのことを話しました。「もう間違いありません」と彼女は言いました。「バアルは要するに生きており、わたしが葬いのため〈聖なる丘〉に運んだのはしかばねではなかったのです。バアルは確かに生きかえって山から下り、どこか地上にいるのです！」

これを聞くと大神は喜びにみたされ、すぐに太陽を呼びにやって、昼間の旅の途中でバアルを探しだすよう命じました。

一方バアルは、事実生きかえって地上に下りたのでした。そして今や、彼の不幸に乗じてかわりに大地を治めているアシュタルとのあいだに決着をつけようと決心しました。そこで彼はこん棒を手にとるとアシュタルを打ちのめし、彼を倒してしまいました。ついで彼は〈北方の山〉に帰り、もういちど王の玉座にすわりました。……

六年のあいだバアルは平和に玉座の上にすわっていました。しかし七年目に、不思議なことが起りました。アナトがあんなにも用心ぶかく大地のなかにまき散らしたモトの肉のきれはしが、とつぜん生命をふきかえしはじめ、ほどなく一度いっしょに結びつくと、ふたたび昔のままの形と力をもった神が現われて、バアルに戦いをいどんだのです。

モトは叫びました。「わしが辱しめを受けて剣で裂かれ、火に焼かれ、うすでひかれて野原のなかにまき散らされたのもおまえのせいだ。とうとうわしに運がまわってきたぞ。今度はわしがおまえを食ってやろう！」

バアルは彼の従者たちを集めて戦いをひらき、たちまちモトの全軍勢は彼の足下に倒れ伏しました。しかしそれを見ても、モトはびくともせず、怒りにもえて彼の敵にとびかかりました。戦いは激しく長くつづき、彼らはカモシカのように飛び跳ね、雄牛のようにぶつかり、種馬のように突進し、毒蛇のように刺し合いました。いまモトが優勢だったかと思うと、今度はバアルが勝ちそうになりました。

しかし戦いが最高潮になったとき、とつぜん太陽が高みから彼らを見つけ、天からモトに呼びかけて降参するように命じました。「おまえはバアルに向ってよく戦いをしかけることができますね！」と彼女は叫びました。「おまえのおこないが大神の耳に入らないよう用心なさい！　大神はまちがいなくおまえの屋敷の大黒柱をひきぬいて、おまえの玉座をくつがえし、王笏を雷で砕いてしまうでしょうからね！」

この言葉にモトはすっかりびくついてしまいました。「バアルを王にするがよい！」と彼は押しつけられていた地面から身をおこしながらあえぎました。「バアルが玉座につくがよい！」

そこでバアルは彼の宮殿にもどり、威儀を正して玉座にすわりました。それから彼は太陽を呼びました。

「太陽の女神よ」と彼は宣言しました。「あなたには報いをさしあげよう。あなたに力の増すパンを食べさせてあげるし、愛顧をうる酒を飲ませてあげる！　あなたの光輝は天と地のすみずみまでとどくだろうし、神も人も等しく証人としてあなたの力をあかしするだろう！　あなたが遠くに行こうとする時には、必ず〈器用抜目なし〉氏があなたのそばに連れ立って、あなたの護衛となるだろう。竜を打破って海のなかに撃退するのを助けてくれたように、天の竜があなたを襲おうとつけ狙うときは、いつもあなたを助けてくれるだろう！」

ついで全部の神々が、いまいちどバアルを讃えるために集りました。肥った家畜が殺され、巨大な酒びんが彼の前に並べられました――それはいまだかつてどの主婦も見たことのないような酒びんで、それぞれコップ一万杯分の酒が入っていました。そして彼が飲み食いするうちに、ひとりの美しい声の若者が彼のそばに立ち、歌をうたって彼を楽しませ、シンバルを打ち鳴らしました。

しかしながら、アナトは少しも陽気な気分になりませんでした。「バアルにしてみれば」と彼女は考えました。「神々をもてなすことの方が大切だと思うのかもしれないが、しかしやはり人間たちと決着をつけることも考えなくてはいけない。なぜなら彼が大地を不在にしていたあいだに、人間たちはすぐさまアシュタルやモトに忠誠を捧げようとしたではないか」。そこで夜がくると、彼女は屋敷の門に鍵をかけ、兇暴な復讐の念にかられて荒々しく遠くに歩いてゆきました。足にまかせて東から西へ、北から南へと、山の高みや谷ぞこで、彼女は出会うあらゆるものを切り倒し、ついに彼女は血のなかに腰までつかって歩いて行きました。しかし彼女はまだ満足しませんでした。そして最後に自分の住居に帰りついた時、彼女の心は殺意でいっぱいになっていたので、屋敷の家具や調度までが暗闇のなかで人間の形に見えました。彼女は荒々しく手をふって、食卓や椅子や足台を剣で突きさし、狂ったように突進してそれらをひっくりかえし、バラバラに切りきざんでしまいました。実際、彼女はまるで攻撃軍の全軍勢を切り倒すような勢いでしたし、ひっくりかえった容器から油があふれだして、床の上に小川をなして流れると、それがまるで血の海のなかを歩いているように思えたのです。

とうとう夜明けの最初のバラ色の光が空をいろどりました。アナトは宮殿を出て朝露でゆあ

み し、清潔な衣を身につけ、高価な香料を全身にかおらせました。

バアルは目をさましてあたりの情景に目をやると、大いに心をかき乱されました。「わたしは今では安らかである」と彼は考えました。「わたしの王国は安定したし、妻たちは私のそばで安全ですこやかに暮している。だがアナトは今でも復讐を好み、彼女の心には今なお戦いの考えが巣くっているらしい」

そこで彼は二人の使者を召しだしました。「アナトのもとに行け」と彼は言いました。「彼女にあいさつをして、バアルは大地に平和と善意の時代をもたらそうとしているのだから、戦争の時は過ぎ去っているのだと言え。彼女の怒りをおさめるように命じよ。今後はもはや策略やたくらみの網をはるのではなく、むしろ人類をつつむ愛の網を編むのが彼女の仕事なのだ。彼女にはまた全速力でここに来るように告げよ。なぜなら、みよ、わたしは〈聖なる丘〉からわたしの力を示してやろうと思うからだ」

そこで使者は大急ぎで出かけて行きました。しかしアナトは彼らが近づいてくるのを見るやいなや、不安にみたされました。「ごらん」と彼女は自分に向って独りごとを言いました。「何か新しいバアルの敵が現われたのだ。そのため彼はわたしの援助を願いに使者をよこしたのだよ」。そして使いの者がまだ一語も発しないうちに、彼女は声をはりあげて荒々しい野蛮な戦いの歌をうたいだしました。そしてこれが彼女のうたった歌です。

天空あまねく馬車を駆る神を
あえて無視する敵はだれか？
バアルの力と統治を犯そうとする者は
みな命に気をつけるがよい！

大神の選んだものであったが
わたしは海の支配者を打ちくだいた。
彼は偉大な強い君主だったが
わたしは彼の力にとどめをさした！

七つの頭をもつ怪物、あのずるい竜も
わたしが息の根をとめたのだ。
彼は大口をあいて餌食を待っていたが
わたしは二度と口をあけないようにした！

手に負えない奴らは皆わたしがひっくくった。
跳ねまわる仔牛も、どうもうな犬も

性の悪い、兇暴な這いずる蛇も
同じようにわたしがやっつけた。

わがバアルを玉座から追おうとする者
彼の統治に背こうとするもの
彼の命令に従わないものは
すべてこのようにわたしが征服しよう。

彼らが強く大きくとも、わたしはあくまで戦おう
そしてもういちど戦利品を取ってやろう！

使者たちはこれを聞くと、あぜんとしてしまいました。しかしすぐに我にかえって、彼女にあいさつをしてから、なにもバアルに敵が現われたのではないと安心させ、自分たちはバアルの名において喜ばしい伝言を伝えに来たのだと告げました。そう言うとともに、彼らはアナトの野蛮な歌に答えて、彼ら自身の歌をうたい、そのなかでバアルの言った言葉を伝えました。そしてこれが彼らのうたった歌です。

お聞き下さい、強いバアルの言葉を
雲を横切って馬車を駆る彼の言葉。
今や大地から戦乱をおさめ
国土に愛を植えつけてもらいたい。
今やこれ以上憎しみの糸をつむがず
むしろ平和の糸を編みたまえ。
わたしの希望はたくらみの網ではなくて
愛の糸束を国土にはりめぐらすこと！

今や急いでかけつけて来たまえ。
わたしのところに、取るものも取りあえず。
わたしにはあなたに助言したいことがあり
わたしにはあなたに話したい言葉があるからだ。
その言葉は樹木が風に繰返す言葉
せせらぎの小石が歌いつづける言葉
あたかも悲歌のささやきのように
天が地に繰返し、大地の深みが星々に訴える言葉。

みよ、わたしは〈北方の丘〉の神の御座(みくら)に坐し
天も見たことのないようないなずまと
人々の聞いたことのないほどの雷鳴で
人類すべての想像を絶した大音響を
その丘の上で作り出すであろう。

来たれ妹よ、わたしはその聖なる高みで
わたしの光輝を照りかがやかそう。
その丘はとわにわたしの子孫のもの
そのうるわしい場所はとこしえに
わたしの力がとどまる山なのだ！

これらの言葉を聞くやいなや、アナトの心は一時にしずまり、彼らがそれを告げるか告げないうちに彼女はすぐに使者の一行に加わって、彼ら三人は〈聖なる丘〉をめざして飛んでいきました。彼らが丘のふもとに着いたとき、すばらしい光景が彼らの目を奪いました。大空の全体がふるえあがっているように見え、たえまなく、雲はいなずまの輝く閃光でひき裂かれ、雷

鳴のはげしいとどろきが岩から岩へとこだましました。その時アナトは、バアルが真に王であることを知りました。なぜなら、天は彼の栄光を叫び、大空は彼の作った作品を示していたからです。

解説

この物語は本来自然神話である。バアルは雨の力を、ヤムは海と河の力を、モトは砂漠と地下界の力を表わす。アラビア語は、雨水を受けた土を今でも「バアルの地」とよび、不毛の荒地はマワート（mawāt）すなわち「死の地」として知られているが、これはモトの名と同語源の言葉である。アシュタルはというと、彼は二度地の主たることを望み、二度この役職につきそこなうが、これは人工的な灌漑の力である。こうして水を受けた土地は、アラビア語ではアスタリー（'athtari）として知られているが、これは同じ語の一形である。

それであるから、この物語の述べていることは、シリア・パレスチナの年における季節の交替ということだ。第一に、九月の終りにかけて、だれが正当に地の主であるかについて、雨と河のあいだに争いがある。東方の法律では、灌水とその促進という事実により主権が決められるからである。つぎに、河が曲げられて雨の力が最高になる頃、後者が今度は——五月の終り頃——日照りにいどみかかられる。日照りは雨を地下界におびきよせ、夏の月々のあいだ彼自身が大地を支配する。さいごに、稲妻と雷電をともなった嵐が登場して、雨が再来し王座を求める——すなわち日照りはおわり、周期が新たにはじまる。

本来この物語は、雨期の再来と農耕年の始まりをしるしづける秋の祭のために考案されたということもありうる。この祭はヘブライの収穫祭のカナアンにおける先達であったろう。前者は、今もってユダヤ人により仮庵(かりいお)の祭(1)として守られている。古代近東の宗教に共通な型に従い、王はそのとき一時的に廃位させられ、次には特別な宮殿か小屋にすえ直されたであろう。この手続きは臣下の民衆の団体生活の一時的なかげりと更新を象徴するものである。この物語の目的は、この儀式を普遍的な語辞で解説することだったろう。王は神におきかえられている——またその多様な挿話は、かくして宗教上の進行次第を反映し、あるいは〈投影〉しているものであろう。この基礎に立つと、例えばバアルの追放とアシュタルによる彼の王座の一時的な占領は、年の最後の日々に「仮の王」(interrex)を指名した共通の未開慣習を反映あるいは投影しているものかもしれない。この時になると平常の生の期限が尽きたものと考えられ、しかも次の分はまだ始まっていないのである。同様にバアルのための宮殿の築造は王のための特別な小屋の建造を反映あるいは投影しているのだろう。これもバビロニアの「神々の戦争」のうちに再録されている一つの特徴である。また、宮殿は窓をもつべきかどうかというながながしい議論も、それらの窓は規則正しい雨の供給を確かにするとの説明も、この季節における第一の必要は、次年度の適宜な降雨を確かにすることだったという事実を反映あるいは投影しているものに違いない。季節的な型の幅広い背景をもちつつも、物語は自身の方向に沿って発展し、民間伝承の親しみ深い主題の若干を包含しているが、それらは註釈と説明を必要とするものである。

バアルがヤムと戦うとき、彼は神の鍛冶屋によって彼に造られた二つの特別なこん棒を身につけなければならない。これはホルスがいかにセトと戦ったかを述べるエジプト神話のうちにも現われる。

ここではホルスが、神々の職人プタハにより造られた特別な武器をあたえられている。同様にヴェーダ神話では、インドラが悪竜ヴリトラにいどみかかるとき、彼は工芸神トヴァシュトリにより特別に考案された「ぴゅうぴゅう鳴る矢」を身に帯びていた。神話学者たちにより、これらの武器は雷電を表わすことが大体認められている。そのうえ、こん棒が（原文において）「バアルの手からとびはねる」といわれているところから、また彼は竜と身近に出会う危険を避けるために、これらのこん棒を身につけていることは明らかであるから、それらはトールの槌のように、もしその跡がわからなくなっても自動的に使用者のもとに戻る力をもった魔法の武器とされていたこともありうる。こうした考えは民間説話において決して珍しいことではない。

さらに、アシュタルが追放されたバアルを継ぐよう名ざされたとき、彼は後者の王位を占めるにはあまり小身だとの理由で失格となる。そこで彼は、天における王権のかわりに、地上に限られた支配で我慢しなければならない。ここには微妙な点が存する。というのは、古代および未開の民族において、王権のための第一の要件は、それを望む人間は他の誰よりも高くなければならないからである。サウルについて例をとれば、彼は明瞭に彼の「顔かたちと身のたけ」（「1サムエル」一六・七）を理由にイスラエルは選ばれたといわれている。またヘロドトスは、クセルクセスが全ペルシア人のなかで最も高かったと述べている。

またバアルの後継者は「少なからず見目よく優美」でなければならず、彼は敏捷で強壮でなければならないことが言われている。これも未開人間の王権の条件である。たとえばコンデの王は、即位まで厳重な監視のもとにおかれ、国にとっての脅威ともなる弱虫とならないことが確かめられる。またヴァロズウェ（ショナ族）では体に傷のないことが王座を占めるために絶対必要と考えられている。

その理由は、いうまでもなく王は臣民の団体生活を擬人化し、要約するものだからである。このことは、彼が病気や老年の徴候をみせるやいなや彼を死に処する世界各地の慣習を説明する。

バアルの地下界下降も、やはり民間伝承に依拠するものである。その要点は、この領界——あるいは反対に極楽界——のパンを食べる人は人間世界に戻れないという通念にある。たとえばペルセフォネーは、ハデスにおいて、地上に帰れないようにザクロの実を食べるようすすめられる。同様に日本神話では、太古の女神イザナミノミコトは「ヨミの国」の食物をたべたので、夫のイザナギノミコトが彼女を連れ戻すことをさまたげたのである。(2) またフィンのカレワラでは、主人公のウェイネメイネンはこの理由から、マナラの島で共に飲むことを拒む。同じ俗信が現今の未開民族にもひろがっている。南アフリカのズールー族とアマトンガ族は、死者の魂が冥界で食物にふれると、それは決して地上に戻ってこないと考えている。モトは、バアルにより催された饗宴から除外され、彼と食事を共にするために、軽率な仇敵を冥界に招待してかたきうちをするのである。

モトのところまでバアルの使者は、最北の地にある遠い双子山に旅せねばならない。原文はただ「タルクッジザ山とシャッルマギ山まで」彼らは旅をしたと述べている。そのような山は知られていないが、タルクとシャッルマは小アジア——すなわちカナアン北方の国で崇められていた神々の名である。ここから、魔物は北国に、世界の涯の領界に住むというおなじみの考えの別の例がここにみられる。この俗信は古代イラン人、マンデ人、インド人、ユダヤ人、ギリシア人その他多くの民族のうちにあとづけられる。そのうえ、この名残りは英国の詩作のうちにさえ見つけ出される。ミルトンの『失楽園』のなかに、反逆した天使は北に集ると語られており、シェイクスピアの『ヘンリー六世』第一部ではラ・ピュセル（処女）が「北国の主権のもとに」精霊たちの援けを求める。

モトがバアルに招待を発するとき、彼は次のことを不満としている。すなわち、彼は冥界に生きて泥土を食物とするよう考えられているのに、仇敵の方は安居して「天の衣を身につけている」というのだ。ここにも、空は神が包みこまれる着物だとの観念がある。この考えは詩篇作者の神への言葉「光を衣のようにまとい、天をとばりのように拡げる者」（「詩篇」一〇四・二）以来、多くの読者方におなじみのものであろう。同様に、古代イラン神話では、神マズダは「天を星で飾られ黄金で織った衣として身につける」といわれ、また六〔五〕世紀のギリシア詩人ノンノスは、「テュロスのヘラクレス（すなわちバアル）」を「星をちりばめた上衣」をうけ、夜は天空を明るくする衣を身にまとったものと述べている。オーディンもまた、空を表わす青色のマントを着るといわれる。

バアルの突然の帰来は、妹のアナトの夢に開示され、ここで彼女は乾上った河床が急に蜜に満ち、一方油が天から降るのを見る。これは民間伝承において、それぞれ「黄金時代」と「地上の楽園」の典型的な描写である。まさに、聖書のなかで「乳と蜜の流るる」土地と描写されている約束の地は、この後者の考えにつながるものにほかならない。一方ケルトの伝説では、神マナンナンが人間の島をほめるに、「河の蜜の流れを注ぐ」場所だとしている。同じようにギリシアの詩人エウリピデスは、ディオニソスがはじめて人間に姿を現わしたとき、「河は蜜をもって流れた」と唱っている。

さいごに、太陽女神がバアルから彼のために手を貸してくれと頼まれたとき、彼女は、いぜん竜を海に投げ込む手助けをした〈器用抜目なし〉氏をその後の護衛として間違いの起らぬようにした。この言葉の要点は、太陽や月の食はそれらを追いそれらを呑みこむ天の竜の乱暴によるとの古代の俗信にある。たとえばインドの俗信では、それらを定期的に貪り食うのはラフとかスヴァルバフヌという竜であり、また孔子の『春秋』では、紀元前六一〇年四月二〇日の日食に「食」という語が用いられている。同様に、スカンディナヴィアの伝承では、太陽はスコルルなる名の狼にたえず追われていると信じられており、またチュヴァシュのタタール族は、日食を示すのに「魔物が食った」という言い方をする。バイカル湖南方では、地獄の王は月を呑みこもうとすると語られ、ユダヤの民間伝承では、大魚が太陽を餌食にするといわれる。そこでバアルが太陽女神を救う約束をしたのはこのような因縁からなのである。

この物語の主要部分はシリアのラス・シャムラ＝ウガリト出土の粘土板に含まれているものであるが、大きな欠損部分を今はニューヨークのモルガン収集中にある、前一五五〇—一二〇〇年頃の断片的エジプト語パピルスから補ったことをつけたしておくべきであろう。この文書は、アスタルテ・パピルスとして知られ、この話のエジプト版の一部分とみられる。ヤムのはじめての神々圧迫、アスタルテ侮辱およびバアルの気負いたった手出しを含むものであるこの補足は、話の運びに脈絡と一貫性をあたえるために必要なものである。

（1）これは、ヘブライ語でスコートといわれ、木の枝や葉でつくった仮小屋で行なう祭りで、「レビ記」二三・三四などに規定されている。（訳註）

（2）『古事記』上巻に「爾に伊邪那美命の答曰したまはく、悔しき哉速く来まさずて。吾は黄泉戸喫為つ」。（訳註）

訳者あとがき

本書は左記の本の全訳である。

Gaster, Th. H., The Oldest Stories in the World (New York, 1952: The Viking Press)

著者ガスターは現今最も多活動で最も著名な宗教・民俗学・古代オリエント専門家の一人として知られている。一九〇六年ロンドンに生まれ、この地で教育をうけてのち、四三年コロンビア大学で博士号をうけ、四三年フィラデルフィアのドロプシー・カレッジで比較宗教学を講じ、四四年からニューヨーク大学のセム文明講師となり、四五年以降ライブラリ・コングレスのヘブライ部主任、四五—五〇年アジア研究所客員教授、四七—四九年シカゴ大学助教授、五一年にはフライト教授としてローマに行き、五四—五六年コロンビア大学助教授、五九年にイギリスのリード大学教授となった。著書には左記のようなものがある。

Passover: Its History and Traditions (1949)
Purim and Hanukkah in Custom and Tradition (1950)
Thespis: Ritual, Myth and Drama in the Ancient Near East (1950)
New Year: Its History, Customs and Superstitions (1955)
The Dead Sea Scriptures in English Translations (1957)

他にFestivals of the Jewish Year. Holy and the Profaneなどのほか、フレーザーの『金枝篇』新版刊行をもしている。

またここに訳出した著書には、左記の仏訳があり、翻訳にあたって参考とした。

Les plus anciens contes de l'humanité. Mythes et légendes d'il y a 3,500 ans (babyloniens, hittites, cananéens, récemment déchiffrés et avec des commentaires) 1953, Paris, Payot.

この仏訳には、これも著名な比較宗教学者ミルチャ・エリアーデの序文が付せられているので、本訳書にも訳出して入れた。

ここで収められた十三篇の古代オリエント説話は、バビロニア、ハッティ(ヒッタイト)、カナアンの各語で書かれたもので、この三つの言葉のうちバビロニア語とカナアン語は同系統であるが、ハッティ語はいわゆる印欧語族に属し、前二者の属するセム語族とは大いに異なる。しかも前二者にもかなりの相違があるが、この三つはいずれも楔形文字で書かれているという点で一致している。その文書が読解された過程は本書の序論に述べられているが、それらが書かれていた粘土板が必ずしも完全に保存されていなかったり、語や文法にまだ不明瞭な点があるために、書かれているもののすべてがよくわかっているわけではない。ガスター教授は、そうした問題は広く考えればすべての解釈という事象につきまとうことだと述べ、現代の文芸論にまで議論を進めているが、これは特に翻訳という問題とからんできわめて興味深い。文書の失われた部分を復元するために、ガスター教授は多様な材料を引用する。民間伝承には多くの共通なテーマがあり、それらを比較・応用すれば物語のおおよその筋は理解されるというのがその骨子で、それぞれの実例は十三篇の物語の解説に細かく示されている。

これは〈比較文学〉の問題でもあり、その具体的な一例とも言えよう。ガスター教授は本書の他に、同じような仕事として〈死海写本〉の英訳を行なっている。これには当時までに発見された主な古へブライ語テキストがすべて含まれ、詳しい註がつけられている。この訳本に対して、今なお問題の多い写本の解釈がやや大胆すぎるという声もある。しかし本書の場合と同じく、一般の人々が近づけるためにという意図を考慮すれば、きわめて有意義な仕事と考えてよいのではないか。最も科学的であろうとするには、断欠部のある原文をそのまま読む努力をするしかなく、翻訳は不可能と片づけてしまうほかに方法がない。それでは重要な文書が特別な言語学者の所有物にしかすぎなくなり、歴史学者も民族学者も文学者も、あるいは知識を求める一般の人々もそれを知ることができないことになろう。本書に含まれた物語も、相当大胆な復元によることは各解説を読むとすぐ気がつくが、こうしたふうに理解すべきものである。古典古代（ギリシア・ラテン）の文献の翻訳などの場合、書かれていないことは言わないという立前から、きわめて厳密に行なわれていることはよく知られている。古代オリエントの各テキストの場合も、原文の本文批評という点ではそれと同じ科学性をもって行なわれていることは強調されてよいだろう。残念なことに断欠部があまりに多いのである。

＊

本訳書は昭和三十三年（一九五八年）に一度みすず書房より刊行されたものの改訂版である。当時数年後に品切になり、その後時たま訳者あて入手についての問合わせがあったが、再版の機会がないままに刊行年から数えてすでに十五年が経過した。

今春たまたま「神話研究会」に出席した際、この会の推進者のひとりである大林太良氏から再版のおすすめがあり、そのお骨折りにより社会思想社が出版を快諾され、一方私のほうでみすず書房に了解を求めたところ、十五年前と変らぬ出版責任者の小尾俊人氏より承諾の旨通知があった。

これを機会に私は全文を読み直し、若干の訂正と補足を行なったほか、旧版では省略した「モチーフ・インデックス」を加え、本書の利用価値をさらに高めることにした。もっとも私としては、旧版刊行後に本書の第一話となっている『ギルガメシュ叙事詩』の原典訳（初版一九六五年・再版一九七一年・山本書店）を公刊したりして、内容上の理解をさらに深めた点はあるが、旧版訳文にそれほど大幅な改正をほどこす必要は感じなかった。当時、本文の翻訳に協力していただいた山浦（現谷口）志奈子・建部哲也のお二人にあらためて感謝したい。

新版の刊行にあたって、きっかけを作られた大林太良氏および編集上のお手数をわずらわした田中蠢人氏にお礼申し上げる。

一九七三年盛夏　　　　矢島文夫

モチーフ・インデックス

原書ではスティス・トムソンのインデックス・ナンバーを「解説」中の該当箇所に入れているが、本訳では煩を避けてその索引のみを収めることにした（本文42ページ参照。ここに原書名も記されている）。

モチーフ	ページ	行
A 116		
双子の神	105	3
A 151. 2; F 111		
楽園（神々の園）	75	1～ 5
A 625. 2		
天の上昇	181	7
A 672		
三途の川（ステュクス河）	80	1
A 692		
至福の島（仙人の島）	71	14以下
A 737. 1		
日食・月食は日・月を喰う怪物により生ずる	303	17以下
A 810		
原初の水	105	1
A 842		
アトラス	177	2
A 1211. 1		
神の血から創られた人間	105	13～14

セオドア・ヘルツル・ガスター――生い立ち、研究、そして語り

池田　裕

父モーゼズ・ガスター

本書の著者ガスターは一九〇六年、英国ユダヤ人社会の指導者であったモーゼズ・ガスターの子としてロンドンに生まれ、父の親しい友人にちなんでセオドア・ヘルツル（Theodor Herzl）と名づけられた。父の友のセオドア（テオドールとも発音）・ヘルツルはブダペスト生まれのユダヤ人で、記者として一八九四年にフランスで起きたフランス陸軍参謀本部勤務の大尉であったユダヤ人ドレフュスに対する冤罪事件の取材にあたったとき、反ユダヤ主義のあまりの根強さに衝撃を受け、ユダヤ人問題の解決にはユダヤ人のための新しい国の建設以外に道はないという結論に至り、その夢の実現に向けて残りの人生を捧げ、「シオニズムの父」と呼ばれる人物。すでに二年前（一九〇四年）に四四歳の若さで亡くなっていたが、友の遺志を受け継ぐ決意の表明として、そのフルネームをわが子の名前としたのである。

セオドア・ヘルツル少年が父から受けた影響は少なくなかった。父モーゼズ・ガスターは一八五六年、ブカレストのユダヤ人名家に生まれた。母は有名なラビの家系の血を引いていた。ドイツのブレスラウ大学（現ポーランド、ヴロツワフ大学）に学び、さらにライプチヒ大学で博士号を取得すると、ブカレスト大学でルーマニアの言語・文学を講じ、ルーマニア文学史についての著書を出版するなど

活躍していたが、ユダヤ人に対する差別に抗議して国外追放になる。
ロンドンに渡り、英国市民となった（一八九三年）モーゼズ・ガスターは、英国スファラディ（スペイン・ポルトガル）系ユダヤ人社会の指導者としての重責を担う一方、オックスフォード大学でスラヴ語を教え、ルーマニア文学、比較ユダヤ文学・民俗学、サマリア人等に関する研究に従事。英国シオニスト協会の設立に貢献し、ロンドンの自宅はシオニズム運動の主要拠点となる。ユダヤ人のパレスティナにおける母国建設に対する英国の支持を約束した、いわゆる「バルフォア宣言」の草稿が作成されたのも彼の家においてであった（一九一七年）。そこにはチャーチルやフロイトやレーニンといった人物も出入りしたことを、当時一一歳の少年だったセオドア・ヘルツルは記憶している。

セオドア・ヘルツル少年は父が盲目になると、その目や手となって研究を支える。少年は父のために資料や研究書を大声で読み上げながら、自身の民俗学的・言語学的関心を強めていった。

著者は、本書と前後して『過越し祭（ペサハ）』、『プリムとハヌカ』、『新年』などユダヤ教の祭や風習に関する書を著しているが、いずれも父モーゼズがすでに研究対象にしていたテーマの研究の発展である。

研究とその時代

ロンドン大学に進んだ著者は学部で古典学（ギリシア・ラテン）を学び、修士で古代近東学（オリエント学）を専攻、修士論文のテーマには「ラス・シャムラ碑文と劇の起源」（一九三六年）を選んだ。ラス・シャムラはシリア北西部の遺跡で、古代名ウガリト。一九三〇年と三一年のフランス隊による発掘で、旧約聖書の言葉や物語の理解にとって非常に重要な古代カナン（カナアン）語で記された粘土板が多数発見された（本書「はじめに」参照）。その最初の研究成果が発表されたのが一九三六年、若きガスターはまさに画期的な文書発見と最新の研究をもとに論文を書いたわけで、その土壌の上に一般読者のために花咲いたものが本書中の「カナアンの物語」(天の弓、誓いを忘れた王様、バアルの物語)である。

同じく本書中の「ハッティ(ヒッタイト)の物語」(姿を消した神様、石の怪物、計略で捕えた竜)を記したテキスト(トルコ中央部のボガズキョイ遺跡から出土)の研究が進んだのもこの時期であった。

一方、ウルクの英雄ギルガメシュと野人エンキドゥの友情、冒険、死と永生の希求などをテーマにした『ギルガメシュ叙事詩』――本書「バビロニアの物語」の〈ギルガメシュの冒険〉――の全貌がわかり始めたのは一九世紀末だが、二〇世紀に入ってからも『叙事詩』の欠損部分を補う粘土板が各地で発見される。旧約聖書のノアの洪水物語に酷似した伝承(本書六七―六八頁参照)を記した粘土板がイギリス隊により発見されたニネヴェ遺跡(イラク)から西に遠く離れた、パレスティナ北部メギド遺跡の発掘調査(一九二五―三八年)で棄てられた土砂の中からは、紀元前二千年紀後半のギルガメシュ叙事詩の書板断片――エンキドゥの夢と、死に至る病、そして死が記されている(本書五七―六一頁参照)――が附近の羊飼いの少年によって偶然発見された。

さらに、アッカド語版以外に、ヒッタイト語版やフルリ語版やエラム語版の『ギルガメシュ叙事詩』断片も発見され、この叙事詩が時代や政治や文化の壁を超えていかに広く古代近東の人々の間で読まれていたかがわかった。聖書やホメロスの叙事詩が誕生するはるか以前のことであり、蓋し本書が「世界最古の物語」と呼ぶ所以である。

しかし、著者ガスターが古代近東世界の宗教・民俗・政治・言語に関する新たな発見に刺激され研究の道を進み始めた当時のヨーロッパは同時に、ナチス・ドイツが台頭し、特にユダヤ人迫害が日ごとに激しさを増していた恐怖と激動の時代であった。

ライプチヒ大学のアッシリア学教授だったユダヤ人ベンノ・ランズベルガーは一九三五年、ユダヤ人がドイツ人を教えることを禁じたナチス法により任を解かれると、トルコに逃れ、四八年にシカゴ大学に移るまで、アンカラに新設された大学で古代近東の言語・歴史・地理を教え、将来トルコの学界を担う研究者たちを育てた。一九三八年三月一一日、ヒトラー率いるナチス・ドイツはオーストリアに侵攻、精神医学者ヴィクトール・E・フランクル（『夜と霧』の著者）とその家族を含む、多数のユダヤ人が強制収容所へ送られた。かつてガスター家の客人となった精神医学者ジグムント・フロイトの場合、周囲の強い勧めにより翌三九年六月ロンドンに亡命するが、残された四人の姉妹は収容所で命を失う。フロイト本人も九月、進行した癌により死去。その三ヶ月前には、モーゼズ・ガスターが八三歳の生涯を終えていた。

父の死に伴い、セオドア・ヘルツル・ガスターは同年末、ロンドンからニューヨークに渡り、コロンビア大学で博士号を取得。執筆活動を続けるかたわら、コロンビア大学、ドロプシー・カレッジ、ニューヨーク大学等で教え、六〇歳のときコロンビア大学と繋がりのあるバーナード・カレッジの教授に就任。

主な著作としては、上記ユダヤの祭に関する諸作品のほかに、『テスピス――古代近東の儀式と神話と劇』（一九五〇年）や本書『世界最古の物語』（一九五二年）に加え、『死海文書――注解と概説』（一九五七年）、フレーザー『金枝篇』の改訂縮小版（『新金枝篇』一九五九年）、『旧約聖書における神話・伝説・風習』（一九六九年）などが挙げられる。

良き語り部

本書は、聖書やホメロスよりも古く、誰もが興味を抱くであろう古代の物語を可能な限り一般読者に近づけようとする試みである。ルーマニアの宗教学者エリアーデが本書仏訳に寄せた序文にもあるように、著者は「太古の文書を翻訳するだけでは満足せず、これを圧縮し、量をへらし、テキストがばらばらで欠けている場合には、他の国の類似の説話に頼ったり、時には自己の直観にもとづいて、これを補足している。……要約すると、ガスター教授は、専門家でない一般大衆に、近東の最古の神話や伝説のいくつかを語りなおすことを引受けたのである」。

著者は現代における「語り部」として、聴き手である読者に直接語りかけようとしており、その試みは見事成功している。著者によれば、各物語の後に付けられた「解説の目的は、一口で言えば、現代の読者をできる限り物語の元来の聴き手と同じ位置におこう」とするところにある（本書「はじめに」）。事実、聴き手は、「解説」の助けを借りて、登場人物の息吹をより身近に感じることができる。

たとえば、友人の死後、永遠の生命を探し求めて旅するギルガメシュが途上で出会った宿の女主人シドゥリに関する解説は、彼女を四千年の時を飛び越えて現代の女性に変えてしまう。いわく、「この物語の元来の章句では、シドゥリはたぶん〔ギリシア神話の〕カリプソ風の人物で、海の真中に住んでいて、永遠の命の木を守っていた。……時を経て物語が現今の形をとるに至ると、彼女は元来の……単に誘惑するだけの妖婦とはすっかり異なり、シドゥリはここでは路傍の宿屋の落着いたおかみさんで、神の創りし者たちをあまりにも多く見てきたがために、神の限りない忍耐心と平静さの幾分かを身に備えた婦人である。それは用向きのまにまに来ては去る異郷人たちにとっての、永遠の女主人である婦人に他ならない。この挿話の含みもつ意味は、木々が宝石をならせているお伽話の喜びの園など見くだす男でも、きっといなか宿の静けさのうちには気安さと満足を見出すにちがいないということなのだ」（本書七八頁）。

この「解説」に耳を傾けながら、筆者は、古代遺跡調査のために泊まった近東各地の宿とそこの人たちのことを思った。いま特に強く思い出されるのは、シリア北部の都市アレッポ——ギルガメシュとエンキドゥも杉の森（レバノン山）へ向かう途中そこを通過したかもしれない——のホテルとその食堂のマスターのこと。パレスティナの生まれで、歳は当時五〇代半ば。朝食は毎日同じで、オリーブの漬物と目玉焼きにパンとザアタル（ヒソプに塩と煎りゴマを混ぜたハーブ調味料。パンにオリーブ油といっしょにつけて食べる）というシンプルなものだったが、朝日が静かに射し込む食堂で彼と交わす短い会話に、異郷人として掛替えのない気安さと満足を見出したものである。心臓の病を抱えていた彼はすでにこの世の人ではなく、ホテルそのものもおそらく激しい内戦ですっかり姿を変えてしまったに違いない。物静かな好青年の息子がいたが、彼は今どうしているだろうか。

最後に、碑文の物語の最後が欠損している場合、「語り部」たる著者はそれをどのように補っているだろうか。クマルビなる神と風の神（天候神）の戦いを語るハッティの「石の怪物」の物語を例に見てみよう。その「語り」の結びはこうである——

「こうして、クマルビの復讐の望みはくじかれ、風の神は、天上の長として君臨しました。この時以来、天地の間には、次のようなことが、知れわたったのです。

〈速い者が競走に勝つとは限らないし、強い者が戦いに勝つとは限らない〉」。

最後の言葉は、実は旧約聖書の知恵文学「コーヘレト書」（九章一一節）からの引用である。コーヘレトは旧約聖書時代も終わりに近い、前三世紀後半の知者。天上の覇権争いは、そのまま地上における国や民族や個人間の争いの姿に重なり、古代も今も少しも変わらないことを、われわれの「語り部」は、ユダヤ人として幼いころから慣れ親しんだ知者の言葉を借りて語ろうとしたのである。

著者が亡くなったのは一九九二年二月二日、享年八五歳であった。

古典的名著ともいうべき本書が、みすず書房版（一九五八年）、社会思想社「現代教養文庫」版（一九七三年）に続き、ここに新たに、平凡社「東洋文庫」叢書に加えられたことを読者の方々と共に心から喜びたい。

（いけだ ゆたか／旧約聖書学・古代イスラエル史）

矢島文夫（やじまふみお）

1928年生まれ。アラビア語学者、オリエント学者、翻訳家。京都産業大学教授、宮城学院女子大学教授を歴任。著書に『解読古代文字』、訳書に『ギルガメシュ叙事詩』（ともにちくま学芸文庫）ほか多数。2006年歿。

世界最古の物語——バビロニア・ハッティ・カナアン　東洋文庫884

2017年9月8日　初版第1刷発行

訳　者　矢島文夫

発行者　下中美都

印刷　藤原印刷株式会社
製本　大口製本印刷株式会社

発行所　電話編集 03-3230-6579　〒101-0051
営業 03-3230-6573　東京都千代田区神田神保町3-29
振替 00180-0-29639　株式会社　平凡社

平凡社ホームページ　http://www.heibonsha.co.jp/

ISBN 978-4-582-80884-1
NDC 分類番号929　全書判（17.5 cm）　総ページ324

《東洋文庫の関連書》

- 71・75・85・93・127・218・246・290・339・356・388・399・443・449・455・482・502・530・551　アラビアン・ナイト　全一八巻・別巻一　前嶋信次／池田修　訳
- 150　王書（シャー・ナーメ）〈ペルシア英雄叙事詩〉　フィルドゥスィー　著　黒柳恒男　訳
- 191　七王妃物語　ニザーミー　著　黒柳恒男　訳
- 299　ハーフィズ詩集　ハーフィズ　著　黒柳恒男　訳
- 310　ホスローとシーリーン　ニザーミー　著　岡田恵美子　訳
- 331　カリーラとディムナ〈アラビアの寓話〉　イブヌ・ル・ムカッファイ　著　菊池淑子　訳
- 434・436　ハジババの冒険　全二巻　J・モーリア　著　岡崎正孝／江浦公治／高橋和夫　訳
- 601・614・630・659・675・691・704・705　大旅行記　全八巻　イブン・バットゥータ　著　イブン・ジュザイイ　編　家島彦一　訳注
- 621　ペルシア見聞記　J・シャルダン　著　岡田直次　訳注
- 644　ペルシア王宮物語〈ハレムに育った王女〉　タージ・アッサルタネ　著　アッバース・アマーナト　編　田隅恒生　訳
- 647　ペルシア民俗誌　A・J・ハーンサーリー／サーデク・ヘダーヤト　著　岡田恵美子／奥西峻介　訳註

- 669　千夜一夜物語と中東文化〈前嶋信次著作選1〉　前嶋信次　著　杉田英明　編
- 673　イスラムとヨーロッパ〈前嶋信次著作選2〉　前嶋信次　著　杉田英明　編
- 684　書物と旅　東西往還〈前嶋信次著作選4〉　前嶋信次　著　杉田英明　編
- 729・730　アルファフリー　全二巻〈イスラームの君主論と諸王朝史〉　イブン・アッティクタカー　著　池田修／岡本久美子　訳
- 766・769　中国とインドの諸情報　全二巻　家島彦一　訳注
- 780・782・785　マカーマート　全三巻〈中世アラブの語り物〉　アル・ハリーリー　著　堀内勝　訳注
- 789　ヴォルガ・ブルガール旅行記　イブン・ファドラーン　著　家島彦一　訳注
- 813・815　インドの驚異譚　全二巻〈10世紀「海のアジア」の説話集〉　ブズルク・ブン・シャフリヤール　著　家島彦一　訳
- 842　マヌ法典　渡瀬信之　訳注
- 853・855・857　バーブル・ナーマ　全三巻〈ムガル帝国創設者の回想録〉　バーブル　著　間野英二　訳注
- 868・869・871　メッカ巡礼記　全三巻〈旅の出会いに関する情報の備忘録〉　イブン・ジュバイル　著　家島彦一　訳注